dtv

Josie ist nur aus einem Grund in das alte, einsam gelegene Haus zurückgekehrt: um in ihrem eigenen Bett zu sterben. Als nachts ein maskierter und bewaffneter Mann in ihr Schlafzimmer eindringt, weiß sie sofort, wer das ist – halb Irland hat von ihm gehört. Es ist der IRA-Terrorist McGreevy, der in dem vermeintlich leerstehenden Haus Zuflucht sucht. Er hat Bomben gelegt und gemordet, und Josies Abscheu kennt keine Grenzen. Doch in den fünf Tagen, die er unter ihrem Dach bleibt, entspinnt sich eine merkwürdig intensive Beziehung zwischen diesen beiden Menschen, die unterschiedlich denken, aber das gleiche fühlen …

»Edna O'Brien hat einen Roman geschaffen, dessen düsterschöne Bilder tief beeindrucken und dessen unparteiische Menschlichkeit Klischees von Gut und Böse, von Schwarz und Weiß in Frage stellt, ohne mit einfachen und deshalb falschen Patentlösungen aufzuwarten.« (Sonja Schott in der ›Oldenburgischen Volkszeitung‹)

Edna O'Brien wurde am 15. Dezember 1932 in der Grafschaft Clare im westlichen Irland geboren und zog später nach London, wo sie zu schreiben begann. Bekannt wurde sie mit ihrem Roman ›Das Mädchen mit den grünen Augen‹ (1962). Sie gilt als eine der bedeutendsten Schriftstellerinnen Irlands.

Edna O'Brien

Das einsame Haus

Roman

Deutsch von
Irmela Erckenbrecht

Deutscher Taschenbuch Verlag

Von Edna O'Brien
ist im Deutschen Taschenbuch Verlag erschienen:
Zeit und Gezeiten (12204)

Ungekürzte Ausgabe
August 1998
Deutscher Taschenbuch Verlag GmbH & Co. KG,
München

Titel der englischen Originalausgabe:
›House of Splendid Isolation‹
(Weidenfeld & Nicolson, London)

Umschlagkonzept: Balk & Brumshagen
Umschlagbild: Ausschnitt des Gemäldes
›Dartmouth Moorlands‹ (1885) von Dwight W. Tyron
Gesamtherstellung: C. H. Beck'sche Buchdruckerei,
Nördlingen
Gedruckt auf säurefreiem, chlorfrei gebleichtem Papier
Printed in Germany · ISBN 3-423-12511-X

»Denn St. Patrick hat bloß die giftigen Würmer vertrieben, hat geduldet, daß die Menschen voller Gift weiter das Land bevölkern; der erhabene Genius Seiner Majestät jedoch wird diese Vipern endgültig verjagen und Irland binnen kurzem in eine recht glückliche Insel verwandeln ...«

Sir John Davies
(Generalstaatsanwalt von Irland)
1606 an den Earl of Salisbury

»Wir nehmen das Morden in den Würgegriff.«

David Lloyd George
(Premierminister von Großbritannien)
1920, nachdem er die *Black and Tans* nach Irland entsandt hatte

Das Kind

Geschichte ist überall. Sie sickert in den Boden, dringt in seine tiefsten Schichten. Wie Regen, wie Hagel, wie Schnee, wie Blut. Ein Haus erinnert sich. Jeder Schuppen erinnert sich. Ein ganzes Volk ist in Grübelei versunken. Die Erzählung wandelt sich mit der Person des Erzählers.

Es ist wie nirgendwo sonst auf der Welt. Wild. Wildheit. Die Dinge finden mich. Ich studiere sie aufmerksam. Rübenblätter, lehmverschmiert. Dunkle Dinge. Helle Dinge. Steine. Steine, dicht und durchsichtig. Ich höre Botschaften. Im Wind ebenso wie in der Windstille. Musik, nicht immer mitreißend, nicht immer traurig, aber manchmal in Wohlklang gebettet. Dann verstummt sie. Stille setzt ein. Ich frage sie: Bist du fort? Bist du fort? Ich höre Geschichten. Kann sein, daß ich sie mir selbst erzähle. Kann sein, daß es dieses Murmeln ist, das aus der Erde kommt. Die Erde, so alt und ruhelos, so hungrig und so übersättigt. Sie spricht. Spricht von Vergangenem und Zukünftigem. Von Schlachten, immer neuen Schlachten, Blutvergießen, mildem Morgengrauen, friedlichem Äsen wilder Tiere und ihrer Jungen. Ich will, daß all die Schlachten ausgekämpft und vorüber sind. Dafür bete ich. Wenn ich bete. Manchmal kommt das Gras mir vor wie ein atmender Mensch, ein sanfter Atem, der alles einlullt. Abends ist das Licht blauschwarz, ein heiliges Licht, das sich wie ein Mantel über die Felder breitet. Blau müßte sie sein, die Natur hier, auch wenn das Gras so grün ist, so verschieden grün, naßgrün, samtgrün, gelbgrün und so weiter. Früher lebte hier eine Hexe, die ihre Heilwässer in einer dunkelblauen Flasche aufbewahrte. Sie war immer früh auf, genau wie ich. Sie sammelte den Tau. Ihre Feinde hatten Unfälle oder starben eines plötzlichen Todes, ihre Pferde stolperten, und ihre Ponys scheuten an dem Berg, auf dem sie wohnte. Sie hatte fünf Ehemänner und überlebte sie alle. Ich spüre ihre Gegenwart. Vielleicht sterben die Toten nicht, sondern wohnen noch immer an diesem Ort. Junge Männer, die ihr Leben gaben und darauf warten, wieder aufzuerstehen. Ein Mädchen, das seinen Schatz liebt, und er liebt sie auch. Aber sein Land liebt er noch mehr, ist eine Geisel dieses Landes ...

Gurtaderra wird auch das Tal des Schwarzen Schweines genannt. Dort wird die letzte Schlacht geschlagen werden. Bei Cloonusker werden die Orangemen und die irische Armee zusammentreffen, und der Sruthaunalunacht wird sich füllen mit ihrem Blut. Durch Gurtaderra und Guravrulla werden die Iren zurückgetrieben, aber bei Aughaderreen wird sich das Blatt wenden, und die Orangemen werden vernichtend geschlagen. Am Morgen einen Orangeman vom Pferd zu stürzen ist ebensoschwer, als wolltet ihr eine Eiche aus dem Boden reißen. Am Abend aber könnte ihn selbst eine gebärende Frau mit den Fransen ihres Schals erschlagen.

So steht es geschrieben.

Die Gegenwart

»Schweinehunde, Schweinehunde, Schweinehunde ...« sagt er immer wieder, probiert jeden Tonfall, den er beherrscht, sagt es, ohne einen Muskel zu rühren, ohne eine Silbe auszusprechen, fast ohne zu atmen, zusammengekauert in der Höhlung eines Baumes, den irgendwann ein Blitz getroffen hat. Wiege und Sarg, Fötus und Leichnam. Schweinehunde. Englische Schweinehunde, Freistaat-Schweinehunde, Schweinehunde alle miteinander. Er duckt sich, duckt sich immer tiefer. Der Hubschrauber steigt kreisend aufwärts, rachsüchtig, jede Umdrehung des Propellers eine persönliche Beileidsbekundung. »Wir haben dich, Freundchen ... Endlich haben wir dich«, und die Lichter der Scheinwerfer tanzen wie wild über das nebelbedeckte Feld. Aber sie werden ihn nicht finden. Diesmal noch nicht. Er hat neun Leben. Ein Wahrsager hat es seiner Mutter erzählt. Und drei davon sind ihm noch geblieben. Er drückt sich immer tiefer in den Baum. Was für ein Glück, daß er sich den Knöchel nicht gebrochen, ja, nicht einmal verstaucht hat, als er vom fahrenden Lastwagen sprang, ohne ein Wort zu seinen Kameraden. Sie wußten alle Bescheid. Das Spiel war aus, zumindest dieser Teil des Spiels. Seitdem sie das Haus verlassen hatten, war ihnen ein Wagen gefolgt. Jemand hatte sie verpfiffen. Wer? Eines Tages würde er es wissen und die Sache ins reine bringen. Freunde, die zu Verrätern wurden. Warum? Warum? Für Geld oder weil sie Schiß hatten. Sie hatten es verdient zu sterben, zu sterben und wie Tiere verscharrt zu werden. Sie hatten ihre Freunde verpfiffen, die Sache verraten. Schweinehunde.

Das Gras riecht gut. Nach drei Monaten, eingepfercht in einem Haus in einer Stadt, ist er für den Duft des Grases, den Geruch von frischem Kuhdung empfänglich, für das weiche, vielzüngige Lispeln der Nacht. McGreevy kennt sein Land gut, aber er kennt es nur in der Dunkelheit. Die Dunkelheit ist seine Freundin. Der helle Tag ist sein Feind. Wer hängt ihm etwas an? Wem kann er trauen, wem nicht? Sobald dieser Scheißkerl von Pilot genug hat von seinen Mätzchen am Himmel, wird er davonkriechen, immer dicht an den Gräben entlang, auf den rötlichen Dunst des nächsten Ortes zu. Er wird den Ort umgehen und sich in Richtung Süden durchschlagen, in den sonnigen Süden. Dies Reise wird er machen, ganz egal, was passiert. Er ist als einziger übriggeblieben. Er muß die Sache zu Ende bringen. Auch wenn es seine letzte ist. Das Knattern kommt näher und entfernt sich wieder. Ein Auf und Ab von Geräuschen, wie man es sonst nur im Halbschlaf hört. Diese Wichser. Verschwenden ihr Licht, verschwenden ihr Benzin. Seine Kameraden, die mit ihm im Lastwagen saßen, sind längst zu Protoplasma geworden. Deshalb hatte es keine Zeit für einen herzlichen Abschied gegeben. Krieg am Himmel, Krieg am Boden, Krieg in seinem Herzen.

Um sich zu beruhigen, sagt er den Vers auf, den er auswendig weiß. Es ist seine Zauberformel, die ihm auch durch diese Hölle hindurchhelfen wird. Wenn nur diese Schweinehunde nicht mit dem riesigen Insekt am Himmel radschlagen würden. Wenn sie nicht versuchen würden, ihm angst zu machen, ihn von seinem Kurs abzubringen.

»Daddy ist da ... Daddy ist da.«

Wie würde Daddy gelaunt sein? Manchmal können sie es schon am Geräusch der zufallenden Autotür erkennen, manchmal auch nicht. Rory. Er geht an seiner Frau vorbei durch den Flur ins Wohnzimmer, wo ein Tablett mit Teetassen, Untertassen und Scones bereitsteht.

»Hast du den Brennstoff zum Grillen mitgebracht?« fragt Sheila.

»Nein.«

»Aber ich hatte dich darum gebeten.«

»Und ich hab ihn nicht mitgebracht.« Er beißt in das Gebäck, legt es wieder auf den Teller und fragt, wann es Abendessen gebe.

»Nie geht's um das, was ich will, nur immer darum, wann's Abendessen gibt.«

»Du lebst doch wie Gott in Frankreich«, sagt er und zeigt auf den neuen Teppich, die Kuckucksuhr, die mit Nippes vollgestellte Kommode, die teuren Antiquitäten, für die er mit seinem verdammten Schweiß bezahlt, für die er seinen verdammten Arsch riskiert hat. Frauen. Güter. Garderoben. Eleganz. Schmuck. Zaster. Es hatte eine Zeit gegeben, in der ihre Habsucht für ihn durchaus ihren Reiz gehabt hatte. Nie war er von einem Auswärtseinsatz zurückgekehrt, ohne eine Kleinigkeit mitzubringen, um sie zu schmücken. Einmal hatte er ihr einen goldenen Seehund mitgebracht, sie hatte ihn für eine Ente gehalten, sie hatten darüber Tränen gelacht, und so war sie zu dem Spitznamen Entchen gekommen. Das Haus war vollgestopft mit solchen Kinkerlitzchen.

»Wie willst du es haben?« fragt Sheila von der offenen

Tür und hält ihm einen blutbefleckten Beutel mit der Hachse eines Rehs entgegen, das er vor einem Monat geschossen hat. Sie konnten kein Rehfleisch mehr sehen. Aber Rory liebte es, sonntags in aller Frühe aufzustehen, mit seinem Gewehr in den Wald zu ziehen und auf Rehpirsch zu gehen. Sie wußte nie, ob es die reine Jagdlust war oder ob noch etwas anderes dahintersteckte, aber sie fragte auch nie danach. Es gab Fragen, die man einem Ehemann, der Polizist war, besser nicht stellte. Da draußen tobte eine Art Krieg, auch wenn es niemand zugeben wollte, ein Krieg, der immer wieder aufflackerte. Junge Männer, die aus dem Norden kamen, um Banken und Postämter auszurauben, so daß die Postfrauen in den entlegenen Dörfern um ihr Leben fürchteten und auch die anderen Leute stets in Angst vor den gesichtslosen Männern mit ihren Waffen und Kapuzen lebten.

Einen von ihnen hatten sie auf der Straße nicht weit von hier erschossen. Es hatte in allen Zeitungen gestanden, mit einem Foto von der Stelle, genauen Angaben über die Munition, über den Spitznamen des Opfers und über seinen Kameraden, der fliehen konnte, einen Holzlastwagen entführte und den Fahrer drei Stunden lang mit einer Pistole bedrohte. Lang und breit wurde darüber diskutiert, wie viele Schüsse abgegeben wurden, aus welchem Winkel der Wachmann geschossen, welche Verwundungen der Mann erlitten und wie lange es gedauert hatte, bis er schließlich gestorben war. Dem Wachmann, der ihn erschossen hatte, wurde später ein Orden für besondere Tapferkeit verliehen. Sie hatten ihn auf einer Tanzveranstaltung kennengelernt und ihm die Hand geschüttelt. Männer wie er und ihr Mann lebten ständig mit dieser Gefahr, und das machte sie so gereizt, das ließ sie stundenlang über einen anonymen Anruf nachgrübeln und unters Auto schauen, ehe sie wegfuhren. Einmal hatte sie Rory gefragt, was er an der Stelle seines Kollegen getan hätte, und er hatte gesagt, das gleiche, genau das gleiche, in einer solchen Situation heißt es: entweder sie oder wir, entweder er oder ich. Größtenteils verlief ihr Leben aber ereignislos, und Rorys einziges Abenteuer bestand darin, am Sonntagmorgen um fünf Uhr aufzustehen und in den Wald zu gehen, um Rehe zu schießen. Das richtete ihn wieder auf. Er haßte seinen Boß, und er haßte seinen Kollegen. Sie wurden die drei Weisen genannt, hockten die meiste Zeit des Tages in einer kleinen Baracke herum und zankten sich. Das Reh, das er neulich nach Haus brachte, hatte auf dem Pfad zum Haus eine dünne Blutspur hinterlassen, so schwach und zart, daß sie das irgendwie nie vergessen konnte. Die Kinder hatten zugeschaut, wie er das Tier mit großem Tamtam gehäutet, zerlegt und in kleine Portionen zum Einfrieren aufgeteilt hatte. Sie hatten auch die Etiketten geschrieben, und dadurch war ein heilloses Durcheinander entstanden. Sie würde froh sein, wenn das Fleisch endlich aufgegessen war.

»Ich habe dich gefragt, wie du es haben willst«, sagte Sheila und hielt ihm den blutigen Beutel entgegen, eine Geste, die ihr selbst makaber vorkam.

»Geschmort«, sagte er. Er hatte schlechte Laune. Manus hatte beim Polizeipräsidenten kräftig Druck gemacht und ihm alle Chancen vermasselt.

»Kein Grund, so patzig zu sein«, sagte sie.

»Ich bin nicht patzig«, sagte er mit entschuldigendem Unterton in der Stimme. Zumindest war Sheila dünn geblieben. Tag für Tag kämpfte er mit seinem verdammten Gewicht, und jetzt setzten ihm auch noch seine Zähne zu.

»Der Abszeß an meinem hinteren Zahn macht sich

wieder bemerkbar«, sagte er und tippte mit einem beringten Finger an seine Wange. Es war ein Claddagh-Ring, ein Geschenk von Sheila. Beim Überstreifen hatte er gesagt, daß er ihn niemals wieder abnehmen, daß ihn dieser Ring überallhin begleiten würde, bis in alle Ewigkeit.

»Was hat Manus vor?« fragte sie in einem etwas weicheren Ton. Diese Kräche hatten ja doch keinen Sinn. Sie hatten einen hübschen Bungalow, genug zu essen, ihre Kinder waren kräftig und gesund, und alle, die zu Besuch kamen, priesen den herrlichen Ausblick. Dann wurde ihnen meist das Fernglas in die Hand gedrückt, um besser über den See schauen zu können – zu den Steinklöstern und Oratorien, den verschiedenen Inseln, den strahlend weißen Hausbooten, die auf der gegenüberliegenden Seite vertäut lagen.

»Ich komme nicht weiter ... Wir kommen nicht weiter ... Und daran ist Manus schuld.«

»Woher weißt du das?«

»Weil ich die Protokollbücher lese.«

»Und was steht drin?«

»Ach, das typische Manus-Geschwätz. Daß ich keinen Weitblick hätte ... daß ich Leute ohne Grund festhalten würde ... daß ich ungehobelt wäre ... und unbeliebt.«

»Wir kommen schon zurecht. Und du bist so gern auf dem Land, gehst in den Wald und schießt Rehe«, sagte sie und schlüpfte in seine Rolle, begleitete ihn in Gedanken auf seinen frühmorgendlichen Wanderungen am Fuß der purpurroten Berge, fühlte die Feuchtigkeit, die von den jungen und alten Bäumen tropfte, spürte das Erstaunen, als plötzlich ein paar dieser hochmütigen Wesen am Waldrand erschienen, hörte das Peng-Peng! seines Gewehrs, sah eines der Tiere zu Boden fallen und die anderen wie feine Rauchschwaden zwischen den Bäumen verschwinden. Er hatte es ihr einmal im Bett beschrieben, und es hatte ihr gefallen. Sie hatte eine ganze andere Stimme gehört, eine weichere, tiefere, wahrhaftigere Stimme.

»Manus . . . Meine *bête noire*.«

Sie wußte, was er meinte. Wußte, daß Manus ihn auf dem Kieker hatte, seitdem er wegen der anonymen Briefe den falschen Mann verhaftet hatte. Dabei war er sich so sicher gewesen, daß er es war, dieser Engländer, der sich mit seinem Wohnwagen hier eingenistet hatte, der mit dem Pferdeschwanz und dem Ohrring und dem selbstgebrauten Bier. Dieser Engländer. Schrieb obszöne Briefe an eine Frau nach der anderen, ekelhaft. Er dachte, er hätte den richtigen Mann erwischt, doch es stellte sich heraus, daß es der falsche war, und dafür machten sie ihm jetzt die Hölle heiß.

Ohne ein Wort an seine Eltern zu richten, kam Caimin ins Zimmer und stellte den Fernseher an. In einem Werbespot für ein Mittel gegen Schuppen wies eine Frau empört die Annäherungsversuche ihres Mannes zurück, doch schon wenig später machte sein schuppenfreies Haar ihn für sie unwiderstehlich.

»Dieses verfluchte Scheißding«, sagte Rory und rief seinem Sohn zu, er solle den Fernseher ausstellen, als seine ganze Welt – die mit Manus, die im taunassen Wald am Sonntagmorgen, die mit seiner Frau, wenn sie sich im Bett aneinanderschmiegten, die allein, wenn sie morgens zur Arbeit gegangen war und er Zeit zum Nachdenken hatte, die, wenn er zur Beichte ging –, als alle Welten, die er je gekannt hatte, sich plötzlich um ihn zu drehen begannen.

»Allmächtiger Gott . . .« Er stand auf und ging näher an den Bildschirm, um sich zu überzeugen, daß das kein Irrtum war, lauschte der Nachrichtensprecherin, die mit trockener, geschliffener Stimme verkündete, wie ein Terrorist entkommen, von einem fahrenden Wagen gesprungen und trotz intensiver Suche mit Hubschraubern und Hunden wie vom Erdboden verschluckt sei.

»Diese Schwachköpfe, diese Idioten«, fluchte er.

»Rory!« ermahnte ihn seine Frau.

Er kniete vor dem Fernseher nieder und bat die Ansagerin, die längst von einem Krieg in einem anderen Teil der Welt berichtete, ihm zu sagen, wie der Britischen Armee, der *Royal Ulster Constabulary* und einer ganzen Spezialeinheit ein Mann entwischen konnte, der für seine spektakulären Fluchterfolge bekannt war, wie er ihnen auf freiem Feld durch die Lappen gehen konnte, es sei denn, er hätte Seeräuberkräfte besessen. Doch selbst in seiner Empörung zollte er dem Geflohenen Respekt: »Das ist ein Mann, dieser McGreevy. Ein ganzer Kerl.«

»Vielleicht ist er mit seinem Raumschiff weggefahren«, meldete sich seine kleine Tochter Aoife zu Wort.

»Ich hoffe, er kommt durch unsere Gegend«, sagte er und reckte dem Fernseher seine Faust entgegen.

»Das hoffe ich aber nicht«, erwiderte Sheila und erinnerte ihn an den Ausländer, der hier so viele Arbeitsplätze geschaffen hatte, drei Monate lang als Geisel festgehalten worden war und jetzt im Krankenhaus lag, in Köln – oder wo auch immer er herstammte.

»Wir wollen nicht, daß er herkommt«, sagte sie und legte schützend den Arm um ihr kleines Mädchen.

»Ich dachte, wir hätten uns darauf geeinigt, nicht über meine Arbeit zu sprechen«, sagte er.

»Damit hat das gar nichts zu tun, das ist reine Selbsterhaltung«, entgegnete sie, stürmte aus dem Zimmer und rief ihm zu, wenn er zu Abend essen wolle, könne er sich selbst etwas kochen.

»Cúchulainn hat das gemacht, Daddy... Er war so flink, daß er in einem Tag durch ganz Irland gelaufen ist und dabei eine Kugel vor sich hergeschleudert hat«, sagte Caimin, der sich an einen Helden aus seinem Schulbuch erinnert fühlte.

»Laß dir bloß keine Flausen in den Kopf setzen«, ermahnte ihn Rory und sah sich im Zimmer um. Zufrieden ruhte sein Blick auf den Emblemen seiner Jugend, seiner stolzen Jugend, auf den Pokalen und Medaillen, die von seinen besten Zeiten als Sportler kündeten. Er dachte an den jungen Mann, der aus einem fahrenden Wagen gesprungen war, und an die Erregung, die Erregung, die so innig mit jeder Gefahr verbunden war.

»Entchen«, rief er in Richtung Küche. »Du brauchst dich nicht mit der verdammten Hachse abzuquälen. Ich fahre schnell los und hole uns etwas zu essen, und dann halten wir vor dem Kamin ein Festmahl ab.«

»Ich mag keinen Curry«, sagte Caimin und fragte, ob er eine Tüte Kartoffelchips haben könne.

»Ich dachte, wir wollen für Weihnachten sparen«, rief Sheila aus der Küche.

»Wie heißt noch mal dieser Wein, den du so gerne trinkst... dieser bulgarische?« fragte er und eilte, ehe sie noch antworten konnte, mit schwungvollem Schritt – einem Schritt, mit dem er einen Mann nachzuahmen versuchte, der von einem fahrenden Wagen gesprungen war – durch den Flur, und das erinnerte ihn an den Helden, der er früher einmal gewesen war, an den Adrenalinstoß beim Betreten des Spielfelds, den Rausch des Hurlingspiels, die tobende Menge, das Tor, die Tore, seine Zauberkünste mit Ball und Schläger und die dröhnende Begeisterung der Zuschauer in seinen Ohren.

Die alten Düngertüten helfen nicht viel gegen die Feuchtigkeit, aber zumindest können sie als Decke dienen. Drei Plastiktüten und eine Krippe mit Stroh. Wie Jesus. Nicht daß er beten würde. Andere beten für ihn, aber er selbst betet nicht, er hat zuviel gesehen, hat zuviel getan und zuviel erlitten, um niederzuknien und einen Gott anzurufen. Manches von dem, was er getan hat, hat er ausgeschaltet, es ging nicht anders, aber in der Tiefe seines Wesens fühlt er sich klar, verantwortlich, umsichtig.

Ein paar Stunden Schlaf, und die durchdringende Feuchtigkeit ließe sich vielleicht vertreiben. Wenn man jetzt eine Röntgenaufnahme von ihm machte, wäre nur Wasser, nur Regen zu sehen. Seine beiden Kameraden sind wohl längst beerdigt, die Fahnen, die Nationalhymne, der Salut, dann ist es vorbei. Vergessen. Er hat in seinem eigenen Haus genug Tode erlebt, er weiß, was es heißt, weiß es mit jeder Faser seines Wesens, und trotzdem nennen sie ihn ein Tier. Na ja, immerhin schläft er in einem Stall, in einer Krippe. Den Sarg der Frau hat er nicht gesehen, zum Sarg des Kindes haben sie ihn in Handschellen geführt. Er hat den Sarg gesehen und die Polizisten, die in den Falten des weißen Totengewands nach Sprengstoff suchten. Aber das kleine Gesicht konnte er nicht anschauen, das eisige Bündel Weisheit, das an den Besuchstagen im Gefängnis mit ihm gespielt und sich unter dem Stuhl versteckt hatte, wenn es Zeit war zu gehen – das gesagt hatte, es sei Minnie Mouse und ihr Daddy Mickey Mouse und es sei unbedingt notwendig, daß sie die ganze Nacht zusammenblieben. Bei den Engeln.

Mit dem Ende eines Spatens kratzt er den Dreck ab und trinkt Wasser aus einer Schüssel, die er unter einem

Faß gefunden hat. Das Wasser schmeckt abgestanden und metallisch. Dann legt er sich hin. Er hat keinen Hunger mehr. Wenn sie kommen und ihn finden, ist es das gewesen. Aber seinen Willen brechen werden sie nie. Sie wissen, daß ihnen das nicht gelingen wird. Ja, sie wissen es, diese ängstlichen, schreckhaften Typen, die eine große Lippe riskieren und eine Verlautbarung nach der anderen von sich geben. Sie können die Hitze nicht ertragen. Er dagegen kann alles ertragen, Hitze, Kälte, selbst die elektrischen Drähte, die in seinen Schläfen brennen. Die Gewißheit geht tief. Sie muß tief gehen. Sie ist alles, was er noch hat.

Im Halbschlaf verschwimmen die Felder, die er überquert hat, die Gräben, in die er gestolpert ist. Er hat das Gefühl, Heu zu fressen, wie eine Kuh zu mampfen und anschließend wiederzukäuen. Wer hat ihn verpfiffen. Die Vertrauenswürdigen oder die Nichtvertrauenswürdigen? Manchmal ist es, als käme eine panische Angst über sie, als hätte ihr Schöpfer ihnen befohlen, die Bilanzen auszugleichen. Schnüffler. Verräter. Eines Tages wird er sie kennen und mit ihnen abrechnen. Es wird schon wärmer. Anders als die Wärme eines Bettes oder ihres weichen Körpers, eher eine klamme, mineralische Wärme. Schlaf, Jesus, schlaf. Stroh streift sein Gesicht, und seine Gedanken drehen sich wie ein Stück Fleisch am Spieß.

»Was zum Teufel ... Sie sind hier.« Er greift nach der Waffe, die neben seiner Brust liegt, sein Finger wird eins mit dem Abzug. Doch durch den schmalen Schlitz in der Steinwand des Speichers ist weder ein Wagen noch eine menschliche Gestalt zu sehen. Es ist eine Kuh, die unter Schmerzen stöhnt. Gerade das, was ihm noch gefehlt hat. Wo ist sie? Wo bist du?

»Wo bist du, Peg ... Peg?« Er weiß selbst nicht, warum

er sie Peg nennt. Sie stöhnt leise, aber ausdauernd und eindringlich genug, um den Bauern, seine Hunde, seine Enten, alles aufzuwecken. Er späht über die Leiter nach unten und sieht direkt in die großen, blöde glotzenden Augen der Kuh. Ihr Körper windet sich in Krämpfen. Sie hat begonnen zu kalben.

»Verfluchte Scheiße«, sagt er, als er dicht neben ihr steht. Ihr Atem wird immer schwerer und gequälter. Ab und zu schauen schon die Hufe des Kalbes heraus, aber dann verschwinden sie wieder, und sie stöhnt noch lauter, während er sie packt und ihr zuraunt, sie solle in Gottes Namen pressen, pressen, pressen. Er will ihr Hinterteil fassen, aber sie bäumt sich auf und versucht, ins Freie zu gelangen, und die plötzliche, ruckartige Bewegung läßt das Kleine in ihrem Bauch verrückt spielen. Er spürt, wie es zappelt, wie es sich verzweifelt bemüht, dem engen Leib zu entkommen, und er hält die Mutter fest und spricht mit ihr, redet auf sie ein, um sie zum Schweigen zu bringen. Wie Gepäck in einem Koffer wird das Kleine in ihr herumgeschleudert. Es zerreißt sie. Ihre rasch aufeinanderfolgenden, quälenden Kontraktionen bringen überhaupt keinen Fortschritt. Das Kalb ist zu groß – da hilft nur noch ein Seil.

Er findet eins und schlingt es um die hervorstehenden Hufe. Dann schiebt er das Kalb so, daß er seine Hachsen zu fassen bekommt, und die ganze Zeit über raunt er der Mutter irgendwelche idiotischen Halbsätze zu. Bis zum Tor, das er als Hebel nutzt, folgt ihm ihr urzeitliches Stöhnen, das Stöhnen aller Kühe und Muttertiere aus uralten Zeiten, um deren Wiesen und Weiden blutige Kämpfe tobten. Sie schafft es nicht. Er schafft es nicht. Das Kalb bleibt mit dem Hinterteil stecken. Er muß noch stärker ziehen. Er drückt das Tor mit aller Kraft weiter zurück und weiß, entweder wird er dem Kalb die Beine brechen, oder es wird ihm gelingen, das Kleine herauszuziehen, und als er es auf den Steinboden plumpsen hört, kann er seine Freude nicht unterdrücken. »Es ist draußen ... Es ist draußen.« Ein grau umhülltes, klebriges Wesen. Und während er ihm noch den Schleim aus dem Gesicht wischt, steht es auf, schwankend zuerst, dann spürt es seine Beine, streckt sich, stählt sich für das Wunder des eigenen Lebens. Ein braunes Kalb mit einem V-förmigen weißen Fleck auf der Stirn.

»Du kleiner Teufel«, sagt er. Die Mutter beginnt zu lecken, leckt mit einer schrecklichen Gewissenhaftigkeit, leckt und spuckt das klebrige Zeug aus, und das so genüßlich, so voller Glück, daß er denkt: nach all der Qual diese Liebe, diese unmögliche, leckende Liebe.

Es sind keine Armeestiefel, die er sieht, sondern die dreckbeschmierten, fleckigen Stiefel eines Bauern. Ein erregter Mann, der eilig näher kommt.

»Es war eine schwere Geburt«, erklärt er. Es ist immer besser, zuerst zu sprechen. Der Mann sieht ihn an, und an seinem Blick erkennt er, daß der andere Bescheid weiß, aber nichts sagen wird.

»Sie ist rausgelaufen ... Wir haben aufgepaßt, aber sie ist uns entwischt ... Eines der Mädchen muß wohl die Stalltür aufgelassen haben.«

»Sie hat eine schlimme Zeit hinter sich.«

»Sie haben mit dem Seil nachgeholfen.«

»Das war die einzige Möglichkeit«, sagt er und steigt die Leiter hinauf, um sein Gewehr zu holen. Er weiß, daß der Mann ihn beobachtet.

»Sie wollen gehen«, sagt der Mann, als er herunterkommt, seine Sachen sorgfältig gefaltet und über die Schulter geworfen.

»Die Nachgeburt ist noch nicht gekommen«, sagt er.

»Das dauert mindestens noch eine Stunde«, sagt der Mann und fragt dann: »Haben Sie's weit?«

»Noch ein ganzes Stückchen«, sagt er, sieht zur Kuh und zwinkert ihr zu, als wollte er sagen: »Da hast du dir aber ein gieriges Kälbchen angelacht.«

»Wollen Sie reinkommen und etwas essen?« fragt der Mann in vorsichtigem Ton.

»Wirklich?«

»Ja, ja, das geht schon in Ordnung ...« sagt er, und seine Worte verlieren sich, als wäre er erdrosselt worden.

Aber es geht nicht in Ordnung. Die Frau weiß Bescheid.

»Das ist Frank ... Und er würde gern etwas essen«, sagt der Mann zu einer Frau, die aussieht wie lebendig gewordenes Grau. Ihr Haar, ihre Wickelschürze, ihre schwarz-grauen Augen, alles an ihr scheint im Laufe der Zeit die gleiche Farbe angenommen zu haben, grau in grau.

»Er würde gern etwas essen«, wiederholt sie mit trockener, herber Stimme, während sie mitleidlos über die Not des Fremden nachzusinnen scheint.

»Er hat das Kalb für uns zur Welt gebracht ... Ein hübsches, winziges Kälbchen, nicht wahr, Frank?«

»Ein großes Kalb«, sagt Frank, wie er jetzt heißt, und denkt, was für ein guter, harmloser Name das doch ist. Diesen Namen wird er mit auf seine Reise nehmen, und in Gedanken probiert er ein paar Nachnamen aus, die dazu passen könnten. Er weiß nicht, ob er sich setzen oder stehen bleiben soll.

»Vor einer Weile ist ein Armeelaster vorbeigekommen.« Das und ihr trotziger Blick sagen ihm, daß sie ihm freiwillig nichts zu essen geben wird.

Ihr Mann folgt ihr in die Spülküche, wo sie damit fortfährt, mit dem Meißel Farbe von einem Regal zu kratzen. Er kann sie durch die offene Tür beobachten. Zuerst flüstert der Mann, aber bald wird er es leid und sagt, sie solle gefälligst die Pfanne und ein paar Eier holen. Ohne sich zu fügen, tut sie, was er sagt.

Sie betrachtet den Fremden mit einer Mischung aus Mißtrauen und Angst, während ihr Mann fragt, ob er die Eier auf eine bestimmte Weise gebraten haben möchte. Sie hat es ihrem Mann überlassen, die Eier zu braten, hat sie bloß stumm neben den Herd gelegt.

»Es ist gut so«, sagt Frank.

Was soll er auch sonst sagen, ein hungriger Mann, ein Mörder, ein hungriger Mörder. Heftige Gefühle kämpfen in ihr, während ihr Mann die Pfanne vom Feuer hebt, sie hochhält und seine Frau dabei so streng ansieht, als würde er ihr jeden Moment das siedende Fett über die Füße gießen. Mit einem grauen Lächeln erzählt sie dem Fremden, sie hätten vier Kinder, zwei davon in Südfrankreich und zwei zu Hause, und es sei ja wohl nur zu verständlich, daß sie sich über die beiden, die zu Hause seien, mehr Sorgen mache, wegen der ... wegen der ... Sie spricht den Satz nicht zu Ende. Es ist nicht nötig. Ihr Mann kümmert sich um seinen Gast, füllt seine Teetasse nach und schwärmt von der Größe und Stämmigkeit des neugeborenen Kälbchens.

»Sie schaffen es auch allein ... Kühe schaffen das immer allein«, sagt sie so schonungslos, als wollte sie beide Männer zwingen, wenigstens einen Augenblick lang über den Tötungsinstinkt des Mannes und den Gebärinstinkt der Frau nachzudenken.

»Unsere hätte es nicht geschafft ... Wenn Frank nicht gewesen wäre ... Er mußte das Kalb mit dem Seil herausziehen«, sagt ihr Mann und stellt die Pfanne direkt auf die Tischdecke, damit Frank sein letztes Stück Brot einstippen kann.

»Kühe schaffen das immer«, beharrt sie, geht zurück in die Spülküche und macht sich lautstark mit ihrem Meißel zu schaffen.

Als er gegangen ist, betrachtet sie ihren Mann mit kaltem, starrem Blick, sagt aber kein Wort.

»Wenn du das Telefon auch nur berührst ...« sagt er, als er sieht, daß sie sich die Hände abtrocknen will.

»Versuch's doch«, sagt sie und dreht ihm den Rücken zu.

»Ich schlag dich tot«, und mit seinem Gürtel peitscht er so fest auf die Kommode ein, daß Teile des Geschirrs herunterfallen und über den Boden rollen, gefolgt von rieselndem, lehmigem Staub. Das Porzellan zerbricht unter seinen Schlägen. Sie steht da, ihm noch immer den Rücken zugewandt, und als er fertig ist, dreht sie sich um, kniet nieder, schaut die verstreuten Teile an und sammelt etwas zusammen, was ihr besonders lieb geworden ist, einen Sahnekrug mit Kornblumen auf der Vorderseite, legt die Teile zusammen wie ein Kind, das mit einem Puzzle spielt. Dieser Verlust ist das einzige Zeichen von Weichheit, das er seit Jahren bei ihr gesehen hat.

»Du und deinesgleichen, ihr sorgt dafür, daß sie immer weitermachen«, sagt sie.

»Er hat uns nichts getan, oder?«

»Nein. Er hatte keine Lust auf Fleisch, weil heute zufällig Freitag ist.« Allmählich lassen die zusammengelegten Scherben die Form erkennen, die sie vorher gebildet hatten, und doch ist es so sinnlos, als versuchte sie, die Teile einer zerstückelten Leiche wieder zusammenzufügen.

»Ich bin nicht für diese Leute, Julia ... Ich bin genauso gegen sie wie du«, möchte er sagen, aber er kann es nicht. Die Worte wollen sich einfach nicht lösen.

»Bei Tuam wird dich jemand am Sägewerk treffen.«

»Du wirst mir etwas Geld geben müssen.«

Sie stehen ganz am Ende des Parkplatzes, möglichst weit vom Tanzschuppen entfernt, aus dessen Fenster in sprunghafter Folge knallbunte Lichtstrahlen dringen und ihm fast die Augäpfel zerreißen, so sehr hat er sich an das Dunkel und Halbdunkel gewöhnt. Er wird bald blind sein. Ein Mädchen mit klagender Stimme übt *Der heilige Heimatgrund.* Sie singt immer wieder die gleichen vier Zeilen, singt, als würde sie die Worte aus ihren Eingeweiden pressen, jeden einzelnen Ton aufs neue gebären.

Übers salzige Meer wirst du segeln
Doch einst gibt's ein Wiedersehn.
Die Geliebte wirst du wiederfinden und
Auf dem heiligen Heimatgrund stehen.

Keines der üblichen Tanzliedchen. Die Melodie hat etwas Leidenschaftliches, Verzweifeltes.

»Ich habe kein Geld.«

»Was zum Teufel ... Du hast ein tolles Auto ... Du mußt Geld haben.«

»Für Geld bin ich nicht zuständig ... Ich bin nicht gekommen, um dich auszuzahlen.«

»Verdammt, Iain.«

»Roger ...«

»Wie soll ich ohne Geld vorankommen ... Ich bin kein verdammter Cúchulainn.«

»Klau dir dein Scheißgeld doch selbst zusammen... Geh einfach rein und zeig mit der Kanone auf die Kasse... Dadrin sind nur sie und der Typ und die Sängerin.«

»Ich kann doch jetzt unmöglich so ein Scheißding drehen... Nicht allein... Und du wirst mir wohl kaum Feuerschutz geben.«

»Dann mußt du eben abhauen und dir woanders was klauen... Irgendwo wirst du schon eine einsame Witwe oder einen einsamen Witwer finden...«

»Ich kann nicht von Luft leben, verflucht... Ich habe Hunger... Ich habe seit gestern nichts mehr gegessen.«

Der Mann zieht etwas Kleingeld aus der Tasche, sagt, das sei alles, was er habe, alles, was er ihm geben könne, und jetzt solle er verdammt noch mal endlich abhauen.

»Wer weiß, vielleicht brenne ich eines Tages noch mit der Kasse durch und mache mir damit ein schönes Leben«, sagt er bitter und schaut auf das Kleingeld in seiner offenen Hand.

»Wir würden dich überall finden.«

»Danke, Iain... Ich wußte immer, daß du ein Freund bist.« Und schon ist er über die niedrige Mauer gesprungen, die hinter einem Bungalow entlangführt, und läuft über die Unermeßlichkeit der dunklen, triefnassen Felder auf die Weite der Berge zu, deren Kämme sich mit den dunklen Wolken vereinen. In seinem Kopf spukt noch immer das Lied herum.

»Die Mittagszeit war gerade vorbei, und ich habe wie immer hinten im Imbißwagen gesessen und meinen Kaffee getrunken, da hat es plötzlich ans Fenster geklopft, ans Seitenfenster.« Sie zwirbelt und knotet ihr Taschentuch. Sie hat Angst vor dem Polizisten. Er ist mittleren Alters und betrachtet sie mit strenger Miene.

»Und weiter«, sagt er und fragt sich im stillen, wie jemand so bekloppt sein kann, vierundzwanzig Stunden lang nichts von einem solchen Vorfall zu melden. Alles an ihr geht ihm auf die Nerven, ihre blöde Brille, die Pickel auf ihrer Stirn und das alberne Haarband, das eher zu einem Kind gepaßt hätte.

»›Wie heißen Sie?‹ hat er mich gefragt, und ich habe geantwortet: ›Teresa‹, und dann hat er gesagt: ›Teresa, wir fahren nach Limerick.‹ Erst habe ich gedacht, das sollte ein Witz sein ... Ich habe gesagt: ›Die Mittagszeit ist vorbei‹, aber dann hat er seine Jacke zurückgeschlagen und mir die Waffe gezeigt.«

»Und dann.«

»Ich habe nicht geschrien oder so ... Er hat so leise gesprochen ... Ich habe einfach die Kaffeetasse hingestellt und bin auf den Fahrersitz geklettert, er hat sich neben mich gesetzt, und wir sind losgefahren. Dann hat er mich gefragt, wo ich wohnen würde, ob ich verheiratet sei und ob ich Geschwister hätte.«

»Und Sie haben es ihm erzählt.«

»Das mußte ich ja.«

»Das ist unglaublich ... Das schlägt einfach alles.«

»Er hat mich nicht angefaßt. Er hat gesagt, er habe Hunger, und ich habe gesagt: ›Hinten im Wagen gibt's kalte Würstchen mit Brot.‹«

»Und wo der Senf ist, haben Sie ihm natürlich auch noch erklärt.«

»Was sollte ich machen ... Er wollte etwas zu trinken ... Limonade oder Cola ... Bei der nächsten Gelegenheit sollte ich anhalten, in einen Laden gehen und Cola und Zigaretten holen ... Silk Cut.«

»Warum haben Sie der Verkäuferin nichts gesagt?«

»Ich wollte es ihr sagen. Sie muß mir angesehen haben,

daß etwas nicht in Ordnung war... Ich war bestimmt schneeweiß im Gesicht... Aber ich hatte Angst... Ich wußte nicht, was passieren würde... Eine Schießerei oder so.«

»Aber Sie könnten dafür verhaftet werden... Wegen Mittäterschaft.«

»Das hat meine Mutter auch gesagt... Sie meinte, ich sollte es niemandem erzählen... Nicht mal der Polizei.« Und sie fängt wieder an zu weinen und fleht ihn an, sie nicht zu verhaften. Der Imbißwagen sei die einzige Einkommensquelle der Familie. Sieben Kinder. Und der Vater arbeitslos.

»Sie werden nicht verhaftet, wenn Sie uns alles erzählen... Alles.«

»Er hat die Cola getrunken, die ich für ihn gekauft habe, und plötzlich haben wir eine Polizeisirene gehört. Er war auf einmal hellwach. ›Bei der nächsten Straße abbiegen‹, hat er gesagt, also bin ich in eine Seitenstraße gefahren. Wir haben den Wagen mit der Sirene auf der unteren Straße gehört und sind die nächsten zwanzig Meilen auf Nebenstraßen weitergefahren. Er hat mir gesagt, was ich sagen soll, falls wir angehalten werden, und ich mußte es mehrmals üben.«

»Nämlich.«

»Mein Name ist Teresa... Das hier ist mein Freund Frank... Er wohnt bei mir und meiner Familie... Wir sind zu einer Geburtstagsfeier nach Limerick unterwegs... Nicht in der Stadt, sondern auf dem Land, da gibt es kein Telefon.«

»Sie sollten Schauspielerin werden.«

»Er hat gesagt, ich sollte Irisch lernen... Das sei eine wunderschöne Sprache.«

»Wie denn... Sie besuchen die Abendschule?«

Tränennaß und verschüchtert schaut sie zu ihm auf und fragt, ob sie zur Toilette gehen dürfe.

»Gleich, gleich.«

»Ich muß mich übergeben.«

»Dann gehen Sie eben auf die verfluchte Toilette«, sagt er und blättert wütend in seinem Block, um sich die wenigen Notizen anzuschauen, die er von ihrem Gespräch gemacht hat.

»Sie haben nichts getan, um ihm zu zeigen, daß Sie gegen ihn sind«, sagt er, als sie wiederkehrt, ihr Mund ein roter Riegel aus Lippenstift, das Haarband verschwunden.

»Doch«, sagt sie trotzig, »ich habe ihn gefragt, warum er ausgerechnet mich ausgewählt habe, und er hat gesagt, erstens weil ich eine Frau sei und zweitens weil das Autokennzeichen ihm gepaßt habe, und ich habe ihn gefragt, was ihm wichtiger gewesen sei, das mit der Frau oder das mit dem Nummernschild, aber er hat mir keine Antwort gegeben ... Er hat Kette geraucht, hat sich eine nach der anderen angesteckt, hat gesagt, er habe seit drei Tagen weder geraucht noch gegessen, aber er habe selten Hunger, immer nur Durst, doch Alkohol trinke er nie.«

»Warum haben Sie den Vorfall nicht sofort gemeldet?«

»Ich weiß nicht ... Ich glaube, aus Angst ... Als er ausgestiegen ist, hat er gesagt: ›Ich weiß, wo Sie wohnen ... Ich kenne Ihren Namen ... Ich kenne Ihre Familie ...‹ Was konnte ich da anderes tun, als einfach nach Hause zu fahren ... Und mich zu fragen, was ich meiner Mutter erzählen sollte ... Ich hatte Angst, daß sie mir nicht glaubt.«

»Warum hätte sie Ihnen nicht glauben sollen?«

»Weil ich bei uns zu Hause immer den Clown spiele ... Den Kindern Steine und Froschlaich in die Betten lege und so ...«

»Sie hätten sich nützlich machen können, Teresa. Sie hätten sich als wichtiges Glied in der Kette der Ermittlung erweisen können, und was haben Sie gemacht, Sie haben ihm in die Hände gespielt.«

»Aber jetzt bin ich doch hier.«

»Ohne irgend etwas Konkretes. Auch zehn mal null bleibt null.«

»Es tut mir leid.«

»Wir müssen den Wagen hierbehalten.«

»Für wie lange?«

»Ein paar Tage.«

»Ich möchte Sie etwas fragen.«

»Fragen Sie.«

»Wird er mich verfolgen?«

»Warum glauben Sie das?«

»Aber so machen die das doch, oder? Wenn sie einen einmal kennen, ist man fürs Leben gezeichnet ... Sie schießen einem die Kniescheibe durch oder stecken einem das Haus an.« Wieder beginnt sie zu weinen, große, schwerfällige Tränen, die auf seine armseligen Notizen tropfen, und er denkt: »Das Haus anstecken ... Sie hat keine Ahnung, was das bedeutet, aber sie weiß, was Angst ist, und von nun an wird sie jedesmal Angst haben, wenn sie vor die Tür tritt.«

»Der Imbißwagen ist unser Lebensunterhalt ... Ich war drüben in England zur Ausbildung ... In Surrey.«

»Kommen Sie, man wird Ihnen eine Tasse Tee besorgen.« Alles, um sie und diese Orgie der Tränen nicht länger ansehen zu müssen.

Beinahe Nacht. Das eigentümliche Dämmerlicht, wenn die Gegenstände im Raum ihre Form verlieren und geräuschlos ineinandergleiten.

»Es werde Licht«, sagt Schwester Morrissey stolz und hält die Glocke hoch, damit ihr Schützling sie sehen kann. Es ist eine Metallglocke mit winzigen Löchern, der sich ein dünnes, blechernes Läuten entlocken läßt. Aber sie hat die Glocke noch nicht geläutet, noch nicht.

Die Schwester hat ihr geholfen, den kargen, zugigen Raum in eine provisorische Küche zu verwandeln, eine Küche mit Tassen und Untertassen, Keksen, Teedose, Kondensmilch, Teekessel und einem kleinen Ofen.

»Hier sind Sie doch viel besser dran als im Heim«, sagt die Schwester.

»Ich weiß nicht, warum ich je dorthin gegangen bin.«

»Sie hatten eine Lungenentzündung.«

»Im Heim wird man zu jeder Tages- und Nachtzeit geweckt, damit sie einen waschen oder die Temperatur messen können.«

»Ja, da hat man's zu Hause wirklich besser.«

»Gehen Sie noch nicht«, sagt Josie. Die Schwester antwortet mit einem Seufzer und zählt all die Besuche auf, die sie noch machen muß – bei einer jungen Frau, die sich selbst und ihre kleinen Kinder mit kochendem Haferschleim verbrüht hat, was noch viel schlimmer ist als mit kochendem Wasser; bei einem Witwer mit zwei Geschwüren und bei seinem Nachbarn, der von einer Gürtelrose ganz wund ist; bei lauter Menschen, die alle bedürftig sind und Umschläge, Verbände, Tropfen und Tabletten brauchen, jeder einzelne von ihnen. Und die aufs Reden versessen sind. Die Schwester versteht nicht, warum die Menschen, je älter sie werden, immer stärker aufs Reden aus sind. Über ihre Vergangenheit, ihre Gegenwart, ihre Zukunft, über alles und jedes, auch über die Angst vorm Tod. Als wenn sie selbst keine Angst vorm Tod hätte.

»Man weiß ja nie«, sagt Josie.

»Aber, aber«, ermahnt sie die Schwester und erinnert sie daran, daß sie jederzeit die Glocke läuten kann.

»Wer würde sie hören?« fragt sie, schüttelt die Glocke und lauscht den zögernd aufklingenden Geräuschen nach.

»Sie wird Ihnen Gesellschaft leisten«, sagt die Schwester. »Das Bimmeln klingt doch ganz nett.«

»Ein Landstreicher könnte in das Haus einbrechen«, sagt Josie.

»Bei Ihrem kärglichen Vorrat an Lebensmitteln würde er bestimmt nicht lange bleiben«, erwidert die Schwester lächelnd, nimmt ihre Öljacke vom Stuhl und zieht eilig den Reißverschluß zu.

»So, Missus«, sagt sie und versucht, so fröhlich zu klingen, als würde sie nicht gehen, sondern sei gerade fröhlich ankommen. Wenn man bedachte, daß diese Frau sich früher niemals mit ihr oder ihresgleichen abgegeben hätte, diese Frau mit ihrem grandiosen Stil und ihrer Pracht, mit den blitzenden Augen, die so gut zum dunkelblauen Glas der Perlen an ihrem Rosenkranz gepaßt hatten, den sie in der Kirche immer baumeln ließ – Augen, die Schande über sie gebracht hatten, über sie, ihren verstorbenen Gatten und einen anderen Mann, Augen, die jetzt so fade und wäßrig waren, daß sie sie an gekochte Tapioka erinnerten.

»Lassen Sie die Tränen ruhig fließen«, sagt sie, um sie zu trösten, und dann ist sie verschwunden. Josie denkt, vielleicht kommt sie zurück, weil sie etwas vergessen hat, oder sie tut so, als habe sie etwas vergessen, um den Abschied zu mildern, aber sie kommt nicht wieder.

Josie ist allein und sieht sich im Zimmer um, läßt ihren Blick auf den verschiedenen Gegenständen ruhen, auf dem elektrischen Teekessel mit seiner Tülle, auf der Kekspackung, auf den verträumten Sträußen auf der Blumentapete, schwer von dicken Rosen und zarten Knospen, auf den fadenscheinigen Gardinen an der Stange, die schief auf ihrer Halterung sitzt. Sie sagt sich, daß sie hier sicher ist, im obersten Stockwerk ihres Hauses, ihrer Burg. Aber sind wir jemals sicher?

»Lola ... Lola«, sagt sie. Ihr Schmetterling ist zurückgekehrt, sitzt in einer Wandnische, zusammengeklappt zu einer weichen, braunen Falte – Lola, ihre einzige Gefährtin, ihre Freundin. Sie glaubt, daß es ein Weibchen ist, denn wenn Lola ihre Flügel ausbreitet, sieht man ein kleines Büschel dunkelbrauner Haare, das glänzt, sich zusammenzieht und wieder glänzt. Und sie hatte schon gedacht, Lola wäre fort, durch die Ritzen der Fensterrahmen entflogen, doch nun taucht sie urplötzlich unter dem rosafarbenen Lampenschirm wieder auf, umkreist die Lampe und streift mit raschen Flügelschlägen Josies Gesicht. Bestimmt hat das etwas zu bedeuten. Tod vielleicht. Sie hat nie viele Gedanken an alte oder kranke Menschen verschwendet, doch jetzt denkt sie oft daran. Den Tod der Mutter hat sie aus ihren Gedanken gelöscht. Als ihre Mutter im Flur des Krankenhauses im Sterben lag, führte sie noch immer Krieg um ein Stück Land, ein Feld, das ihr gehörte, auf das aber auch ein Nachbar Anspruch erhob und das wegen dieser Fehde letztendlich keine der beiden Familien nutzen konnte. Schließlich wurde es von fahrendem Volk in Besitz genommen, Wohnwagen parkten dort, Abend für Abend brannten helle Lagerfeuer, und betrunkene Menschen stritten sich lautstark, riefen nach ihren Hunden oder bettelten um Milch. Ja, noch im Krankenhaus sagte ihre Mutter zu ihrem Vater, er sei kein Mann, sondern ein Schwächling, und ihre letzten Worte galten dem Feld, ihrem Feld, den Rechten an ihrem Feld.

Beim nächstenmal würde sie die Schwester nach einem Tonikum fragen, das ihr helfen würde, ihre Kräfte wiederzugewinnen. Niemand konnte sagen, was ihr fehlte, nur daß sie sich körperlich verzehrte. Was hätte sie in ihrem Leben, dürfte sie es noch einmal beginnen, anders gemacht. Viele Menschen fragen sich das. Hätte sie James geheiratet. Und wenn sie ihn geheiratet hätte, hätte sie dann das Beste daraus gemacht und ihm ein Kind geboren, eine Tochter, die sie jetzt hätte besuchen, sich um sie kümmern, sie umsorgen, ihr ein Tuch oder eine Bettjacke holen und sagen können: »Mama ... Mama.«

Die Vergangenheit

Vor langer Zeit war sie als Braut hergekommen, als Braut mit einem losen Fuchskragen über dem Samtkostüm. Sie hatte im zweirädrigen Ponywagen gesessen, und ihr Mann, mit schweinsledernen Handschuhen und einer gelben Weste fröhlich gekleidet, hatte die Zügel schleifen lassen und Frisco, dem ungestümen Pony, erlaubt, über den holprigen Fahrweg zu galoppieren. Erst als Frisco in den hinteren Hof einbiegen wollte, fing ihr Mann an zu schreien, spannte die Zügel wieder und steuerte auf das zweite Tor zu, das imposante Silbertor, das zur Vorderseite des Hauses führte und feierlich offenstand. Mit einem Blick nahm sie alles wahr, die Fassade des Hauses in verwaschenem Blau, die spitzen Seitengiebel aus bläulichem Stein, die Ställe, hinter dem Haus ordentlich aufgereiht, die verschiedenartigen Fenster, einige von ihnen gebogen und die zur niedrigen Veranda hin mit Scheiben aus buntem Glas, durchzogen von den Strahlen der Sonne. Das Haus über dem See. Welches Mädchen hätte nicht alles dafür gegeben, hier einzuheiraten.

»Miss O'Grady«, sagte ihr Mann, als sie aus der Kutsche stieg und einem Dienstmädchen vorgestellt wurde, das sein Kichern kaum unterdrücken konnte. Ein Fuchspelz an einem so warmen Tag! Brid hieß das Mädchen, hatte ein rundes Gesicht und tanzende bernsteinfarbene Augen.

Die Türen und Fenster weit geöffnet, alte Eisenklötze an den Türen, damit sie nicht zuschlagen konnten, und James so stolz darauf, ihr alles zeigen zu können, sie durch die Haupträume, die Neben- und Hinterzimmer zu führen und zu sagen, all das könne die ordnende Hand und den Kunstsinn einer Frau gebrauchen. In der Küche der Duft nach Gebackenem, nach Kuchen und Pasteten, und Brid, die mit der Gabel in einem Suppenteller Eiweiß schlug.

Später ein Spaziergang im Garten unter dem schläfrig murmelnden Laubwerk, eine Zeder, so groß wie ein Haus, die Rinde pudrig und rosafarben, seine Initialen und die seines Bruders mit einem Taschenmesser eingeritzt. Über die Felder dann und über die Zäune, durch grob zusammengezimmerte Tore, über andere Felder, Meere von rotem Ampfer, die sich im Wind wiegten, weiter zum Landesteg, dem eigenen Landesteg, auf den er ganz besonders stolz war.

Hinaus auf den See in seinem Ruderboot, das Wolltuch mit dem Schottenkaro, das er vorsorglich mitgebracht hatte, über ihre Knie gelegt. Sie sah das Sonnenlicht auf den kleinen Wellen aufblitzen, fortschwimmen und wiederkehren und lauschte den Geschichten ihres Mannes über den See. Das Wasser selbst, die Art, wie es sich kräuselte, verlieh ihr eine Gänsehaut. Das war kein See mehr, das war schon ein Meer. Aber er führte die Ruder mit ruhigen Schlägen, stolz darauf, ihr Fährmann zu sein, nannte ihr die Namen der Inseln – Priest Island, Sheep Island und Island of the Mad Monk –, unterhielt sie mit Geschichten über Menschen, die in privaten Brennereien ihren eigenen Schnaps herstellten, und über Familien, die in seiner Jugend auf manchen dieser Inseln gelebt hatten, alle Nahrungsmittel mit dem Boot hinüberschaffen und später ihr Vieh wieder an Land rudern mußten, wenn es an der Zeit war, es zu verkaufen.

Das Boot roch nach Benzin, und Wasser sickerte durch die Lecks und verfärbte das Wildleder ihrer Flitterwochenschuhe. Er wirkte auf einmal so fröhlich und so galant, daß sie dachte, meine Zurückhaltung – oder ist es mein Ekel – wird sich legen, und wenn wir heute nacht zu Bett gehen, werden alle Zweifel überwunden sein. Sie listete all seine guten Seiten auf, seine Witze, sein Lächeln, seinen Eifer, ihr von den Launen des Sees zu erzählen, die er mit denen einer Frau verglich. Sie dachte an ihre Qualen als Zimmermädchen in Brooklyn, das Heimweh, das ihr zusetzte, wenn sie auf den East River hinunterschaute und mit Gewißheit wußte, daß sie dort nicht bleiben, aber auch nicht zu einer Mutter zurückkehren konnte, die sie aus Eifersucht vertrieben hatte und ihr wöchentlich schrieb, um sie zu ermahnen, sich endlich zu bessern, sonst würde sie noch in einem Moor bei den Torfstechern enden. Sie erinnerte sich an ihren ersten Morgen in Brooklyn, als sie die Aschenkästen geleert, den Ofen poliert, das Frühstückstablett gerichtet, an die Schlafzimmertür geklopft hatte und schließlich gebeten worden war zu warten, einen Augenblick zu warten.

»Schau, schau«, sagte James und zeigte auf einen Vogel hoch über ihnen, eine Feldlerche oder einen Bussard, die Spannweite der Flügel so viel länger als der Körper. Er kannte die Vögel der Gegend. Er hatte auf den Inseln gejagt. Er kannte die Launen des Wassers und beschrieb einen Winter in seiner Jugend, als der See gefroren war und er mit seinen Freunden auf Schlittschuhen drei Meilen zu einem Tanz am anderen Ufer und am nächsten Morgen wieder zurück gelaufen war. Er liebte die Natur, er liebte sein Haus, und auch sie würde es liebenlernen, würde allein daran, wie die Geräusche vom See, das Klopfen der Bootsleute über das Wasser zu ihnen herübergetrieben kam, erkennen, ob es bald Regen geben würde.

Als sie an der Insel mit der leeren Schule vorbeikamen, zeigte er ihr ein Schwanennest und das Schwanenpaar, das, wie er ihr erklärte, ein Leben lang zusammenblieb. Ihr Ehemann. Ein Mann, den sie kaum kannte. Er fragte sie, ob sie nach Hause zurückkehren wolle, und sie sagte ja, weil sie nasse Füße hatte. Im Licht der untergehenden Sonne war das Wasser bernsteinfarben geworden, hatte den Farbton seines Schnurrbarts angenommen. Das Schilfrohr stand darin wie lauter Flamingobeine, und weiter drüben, nahe dem Ufer, war es schon so dunkel, daß die Nadelbäume einen schwarzen Saum bildeten und sich im Wasser spiegelten wie unregelmäßige Pinselstriche aus Pech. Das Wasser war jetzt so ruhig, daß es wie Glas aussah, nur hier und da gab es ein paar Blasen, die wirkten wie aufgespuckt. Sie sah sich selbst im Wasser, ihr Gesicht verzerrt.

Als er ihr aus dem Boot half, nutzte er die Gelegenheit, nach ihrer Hinterbacke zu greifen, und sie dachte: »Nein, ich kann es nicht, ich kann es nicht ertragen.« Sie rief eine Heilige an, die heilige Agnes, um sie zu fragen, was sie tun sollte – auf der Stelle entfliehen, sich ihre Koffer schnappen und davonlaufen?

»Das hat dir gefallen«, sagte er. Sie sagte ja und sprach von der Landschaft, den wandelbaren Farben des Wassers, den ulkigen Namen der Inseln und dem Schulhaus, das ohne Schüler so traurig aussah. Ihm fiel noch etwas Lustiges ein, das er ihr erzählen mußte. Oben an der

Kreuzung gab es einen alten Mann, der damit prahlte, daß er zwar nie zur Schule gegangen sei, aber viele Gelehrte getroffen habe, drei Worte auf Latein könne und wisse, wer Archimedes sei.

Beim Gang über den feuchten Pfad unter den überhängenden Haselsträuchern spürte sie seinen Blick auf ihrem Körper, auf ihren Hinterbacken, und sie bereute jeden Schritt, der sie auf die blinde, steinige Dunkelheit zuführte, die ihre Zukunft war. Ihre Hüften waren es, die ihm an ihr am besten gefielen, breit und doch nicht ohne Zierlichkeit. Eine gute Stute. Sie hatte braunes Haar, eine stolze Mähne, und ihre Kleider waren braun und aus den verschiedensten Stoffen – Gaze, Samt und Voile, Lage um Lage. Er hatte sie in aller Eile geheiratet, obgleich er sie seit fast einem Jahr kannte und ihr in dem Pub ihres Onkels, wo sie hinter dem Tresen bediente, den Hof gemacht, ihr zugezwinkert und sich gefragt hatte, ob ihr verborgener kleiner Pelz wohl ebenso kupferfarben war wie ihr Haar. Ihr gesamter Putz stammte aus Amerika, ebenso wie der Akzent, den sie auf- und zudrehen konnte wie einen Wasserhahn. Sie sagte »verflixt« statt »verdammt« und »Eisschrank« statt »Kühlschrank«, dabei war sie fern aller Eisschränke aufgewachsen. In der Begeisterung des Augenblicks war er direkt auf den Onkel zugegangen und hatte um ihre Hand angehalten, hatte ihr einen Antrag gemacht und sie in Limerick City geheiratet, ohne es einer Menschenseele zu erzählen, nicht einmal seinem Bruder. Dem Bruder, der bei ihm wohnte, dem Bruder, mit dem er, solange er denken konnte, gerauft, getrunken und gestritten hatte, würde sein Glamourmädel nicht gefallen. Hatte sich in ein Nebengebäude zurückgezogen, als sie gekommen waren. Zum Teufel mit dem Bruder. Ihr Gang und die Art, wie sie ihre Schritte zwischen das Jakobskraut setzte, erfüllten ihn mit verlockenden Spekulationen. Der Bruder würde es schlukken müssen, würde tun, was er immer getan hatte, das Feuer schüren, das Wasser pumpen, am Abend die Paraffinlampen anzünden, um die klamme Dunkelheit aus den Zimmern und Fluren zu vertreiben, am Morgen die Mausefallen hinaustragen und neu mit Käserinden füllen, wie er es immer getan hatte. Natürlich würde er nicht gern mit ansehen, wie eine Frau sich im Haus ausbreitete und viele der alltäglichen Verrichtungen übernahm, würde nicht gern sehen, wie eine Frau nach oben ins Schlafzimmer ging, sich nicht gern vorstellen, wie sie ihre Kleider auszog, sich in der Sitzbadewanne warmes Wasser über den Bauch goß und sich mit dem Schwamm abrieb, um sich auf ihre Hochzeitsnacht vorzubereiten. Sie sagte ihrem Mann, ihr gefiele sein Schnurrbart. Er würde sie sanft damit streifen. Der erste Kuß. Sie war seine erste Frau, und da sie jetzt verheiratet waren, würde sie sowohl seine erste als auch seine letzte sein.

Als sie vom See ins Haus zurückkamen, war er plötzlich verschwunden. Sie dachte, als seine Frau sollte sie ihm vielleicht folgen. Aber dann dachte sie, als seine Frau sollte sie ihn vielleicht auch seiner eigenen Wege gehen lassen. Verlegen und unsicher fand sie sich im Eßzimmer wieder, betrachtete die Einrichtung und befühlte die bronzefarbenen Vorhänge, die im Wind sanft hin und her schwangen. Einen davon zog sie langsam über die Gardinenstange und dachte: »Wenn jetzt jemand hereinschauen würde!« Die Gläser im Eckschrank waren mehrfarbig, grün und rot, und bei manchen waren passende farbige Recktecke in die Stiele eingelassen. Das Haus mußte dringend entstaubt werden, es brauchte die ordnende Hand einer Frau. Sie stellte sich auf die Zehenspitzen, wirbelte im Zimmer herum und dachte: »Das ist meins, meins.«

Keine Herrin, keine Fremde, die ihr sagte, tu dies und tu das, tu dies nicht und tu das noch mal und warum ist der Tisch noch nicht gedeckt. Befehle. Befehle. Ihre Herrin, die wie eine bleiche Sultanin in ihrem hohen Bett gesessen hatte, vor sich das Frühstückstablett, die Apfelsine in acht Schnitze geteilt, genau so, daß sie bequem in ihren Mund paßten. Sie stammte aus der Ukraine, und ihre dunklen, schwimmenden Augen waren wie düstere Teiche, ein Abbild ihrer Gehässigkeit, und doch wußte sie ihrem Mann um den Bart zu gehen. Jeden Morgen um acht erklomm Josie mit dem Frühstück die Treppe – oder vielmehr: Sie stieg zweimal hinauf, ließ das erste Tablett vor der Tür stehen, klopfte vorsichtig, um die Herrschaften vorzuwarnen, ging noch einmal hinunter, holte das zweite Tablett und trat dann ein, den Kopf gesenkt, um sie nicht anschauen zu müssen, um ihnen nicht zuhören zu müssen mit ihrem »Liebes« hier und »Liebling« dort und »Was der Koch wohl heute Leckeres für uns gebacken hat«. Der Koch war dünn und hatte gelbliche Haut, ein Kettenraucher. Am schönsten war es in Brooklyn am frühen Morgen, wenn noch niemand aufgestanden war außer den Dienstmädchen, junge Frauen wie sie, die Öfen ausfegten, Aschekästen leerten und sich auf Zehenspitzen bewegten, um ihre liebestrunkenen Herrschaften nicht zu wecken. Von dem einen Fenster konnte sie das Wasser sehen und dahinter Manhattan, die hohen Häuser, rosafarben und ätherisch im Morgendunst, wie Cromleche – druidische Steinkreise aus angemaltem Plastilin.

An ihrem freien Tag lief sie durch die Straßen und betrachtete in den Schaufenstern Kleiderstoffe und Lampen, Babykleider und Kinderstiefelchen. In einem Fenster lag das Skelett eines kleinen Fußes, eines kleinen toten Fußes, der schimmerte wie die weißen Tasten eines Klaviers. Er rührte sie zu Tränen. Sie dachte an zu Hause, die Straße durchs Moor, frisch geschnittenen Torf und ihre Familie, die glaubte, sie würde in sorglosem Luxus leben; obgleich sie in Wirklichkeit doch bloß die Dienstmagd einer rundlichen Frau aus der Ukraine war, einer Frau, die unendlich weich sein konnte, solange ihr Mann in der Nähe war, aber vor Wut schäumte, sobald er mit seinem großen schwarzen Mantel und dem rabenschwarzen Haar das Haus verlassen hatte. Doch für die Frau, die jetzt in ihrem Zimmer stand und auf die nassen Blumenbeete schaute, auf die aprikosenfarbenen Büsche und die mit reifen und unreifen Brombeeren überschwemmte Hecke, waren diese Jahre wie ein böser Traum. Sie war jetzt Herrin eines Hauses, hatte ein Dienstmädchen, das sie rufen konnte, von dem sie sich bedienen, die Kleider bügeln und bei Laune halten lassen konnte. Seitdem sie ins Haus zurückgekehrt war, hatte es einen kurzen Schauer gegeben. Das Gras glänzte in der Sonne, und kleine Schatten tänzelten darüber wie die Hufe imaginärer Pferde. Schatten, die weder grün noch schwarz, sondern graugrün waren.

»Oh, diese verflixten Schatten«, sagte sie, als der Abend sich hinzog und die Dinge um sie herum dunkler, düsterer, erdrückender wurden. Sie mußte etwas tun, sofort etwas tun, mußte weglaufen.

Sie rief aus ihrem Schlafzimmer, wo sie ihre Koffer ausgepackt hatte: »Brid ... Brid ... Komm doch mal her«, denn sie brauchte etwas, irgend etwas, um ihre schlechte Laune zu bezwingen. Sie bat das Mädchen, für sie zu singen oder zu tanzen.

»Aber ich habe keinen einzigenTon im Kopf«, sagte das Mädchen und sprang in einer Art *Reel* oder *Hornpipe* durchs Zimmer. Ihre plumpen Beine in den derben schwarzen Schuhen stampften auf dem Teppich und den blanken Dielen, und sie tanzte und summte immer wilder vor sich hin.

»Was denkt sie sich?« fragte sich Josie, sah die rosigen Wangen und die dicken Zöpfe, die wie Seile auf und nieder sprangen.

»Was denkst du dir?« fragte sie laut, herrisch.

»Nicht viel.« Und das Mädchen streckte unfreiwillig die Zunge heraus. Sie denkt an einen Burschen, während sie tanzt, einen Burschen namens Percy. Er hat ihr gesagt, daß sie schöne Augen habe. Und daß seine Mutter Krebs habe und bald sterben werde. Die schönen Augen und der Krebs gehören zusammen. Sie hat ihn zweimal gesehen, und so Gott will, wird sie ihn bald wiedersehen. Ihr bleibt nichts anderes übrig, als auf das nächste größere Ereignis zu hoffen. Man sieht sich bei einem Tanz oder einer Totenwache, dann trifft man sich nirgends mehr. Stillstand, bis wieder etwas Ungewöhnliches geschieht. Das erste Mal hat sie ihn bei einer Totenwache getroffen, die sich eine ganze Nacht hingezogen hatte, in einem reichen Haus. Über die Leiche, einen Auktionator, hatte sich niemand viel Gedanken gemacht. Es gab jede Menge zu essen, Whiskey, und Percy hatte ganz nah bei ihr gestanden, sich gegen ihre Schenkel gepreßt, ihr ins Ohr geraunt, seine Mutter habe Krebs, und dort, wo einmal ihre Brust gewesen sei, trage sie jetzt eine Attrappe. All das erzählte er ihr, und sie spürte, wie er dabei ihre Brüste mit Blicken verschlang, und sie genoß es und wünschte sich, es wären nicht nur seine Augen, sondern auch seine Pranken, er würde an ihnen ziehen, als würde er Schrot oder

Würste in seinem Laden abwiegen, ihre Brustwarzen drücken, ihre Säfte zum Fließen bringen, und dann würde sie sich mit ihm in irgendeinem Straßengraben wälzen, ihm geben und von ihm nehmen, was immer sie wollte. Mit jedem Gedanken wurde sie wilder und nasser, drehte sich hitzig, tanzte um das Himmelbett, durchquerte das Zimmer, versteckte sich hinter den Fensterläden, spähte hinaus und fragte die Missus, ob sie mit ihr tanzen wolle. Und dann rasten sie gemeinsam wie Derwische durchs Zimmer, und Brid stellte sich vor, sie würde mit Percy tanzen, Percy würde ihre Brüste drücken – nur daß es in Wirklichkeit die Missus war, vier Brüste durch die Brautsuite wippten, der Wasserkrug in der Waschschüssel klapperte und Our Lady of Limerick in Blattgold mit rundlichen Wangen auf sie herunterschaute.

Als sie zu Ende getanzt haben, kramt die Missus atemlos in ihrer Börse und drückt Brid eine Münze in die Hand. Das Geld wird sie nicht für Süßigkeiten verschwenden, sie wird davon, um für Percy gut zu riechen, Talkumpuder kaufen, der den Schweiß aufsaugt.

»Wer ist hier der Arzt?« fragte die Missus so beiläufig, als wäre es ihr erst nachträglich eingefallen.

»Es gibt nur einen«, sagte das Mädchen, »Stack, Dr. Stack.« Sie fand es merkwürdig, daß eine Frau sich an ihrem Hochzeitstag nach einem Arzt erkundigte, aber sie schrieb es den Nerven zu und dankte ihrem Schöpfer, daß sie noch jung war, und wenn sie mit Percy schlafen würde, dann nicht in einem braunen Zimmer mit quietschenden braunen Möbeln, sondern draußen auf einer weichen, widerspenstigen Unterlage aus Heide und Moor, wo alles in sie eindrang, sein Instrument so kraftstrotzend und herrlich wie die Natur um sie herum.

Ihr Mann und sein Bruder Mick wetteiferten darum, ihr die Geschichte der Maifliege zu erzählen. Sie saßen ums Feuer, und die Männer tranken Whiskey. Später glaubte sie, daß ihre Abneigung gegen Whiskey an diesem Abend begonnen hatte, das Gefühl, ihr würde sich der Magen umdrehen, das sich bald mit ihrer Morgenübelkeit vermischen sollte. Der Tanz der Maifliege. Ihr Hochzeitsmärchen. Oben im Schlafzimmer hatte das Dienstmädchen schon ihr weißes Nachthemd mit den Satinbändern auf die Tagesdecke gelegt. Von einem Pyjama oder auch nur einer Pyjamahose hatte sie nichts gesehen. Er würde nackt sein, dünn und nackt, ihr schwatzhafter Mann. Immer wenn er in ihre Richtung schaute, grinste sein Bruder höhnisch. Dies und die Tatsache, daß er beim Abendessen kein einziges Wort an sie gerichtet hatte, stimmten sie mißtrauisch.

»Nachfüllen ... James«, sagte er zu ihrem Mann, goß großzügig ein und grinste. Sie tranken aus geschliffenen Gläsern. In ihrem war Sherry, blasser als der Whiskey, eher zitrusfarben, aber trotzdem benebelnd. Das Schlafzimmer, das Nachthemd, das Ausziehen setzten ihr zu, trotzdem lauschte sie den Worten der Männer, tat so, als sei sie fasziniert, und sagte in gewissen Abständen: »James, das hast du dir bestimmt bloß ausgedacht.« Die Geschichte hatte so merkwürdige Untertöne. In aller Ausführlichkeit schilderte er den Tanz, die Brautwerbung und den Tod der Maifliegen, die nur wenige Tage zu leben hatten. Das Essen – Hammeleintopf, gefolgt von einem mit Zuckerguß überzogenen Rosinenkuchen, verziert mit ihren beiden Vornamen in Koschenille – lag ihr schwer im Magen.

Der Whiskey rann durch seine Adern, und seine Augen sahen wie sich drehende Murmeln aus, während er frohlockend vom Aufstieg der Larve von den Tiefen des Sees an dessen Oberfläche erzählte, von ihrer Verwandlung in das drei Zentimeter große Insekt mit Schwanz, von der Eile, mit der das Männchen und sein Weibchen zur Sache kommen, das Weibchen größer, kräftiger und in diesem Spiel in jeder Hinsicht überlegen, fort vom Wasser, hinauf auf die Bäume und Büsche, um zu tanzen und sich schließlich zu paaren.

»Du liebe Güte ... du liebe Güte«, sagte sie mit ruhiger Stimme, in der Hoffnung, ihn dadurch zu mäßigen.

»Unten am See ist um die Zeit alles ganz schwarz von den Fliegen«, sagte er, und sein Bruder nickte und erinnerte ihn daran, daß die Weibchen eher gelblich waren als schwarz, im Zuge ihrer Ausschweifungen aber allmählich dunkler wurden.

»Richtig«, pflichtete er bei und begeisterte sich immer mehr für seine Geschichte, beschrieb das Weibchen, dessen Lust viel drängender, dessen Appetit viel größer sei, beschrieb, wie es das Männchen mit sich zog, hoch hinauf in die Bäume, damit sie tanzen und sich paaren konnten, zwei ganze Tage lang. Am dritten Tag machte es sich, gefüllt mit Eiern, auf die Reise zurück zum See, wo es sich fallen und immer wieder aufschlagen ließ und bei jeder Berührung mit dem Wasser mehr Eier, mehr Nachkommen von sich gab.

»Immer mehr Eier«, sagte der Bruder und berührte die beigefarbenen Strümpfe der Braut, tat aber so, als wäre nichts geschehen.

»Bis es völlig leer ist«, sagte James und sah seine Frau an, sah die Farbe, die in ihre Wangen stieg, und dachte daran, daß sein Bruder, dieser starke, wortkarge Mann, sein jungfräulicher Bruder, derjenige sein würde, der diese Strümpfe ausziehen und mit dem gleichen Geschick, mit dem er die Sahne von den Milchtöpfen schöpfte, an ihren Beinen herunterstreifen würde.

»Sterben die Männchen auch?« fragte sie steif. Er und sein Bruder sahen sich fragend an und brachen dann in Gelächter aus.

»Sterben die Männchen auch?« wiederholte der Bruder. Sie hatten nie darüber nachgedacht, aber sie nahmen an, daß die Männchen, diese armen Kerle, letztendlich auch dran glauben mußten.

»Aber es ist das Weibchen, das beim Tanzen führt und die Spielregeln bestimmt«, beharrte James.

»Bis es völlig ausgepumpt ist«, sagte der Bruder, schaute diese Frau an, seine Schwägerin, und fragte sich, wie sie wohl nach einer Weile sein würde, weniger distanziert, bescheidener vielleicht.

»Es ist phantastisch«, sagte James und beschrieb noch einmal, wie die Fliegen auf den Bäumen zusammenkamen, tanzten und sich paarten, wie ein Heuschreckenschwarm.

»Erst am Abend, so gegen sechs oder sieben, fliegen sie wieder runter zum See«, sagte der Bruder.

»Ihrem Untergang entgegen«, sagte Jamie.

»Sie treffen aufs Wasser und lassen ihre Eier fallen«, sagte der Bruder.

»Dann schwingen sie sich wieder auf«, fügt Jamie hinzu.

»Lassen sich wieder fallen«, wirft der Bruder ein, »und legen einen neuen Schwung Eier.«

»Und dann geht's wieder hinauf«, ergänzt Jamie und macht kunstvolle Bewegungen mit seinen Händen, um das Fliegen, Fallen, Legen und schließlich das tödliche Absinken anzudeuten.

»Sie werden Nymphen genannt«, sagte der Bruder.

»Und was essen diese Wesen?« fragte sie und wandte ihre übereinandergeschlagenen Beine zum anderen Ende des Sofas.

»Nichts«, antwortete James und fügte hinzu, ihr Leben sei so kurz, daß sie nichts zu essen brauchten.

»Aber die Fische essen sie ... Sie saugen die toten Weibchen aus ... Für sie die reinste Delikatesse«, sagte der Bruder und schaute sie zum erstenmal an, ohne zu grinsen.

»Aber sie schenken Leben«, sagte James und fragte sich, ob seine Frau nicht lieber eine romantischere Geschichte vom Shannon-See gehört hätte, vielleicht die von Colleen Bawn, der verschmähten Frau, die sich ertränkt hatte und deren tragischer Tod später nur noch durch ihr angeschwemmtes Korsett bezeugt worden war.

Ohne Vorwarnung stand er auf und zog sie vom Sofa hoch. Einander an den Händen ziehend, als wollten sie ihre Kräfte messen, durchschritten sie die Schatten im kargen, vom Feuer spärlich erleuchteten Raum.

»Was für eine großartige Frau ... Was für eine feine Frau ... James kann sich glücklich schätzen ... Natürlich hatten auch Ihr Onkel und Ihre Tante die Hände mit im Spiel ... Ihr Mann hat wohl mit den beiden viel Karten gespielt, als er versucht hat, bei Ihnen Fortschritte zu machen.«

»Haben Sie meinen Mann zufällig gesehen?« fragte sie.

»Was! Gesehen? Und dann mit Ihnen im Bett ... Die ganze Nacht ... Die Hochzeitsnacht im Seehaus ... Das wird in die Geschichte eingehen.«

»Er ist sehr früh hinausgegangen«, murmelte sie.

»Um sich abzukühlen. So sind sie nun mal, er und sein Bruder ... Solche wilden Männer müssen sich immer wieder abkühlen.« Er zwinkerte ihr verschwörerisch zu. »Nicht lange, und es wird wohl ein paar Kinderchen geben.«

»Kennen Sie ihn gut?« fragte sie.

»Kennen? Ich habe ihn überall herumgefahren, habe den Ponywagen durchs ganze Land gesteuert, bin mit ihm in unzähligen Pubs gewesen, habe mit ihm getrunken. Ob ich ihn kenne!«

»Das Pony ist gefährlich.«

»Tja, Frisco hat's in sich«, sagte er und erinnerte sie daran, daß er ihren Mann begleitet und am Abend des Antrags draußen gewartet habe, daß ihr Mann strahlend herausgekommen und so überglücklich gewesen sei, daß sie direkt zu einem vier Meilen entfernten Pub gefahren seien, von dem sie wußten, daß man ihnen dort nicht nur etwas zu trinken, sondern auch ein Essen und ein Bett für die Nacht anbieten würde.

Mit jedem Satz rückte er mit seinem Stuhl näher an sie heran und knuffte sie anzüglich in die Seite. Sie roch seinen Körper. Fast mußte sie würgen.

»Das sind schon ein paar wilde Kerle, er und sein Bruder.«

»Ja ... Und ich habe keine Ahnung, wo sie sind«, sagte sie, ohne eine Antwort zu erwarten.

»Na ja, sie könnten in Killaloe sein ... oder auf dem Weg nach Dublin ... Der Bruder ist ein großer Tenor ... *Schneeweißgeleibte Maid,* das ist sein Erkennungslied.« Als er sie wieder berührte, stieß sie einen unfreiwilligen Schrei aus und sagte, es täte ihr leid. Sein Haus war ihrem am nächsten, deshalb war sie zu ihm gekommen. Am Morgen nach ihrer Hochzeit allein gelassen zu werden war für sie keine Kleinigkeit. Vielleicht würde sie zu ihren Leuten zurückkehren müssen. Schließlich lief es hier nicht wie ein Spanien, wo es Sitte war, das blutige Laken herauszuhängen. Es gab kein blutiges Laken, das Blut war anderswo, wirbelte in ihr, purpurrot und aufgewühlt vor Zorn.

»Sie haben sie also nicht gesehen«, sagte sie.

»Ich dachte, ich hätte sie vorbeifliegen sehen«, sagte er und kam wieder auf Frisco zu sprechen, diesen waghalsigen Draufgänger mit dem arabischen Blut.

»Mister Doyle«, sagte sie.

»Mister! Um Gottes willen, ich heiße Jacko ... Ihr ergebener Diener ... Ihr Mann und ich sind die besten Freunde ... Wir trinken zusammen ... Wir gehen zusammen auf Stimmenfang ... Sie haben in die beste Familie der County eingeheiratet ...« Sein Stuhl berührte ihren, sein Schenkel in den schmierigen schwarzen Hosen preßte sich gegen sie. Sie roch seinen Schweiß. Er hatte sich nie gewaschen. Ein Mann, der so dicht am See wohnte, daß man meinen sollte, er würde jeden Tag hineinspringen. Die Frühstücksutensilien auf dem Tisch waren fürs Abendessen anders hingerückt worden, und im Kamin war Holz fürs Feuer aufgehäuft. Das Holz wirkte hellgolden wie ein bestimmter Pilz, und daneben stand eine Kanne mit Paraffin. Er beugte sich zu ihr, kam immer näher, berührte ihre Knie, um seine Worte zu unterstreichen. Es ging um Friscos Abstammung, um seine Ahnen, wahre Dämonen. Es gab nur wenige, die Frisco unter Kontrolle halten konnten: ihr Mann, ihr Schwager und seine Wenigkeit. Jedesmal wenn sie aufstand, um zu gehen, drückte er sie auf den Stuhl zurück. Seine Hände waren groß, schwielige Arbeiterhände. Er baute Boote, das war sein Beruf. Seine Zunge schwang hin und her wie eine Maurerkelle. Er war nicht böse, nicht zornig, nur ausgehungert. Sie dachte an Brooklyn und was für ein Fehler es doch gewesen war, nach Hause zurückzukehren. Das Kartenspiel, das Augenzwinkern ihres Mannes, all das stieß ihr jetzt so bitter auf wie Galle. Ihr Onkel und ihre Tante, denen kostenloses Weideland versprochen worden war, würden gar nicht zufrieden sein, wenn sie schon nach einem Tag wieder fallengelassen wurde.

»Ein einsames Haus«, sagte er und fragte, ob sie es insgesamt nicht doch zu groß finde, zu weitläufig und zugig. Er berichtete ihr von den verschiedenen Eigentümern, von dem Ingenieur, der es im Winter, als niemand seine Felder bestellen konnte, mit Arbeitern aus der Gegend erbaut hatte, nach einem Entwurf, den er in einem Buch gesehen hatte. Von einem späteren Bewohner, der die Büsche und Blumenstauden gepflanzt hatte, die er sich in Säcken von botanischen Gärten aus der ganzen Welt hatte schicken lassen.

»Was?« fragte er grob, obgleich sie nichts gesagt hatte, dann plapperte er weiter von dem Haus, in das sie eingeheiratet hatte, und kam bald auf die Zimmer im oberen Stock zu sprechen, die Prunkräume, wie er sie nannte – Zimmer, in denen Ehemänner und Ehefrauen, Engländer und Halb-Engländer geschlafen hatten, darunter einer, der sich eine österreichische Konkubine mitgebracht hatte, die er jedoch recht bald leid geworden war.

»Eine österreichische Konkubine, gibt es so etwas denn überhaupt?« fragte er und kam ihr so nahe, daß sie zu ersticken glaubte.

»Ich nehme es wohl an«, sagte sie und versuchte, nicht allzu überheblich zu klingen.

»Na ja, er ist diese Österreicherin leid geworden und hat sich in eine Irin verguckt ... Eine hübsche, große Irin, deshalb hat er der Österreicherin das Geld für die Heimreise gegeben und seine Catherine mitgebracht. In den ersten Wochen haben sie sich prächtig amüsiert, im Bett gelegen und heiße Grogs geschlürft, Matineen und Abendgesellschaften gegeben, aber dann wurde es ihr zu einsam, seiner Catherine, und sie wollte in die Stadt gefahren werden, zum Pub ihres Vaters. Eine Weile ging das auch gut, sie fuhren gemeinsam, er trank, sie trank mit ihm, und sie kamen sternhagelvoll nach Hause.«

Er zwinkerte ihr zu und fragte, wie viele Tage sie jetzt verheiratet sei, dann stupste er sie in die Rippen und sagte, ein paar Kinder würden James sehr glücklich und vielleicht auch häuslicher machen.

»Meinen Sie«, erwiderte sie.

»Er liebt Kinder«, bekräftigte er und fügte hinzu, im ganzen Land könnte sie keinen besseren Mann und keinen größeren Gentleman finden. Als sie gekommen war, hatte sie gehofft, er würde ihr sagen, wo sie tranken, mit ihr dorthin gehen und ihr helfen, ihren Mann zu überreden, nach Hause zu kommen, doch jetzt brachte sie es nicht mehr über sich, ihn darum zu bitten. Jedenfalls traktierte er sie weiter mit Geschichten über das Haus und zudringlichen Rippenstupsern. Sein Stuhl schabte über den Steinfußboden, sein Knie hielt sie wie eine Schraubzwinge fest. Erst mußte er von dem Engländer zu Ende erzählen, der seine Catherine abgöttisch geliebt hatte – seine Catherine, die unter dem Vorwand, einen Arzt aufsuchen zu müssen, zum Haus ihres Vaters gefahren, drei Tage später verschwunden und nach Frankreich weitergereist war, eine Abenteuerin. Er beschrieb den Zorn des Engländers, erzählte von dem Bulldozer, den er gekauft hatte, um das Haus niederzureißen, und sicherlich hätte er es dem Erdboden gleichgemacht, wäre nicht eine Bande Österreicher aufgetaucht, um ihn zusammenzuschlagen, so daß er Hals über Kopf die Flucht ergreifen mußte. Kurze Zeit später war sein Anwalt gekommen und hatte das Haus an einen anderen verkauft, an einen Konvertiten, der sich in der Küche erschossen hat, jawohl, in der Küche, die Waffe auf einem Stuhl, den

Abzug mit einer Schnur am großen Zeh befestigt, die Kanone schußbereit in seinem Mund.

»Aber Kinder hat es dort nie gegeben«, fügte er traurig hinzu. Zwar hätten die Eltern ihres Mannes zwei Söhne gehabt, seien aber so früh gestorben, daß die Kinder von Verwandten aufgezogen werden mußten und das Haus die ausgelassene Fröhlichkeit spielender Kinder nie erlebt hat. Das also war das Haus, in das sie eingeheiratet hatte, und nun wußte sie, was für ein falsches Bild sie sich ausgemalt hatte, während sie ihrem Verlobten beim Kartenspielen, Whiskeyschlürfen und Augenzwinkern zugesehen hatte. Wie oft hatte er sie nach draußen geführt und ihr schmeichelhafte Dinge gesagt. Daß ihre Augen blau seien wie Eisvögel, blau und flink. Flink! Das hatte ihr gefallen.

»Ein paar Kinderchen würden den Fluch vertreiben«, sagte er. Sie wollte aufstehen. Er bot ihr Tee an, Whiskey, alles, ohne sich von der Stelle zu bewegen. Sie sagte, sie werde gebraucht, und er fragte: »Wo?« Unter endlosen Entschuldigungen gelang es ihr, endlich aufzustehen. Er folgte ihr zur Tür, berührte ihren Oberarm an verschiedenen Stellen, und als er in der offenen Tür stand, hob er die Mütze und dankte ihr, dankte ihr tausendmal für ihren Besuch und sagte, sie sei willkommen, jederzeit willkommen. Dann nannte er sie bei ihrem vollen Namen, führte sie zu dem kaputten Tor, sagte, was für eine gutaussehende Frau sie doch sei, und nannte immer wieder ihren Namen, während sie auf viel zu hohen, unbequemen Absätzen zum Feldweg hinunterbalancierte.

»Tausend Dank«, sagte er noch einmal.

»Einen herrlichen Ausblick haben Sie hier«, erwiderte sie höflich.

»Aber ich habe keine Frau.« Der Blick, den er ihr zum

Abschied schenkte, war von Kränkung und Gier durchdrungen. Sie ging mit raschen Schritten, merkte, daß manche Teile der Straße feucht waren, andere nicht. Das Gras in der Mitte war sehr weich, wie Kresse oder Moos. Gelegentlich schaute sie sich um. Sie hatte Angst, daß er ihr folgen würde. An der Kreuzung blieb sie stehen und schüttelte sich. Eine Braut und doch keine Braut. Eine Ehefrau und doch so leichthin verlassen. Nein, das hatte sie nicht gewollt, dafür hatte sie nicht im Teesatz gelesen.

Die letzten Meter ging sie beherrschten Schrittes, um allen zu zeigen – oder zumindest vorzutäuschen –, wie sicher sie in ihrem neuen Reich bereits war. Ein Kind in viel zu großen Pumphosen kam, dicht gefolgt von einem Erpel, aus einer Hütte, kreischte laut und winkte verlegen einer Frau zu, die drinnen in einer Wanne Kleider wusch.

Als sie sich dem Haus näherte, sah sie die Eisentore offenstehen und dachte erleichtert, er ist zurückgekommen, sie sind wieder da.

Damals begegnete sie dem Zigeunermädchen zum ersten Mal. Sie hatte sie schon von weitem gesehen, doch erst als sie jetzt die von tiefen Radfurchen durchzogene Allee heraufkam, sah sie, daß die Zigeunerin wütend war. Ein Diener habe sie weggeschickt, ohne ihr eine Tasse Milch oder einen halben Penny zu geben, beschwerte sie sich.

»Sie müssen die neue Hausherrin sein«, sagte sie mit überlauter, schnarrender Stimme.

»Jawohl, das bin ich«, entgegnete Josie und spürte, wie die scharfen pfefferfarbenen Augen sie von oben bis unten musterten. Was sie viel mehr beunruhigte, war jedoch, was das Mädchen als nächstes sagte, irgend etwas über die fehlende Glasscheibe im Fenster des Wintergartens.

»Oh, ja ... Der Wind drückt sie immer heraus«, sagte sie.

»Ein Mann wird herein- und ein Kind herauskommen«, entgegnete das Mädchen mit seltsamer Singsangstimme.

Was hatte das zu bedeuten? Sie würde nicht fragen. Sie wollte es nicht wissen.

»Wenn auch nicht in dieser Reihenfolge ... Denken Sie an meine Worte.« Und dann streckte die Zigeunerin ihre Hand, verwittert wie ein Stück Bimsstein, nach einer Münze aus, einer lindernden Münze als Dankeschön für ihre Prophezeiung.

»Sie werden wohl mit mir zurückgehen müssen.«

Das Mädchen ging ein paar Schritte hinter ihr und stieß dabei mit den Stiefeln gegen die losen Steine, so daß sie in alle Richtungen davonspritzten.

»Sie sollten kein Lila tragen«, sagte das Mädchen, als es auf den Stufen zur Haustür stand und den Hals reckte, um das Inventar und die Möbel im Flur zu sehen.

»Warum nicht?«

»Manche Farben bringen Unglück.«

»Leute wie Sie reden eine Menge Unsinn«, sagte Josie, ging ins Haus und kehrte kurz darauf mit einem Penny und einem Stück kalter Pastete zurück.

»Ein Mann wird herein- und ein Kind herauskommen«, sagte die Zigeunerin und trottete mit einem mißmutigen Blick auf ihre Beute davon.

Es ging um ein Seitenfenster des Wintergartens, das, wie Josies Mann sagte, Jahr für Jahr von einer nicht menschlichen, unsichtbaren Hand eingeworfen wurde. Er mußte zugeben, daß es ein wenig unheimlich war, und auch der Glaser hatte sich schon gefragt, wie es denn möglich sei, daß dieses Fenster einfach keine Ruhe gab.

Die rauchfarbenen Hunde waren fast unsichtbar, ihre Formen verschmolzen mit den Hügeln und Senken. Sie bewegten sich in raschen, seltsamen Zickzacklinien und heulten jedesmal, wenn ein Kaninchen getroffen war. Josies Mann und ihr Schwager hatten beschlossen, ihr zu Ehren eine kleine Hetzjagd abzuhalten, als sie von ihrer Tour zurückgekehrt waren. Sie hatten beide eine Feldflasche mit Whiskey dabei, die Josie halten mußte, wenn sie ihre Beute holen gingen, ihr die erlegten Hasen und Kaninchen als Trophäen brachten und zu Füßen legten. Beim neunten Treffer wollte sie zurückgehen, aber Jamie sagte, das käme gar nicht in Frage. Er hatte es sich in den Kopf gesetzt, sie zu schmücken, legte ihr zwei der Tiere um die Schultern wie eine Stola, das frische Blut fast siedend heiß. Sie lachten, die Männer, brachen in wildes, prustendes, halbbetrunkenes Gelächter aus, und ihr Mann sagte, sie brauchte sich nie einen Kürschnerkatalog zu bestellen, sie könnten ihr zu Hause einen Pelz machen, ein graues und goldbraunes Prachtexemplar, das alle gekauften Pelze in den Schatten stellte.

»Sag Mick, für wen sie dich auf dem Schiff gehalten haben, als du von Amerika nach Hause gekommen bist«, sagte Jamie und kniff erst in ihr Kinn, dann in die warmblütigen Schnauzen der Kaninchen. Sie weigerte sich, und plötzlich standen sie grimmig schweigend da, stellten einander auf die Probe, fragten sich, wer in diesem Trio wohl als erster nachgeben würde. Alles schien in Wartestellung zu sein, die toten Tiere, die Bäume, die Felder, die Berge. Überall herrschte eine unheimliche Stille. Kein Windhauch war zu spüren. Nicht ein einziger Regentropfen fiel zu Boden. Nein, sie würde es nicht erzählen. Sie beugte den Rücken, um eines der Tiere heruntergleiten zu lassen und damit ihre Unabhängigkeit zu beweisen.

»Sie haben sie für Gloria Swanson gehalten«, brach James das Schweigen.

»Sag bloß«, staunte sein Bruder, obwohl er nicht die leiseste Ahnung hatte, wer Gloria Swanson war.

»Kannst du mir die Dinger abnehmen?« sagte sie und streckte ihm den rechten Arm entgegen. Der Bruder würde gehen müssen. Zwei Trinker waren einfach zuviel.

Schließlich hatte sie ihm genug damit in den Ohren gelegen. Sie habe keinen Schwager geheiratet, keinen Spieler, keinen ewigen Versager. James gab nach und rief seinen Bruder aus dem Heuschuppen, um ihm zu eröffnen, daß Veränderungen anstünden; ohne ihm allerdings ins Gesicht sagen zu können, was für Veränderungen er damit meinte. Er bot ihm eine Zigarette nach der anderen an und fragte ihn, ob sie am kommenden Tag lieber das eine oder das andere Feld pflügen sollten. Er konnte sich nicht überwinden, Klartext zu sprechen, zu sagen: »Mick, du mußt deine Taschen packen und gehen.« Er haßte Josie, weil sie ihn dazu getrieben hatte. Er haßte es, wie sie im Bett lag, im weißen Nachthemd, eine gestärkte Mumie. Er haßte ihre Korsetts, rosafarben, hinten zusammengeschnürt, vorn mit Metallösen zugehakt, wahre Ritterrüstungen.

»Frauen ... Sie sind nie zufrieden ... Gibt man ihnen nach, wird das Leben zur Hölle ... Gibt man ihnen nicht nach, wird man trotzdem nicht froh.« Er hatte seinem Bruder den Rücken zugewandt.

»Ich wollte sowieso gehen«, sagte Mick.

»Es ist nicht richtig ... Ausgerechnet uns sollte so etwas nicht passieren ... Uns, die wir Waisen sind ... Was würde unsere Mutter sagen ...? Was würde unser Vater sagen ...?«

»Ich wollte sowieso gehen.«

»Ach, Mick«, sagte er, drehte sich aber nicht um, weil er sich zu sehr schämte.

Nasse Felder, und durch die Grashalme ist brauner Lehm zu sehen, Felder wie Friedhöfe, nicht umgegraben. Sie war neun Monate verheiratet, und es tat sich nichts. Die Leute fingen schon an zu reden. Er trank immer mehr, und es war anders als das schwatzhafte Trinken am Anfang, als er sich Whiskey in ein geschliffenes Glas goß und die Flüssigkeit gegen das Licht hielt, um sie zu preisen, anders auch als das verstockte Trinken nach dem Abschied des Bruders, als er sich eines der guten Gläser und eine Flasche mit in die Felder nahm, um sich ganz allein zu betrinken. Nein, es war anders, ein boshaftes, unheilvolles Trinken, zu dem er einen Tag, eine Nacht, einen zweiten oder gar einen dritten Tag völlig verschwand, bis sie ihn schließlich nach Hause brachten. Meist mußte er hereingetragen werden. Manchmal schrie er sie an, manchmal war er ganz weich, machte ihr Komplimente, lobte ihren Spitzenkragen, ihre Kocherei, ihre verborgenen Künste, und in alledem war für den Nachbarn, den Fahrer oder wer auch immer ihn nach Hause gebracht hatte, eine versteckte Anspielung enthalten.

In den Nächten, in denen er betrunken war, versuchte er nie, sie zu besteigen. Er schlief nur und brüllte, und seine Knie knackten, während er sich aufbäumte und so tat, als würde er seine Lieblingsstute reiten, ihre kastanienbraunen Flanken spüren und sich an sie pressen. Er besteigt sie am Morgen, und zwar ohne ein Wort, seitdem sie die gottverdammte Angewohnheit entwickelt hat, »Nein« und »Nicht« und »Hör auf« zu sagen. Er dagegen hat sich angewöhnt, ihre Lippen mit einer Hand zu verschließen, sie festzuklemmen, wie er ein Tier festklemmen würde, und er hat Gefallen daran gefunden, ihm gefällt die Macht, die er über sie hat, es gefällt ihm, sie mundtot zu machen. Er denkt sich schmutzige Wörter für sie aus, sagt ihr unanständige Sachen, während er sich in sie verkeilt und über ihr aufbäumt, ihr Herr und Bezwinger, während er versucht, sie aufzubrechen, ganz in sie einzudringen, in ihr aufzusteigen und durch ihren Mund wieder herauszukommen – als was? Als Baby vielleicht. Erst in den letzten geifernden Atemzügen gibt er ihre Lippen frei, um das »Nein« und »Nicht« und »Hör auf« zu hören.

»Du kannst mich nicht aufhalten, Missus.« Er nennt sie bei allen Namen, die ihm einfallen, sogar Zigeunernamen sind dabei, und denkt jedesmal, sie wird ein Kind bekommen, sie wird mir Nachkommenschaft schenken, einen Sohn. Um sie zu reizen, fragt er sie, ob es auch schön für sie ist, und wenn sie nein sagt oder schweigt, nimmt er den Schuhlöffel, den aus Knochen geschnitzten, und stopft ihn in ihren Mund, bis sie ächzt und stöhnt und ein stures Geräusch ausstößt, das weder auf Zustimmung noch auf Ablehnung schließen läßt. Das nächstemal sagt sie ja, weil sie es muß, und er gluckst, weil er sie besessen, seinen Willen durchgesetzt hat. Beim Frühstück reißt er Witze, sagt, einen Arsch müsse man auch Arsch und nicht Hintern nennen, witzelt, was für eine heiße Hündin sie doch sei.

Eine Woche oder zehn Tage lang trinkt er nicht, bis er bereit für sie ist, und in den Tagen davor wird er so reizbar, daß er sich über alles aufregt, die Milch, den Tee, das Brot, die Uhr, weil sie zu schnell oder zu langsam geht. Er weigert sich, in den Läden Besorgungen zu machen, dann sieht er sie in die Pedale ihres Fahrrads treten und besteht plötzlich doch darauf, selbst ins Dorf zu fahren, schleudert das Rad mit einer wütenden Schmährede ins Gras.

Oben im Dorf ist er ein Gentleman, spricht mit den Leuten, kauft den Mädchen Zuckerschnecken und singt ein Lied, wenn er darum gebeten wird. Wenn er gerade keine Süßigkeiten kauft oder Witze reißt, liegt in seinen Augen, in seiner ganzen Art, eine seltsame Leere, er sieht aus wie ein verlorenes, benommenes Tier, das sich weit weg von zu Hause verlaufen hat. Entweder er macht die Besorgungen und bereut es später, oder er kauft die Sachen und wirft sie in den Straßengraben, bleibt den restlichen Tag, die Nacht und vielleicht auch den nächsten Tag verschwunden und wird Tage später zurückgetragen. Im Bett stöhnt er, und am Morgen besteigt er sie mit sabbernder Inbrunst, beschlagnahmt sie innerlich und äußerlich und begreift nicht, wie sie trotzdem – verflucht! – einfach nicht schwanger werden kann.

»Braves Mädchen ... Braves Mädchen.« Brid packt den Rumpf der roten Henne, hält ihren Hals, damit sie nicht gackern kann, und drückt mit Mühe das Ei heraus. Es ist ein weiches Ei, und das jeden zweiten Tag, weil Moira, der Henne, Kalzium fehlt, und auf dieses äußerst nützliche, weiche Ei will Brid nicht verzichten. Sie benutzt das Eigelb, um ihr Haar aufzuhellen, und aus dem Eiweiß rührt sie sich eine Gesichtsmaske an. Das hat sie irgendwo gelesen. Wenn niemand in der Nähe ist, schlägt sie das Eiweiß mit einer Gabel im Suppenteller auf, bis es gerade steif genug ist, um sie an etwas anderes zu erinnern – Percy, wenn er in ihr zu sprudeln beginnt. Er will sich immer zurückziehen, und sie will ihn in sich behalten. Sie will nicht, daß es aufs Gras tropft, daß es verschwendet wird, sie will es in sich, will, daß es sie von innen zum Leuchten bringt.

»Du wirst ein Baby bekommen«, sagt er.

»Ich will ein Baby«, erwidert sie und klammert sich noch fester an ihn. Halb in ihr und schon halb draußen, staunt er über ihren Hunger und ihren Wagemut, während sie sich herunterbeugt und alles aufschlürft, jeden einzelnen Tropfen, und dabei sagt, sie würde es sich trotzdem holen, würde sich an ihm satt trinken. Dann erzählt sie ihm, wie es schmeckt, nach Sellerie, nach Pastinaken oder nach Sirup. Es schmeckt jedesmal anders. Hinterher schmollt Percy. Er will kein Kind. Er will keine Verantwortlichkeiten. Und er sagt, daß sie in Wirklichkeit auch kein Kind wolle. Woher will er das wissen? Ein kleines Würmchen, das sie im Arm halten kann wie eine Puppe, nur daß sich die Farbe seiner Wangen ständig verwandelt, von Rot in Terrakotta, ein kleines Ding, das schreit, wenn es Hunger hat, und zufrieden lächelt, wenn es satt ist – ihr Kind, ihr ein und alles. Sie würde ihm einen hübschen Namen geben. Deirdre zum Beispiel. Die Missus wollte auch kein Baby. Trug viel zu enge Korsetts. Brauchte Hilfe beim Schnüren. Wollte, daß die Bänder festgezurrt wurden, bis sie eine Wespentaille hatte und kaum noch atmen konnte.

»Ein Spezialist hat mir gesagt, daß ich möglicherweise keine Kinder bekommen kann«, hatte die Missus gesagt.

»Alles Gewäsch«, denkt Brid und lauert auf die Münze oder die abgelegten Kleider, die sie vielleicht dafür bekommen wird, der Missus einen Gefallen zu tun.

Ein Baby. Es weinte in ihr. Sie hörte es Tag und Nacht. Es strampelte nicht. Es weinte nur. Es war kein normales

Kind. Sie betete dafür, daß es keines war. Morgen für Morgen suchte sie die Kloschüssel nach einem Zeichen ab, und einmal brüllte sie laut vor Freude, aber ihre Augen hatten sie getäuscht. Was sie für Blut gehalten hatte, war in Wirklichkeit nur ein brauner Fleck auf dem alten Porzellan. Es weinte und schrie in ihrer Gebärmutter, eher eine klagende Todesfee als ein Menschenkind. Sie betete dafür, es zu verlieren, betete, daß sein Schreien dafür sprach, daß es nicht leben wollte. Ihr Mann schickte sie zum Arzt, sagte, sie solle sich irgend etwas geben lassen, was, sei ihm egal, Munition für ihre unfruchtbaren Lenden.

»Ihr Mann wird immer gereizter«, sagte Dr. Stack.

»Ich verstehe nicht, wieso.«

»Er will mir an den Kragen«, sagte er.

»Ihnen?« Sie tat überrascht.

»Aber deshalb sind Sie doch hier ... Das Dilemma der Ärzte sind die Befehle der Ehemänner«, sagte er und ließ seine Blicke über ihren Körper schweifen, um ihre Reize abzuschätzen. Sie hatte etwas Strenges, Angespanntes – eine Frau, die darauf wartete, daß jemand ihre Schale aufbrach.

»Sie müssen sich die Sorgen so vieler Menschen anhören«, sagte sie.

»Sicher«, er nickte. Ihm gefiel, wie ihre Augen blitzten, wie Schwerter. Ob er sie nach ihren Sorgen fragen dürfe.

»Ich fühle mich einsam«, sagte sie und täuschte ein Gähnen vor.

»Wie kommt das?«

»Ach ... die dunklen Abende ... die Tiere, die in ihren Ställen brüllen ... der ewig gleiche Alltag.«

»Ergo ... sind Sie zu Dr. Con gegangen.«

»Schon an meinem ersten Sonntag hier in der Messe habe ich mich gefragt, wer wohl dieser schneidige Mann im Kamelhaarmantel ist.« Wenn irgend jemand ihr helfen konnte, dann er. Er war menschlich, trank nur wenig, seine Patienten mochten ihn, und er hatte eine große Familie.

»Großartig«, sagte er und beugte sich vor, um sie auf Anämie zu untersuchen. Als er ihre Lider herunterzog, spürte sie die ungewöhnliche Weichheit seiner Finger, wie Raupen, die an einem Kohlblatt herunterrutschten.

»Sie brauchen Eisen«, sagte er.

Dann klopfte er so rasch und geschickt auf ihre Brust, daß sie zusammenzuckte.

»Und dann werde ich Sie mir wohl auch mal untenherum anschauen müssen«, sagte er.

»Nicht heute ... nicht heute«, bat sie flehentlich.

»Wieso denn nicht? Oder ist heute etwa die rote Fahne gehißt?« fragte er, und obgleich sie nicht sicher war, was er damit meinte, nickte sie und schaute verlegen zur Seite.

»Das verlangt nach einer sanften Annäherung ... einer samtenen Berührung«, sagte er und ließ die Hände an ihrem Körper heruntergleiten, tastete Zentimeter für Zentimeter ab und hielt dann inne, um den weichen Wulst einer Monatsbinde zu spüren.

»Ich komme ein andermal wieder ... ein andermal«, sagte sie und bat ihn mit flehentlichen Blicken um Verständnis für ihre Befürchtungen, ihre Ängste. Er sah die Tränen und fragte mit ruhiger Stimme, was ihr denn fehle.

»Ich glaube, ich bin nur erschöpft«, sagte sie und kam auf das Eisentonikum zurück.

»Es könnte Ihre Libido sein ... Es gibt nichts, was ich nicht über die Libido der Frauen wüßte«, sagte er und strich sanft mit dem Finger über ihre Stirn.

Später, in seinem Wagen, als sie anhielten, um den Panoramablick auf den See zu genießen, beschloß sie, es zu riskieren. Sie würde verschlüsselt sprechen, und er würde verschlüsselt antworten. Ihre behandschuhte Hand fand seine auf dem Steuerrad, als sie sagte, was für ein Trost es sei, einen Freund zu finden.

»Einen Freund ... einen Liebhaber ... und einen Arzt«, erwiderte er stolz.

Mit zitternder Stimme sagte sie, ja, es gebe da etwas, aber es sei kein richtiges Kind, und sie flehte ihn an, ihr zu helfen.

»Wie denn?«

»Vielleicht mit einer Arznei.«

»Um es auszuspülen«, sagte er und sah sie haßerfüllt an. Wollte sie ihn zur heimlichen Mittäterschaft verführen, wollte sie ihn, nachdem sie sich ihm erst geöffnet und ihn in Wallung gebracht hatte, dazu anstiften, sich an den Gesetzen der Natur zu vergehen, den Eid des Hippokrates zu brechen und einen Mord zu verüben?

»Nein, nein ... Darum geht es nicht«, sagte sie und wandte sich zur Seite.

»Sitzen Sie in der Klemme oder nicht?« fragte er.

»Nein«, jammerte sie und begann zu weinen.

»Das ist wirklich bühnenreif«, sagte er und stieß sie von sich.

Er fuhr weiter, aber irgendwie anders, irgendwie abgehackter, das nasse Band der Straße raste auf sie zu, und sie schluckten es auf. Der Sitz, der dringend neue Polster brauchte, wurde immer härter unter ihrem Gewicht. Der Arzt fummelte am Knopf des Radios, um die Zeit und die Nachrichten einzufangen. Sie redete wie ein Wasserfall. Über irgendeine Art von Rübe, die ihr Mann anzubauen gedachte, keine eßbare Rübe, sondern eine fürs Vieh, die nach der Broschüre, die er bekommen hatte, besonders kalkhaltige Erde brauchte.

»Mein Mann hat ein Landwirtschaftsdiplom«, sagte sie.

»Das wird er auch brauchen«, entgegnete er, kam an der Kreuzung eine halbe Meile vor ihrem Haus quietschend zum Stehen und sagte, sie müsse schon entschuldigen, aber ihn rufe die Pflicht, sein Wartezimmer sei brechend voll.

»Ich komme wieder in die Sprechstunde«, sagte sie, aber er antwortete nicht.

»Was soll ich tun«, sagte sie immer wieder, während sie zum Tor hinunter, zurück zur Kreuzung und wieder hinunter ging und dabei versuchte, eine Lösung für ihr Dilemma zu finden. Es gab niemanden, dem sie es hätte sagen können. Am allerwenigsten ihrer Mutter. Sie hatte die Tochter immer gehaßt,weil der Vater sie so verwöhnt, ein Kissen auf den Lenker seines Fahrrads gelegt und mit ihr Fahrradtouren unternommen hatte. Ihre Mutter hatte häufig ihre Wehen beschrieben, besonders die bei Josies Geburt, einen Tag und eine Nacht habe sie gebraucht, um endlich herauszukommen, habe in ihr gebockt und sich aufgebäumt, ihr Kopf, hart wie ein Eisenball, sei ein Stück herausgekommen und immer wieder zurückgerutscht, ein widerspenstiges, blutiges Wesen. Das Kind in ihrem Bauch und ihre Mutter waren eins geworden, hatten sich gegen sie verbündet. Nein, sie konnte es nicht zur Welt bringen, konnte aber auch nichts dagegen tun. Es gab niemanden, dem sie es sagen, niemanden, mit dem sie reden konnte.

Sie hörte ihren Mann unten am See brüllen. Er schleppte die Flasche jetzt immer mit sich herum. Seine pingelige Vorliebe für schöne Gläser war vergessen. Manchmal nahm er das Boot und ließ die Ruder schleifen. Seine Schreie waren noch auf der anderen Seite zu hören.

Manchmal lief er am Ufer vor sich hin. Gott weiß, wie viele Meilen er bei seinen Runden über die Felder und am Seeufer zurücklegte, wie oft er hinauf zum Haus und wieder zurückging, weil er es so ungern betrat. Er suchte etwas. Seine Kindheit. Das Kind, das er nicht hatte. Am Morgen brauchte er, um die weißen Mäuse zu vertreiben, unbedingt eine Kanne Tee im Bett und außerdem frischen Orangensaft. Die ausgepreßten Apfelsinenhälften erinnerten sie an ihre geschundenen Brüste. An der Art, wie sie ihn bediente, an der ungewohnten Fürsorglichkeit erkannte er, daß sie ein Unrecht begangen hatte. Er wußte es, konnte es aber nicht sagen.

Als das Delirium tremens so stark wurde, daß alle Gegenstände in seinem Zimmer zu krabbeln begannen und schwarze Schnecken aus der Tapete krochen, ließ sie ihn in ein vierzig Meilen entferntes Kloster bringen. Im Laufe der Wochen erzählte er im Küchengarten des Klosters seine Geschichte – oder zumindest Teile davon. Sein Zuhörer war ein Mönch, der ein Schweigegelübde abgelegt hatte und ihn nur stumm anschauen konnte – voller Ernst und Verblüffung über einen Mann, der ihm sagte, die Frauen seien kalt, kalte, unerreichbare Archipele, die einen Mann davon überzeugen könnten, daß Schwarz Weiß sei oder umgekehrt. Die Perlen am Rosenkranz des Mönches klackerten, während er arbeitete. Die Tage vergingen langsam, und in der Nacht ächzte und stöhnte der Mann und stieß einsame Schreie aus.

Paud konnte nicht zur Missus aufschauen. Er richtete seine ganze Aufmerksamkeit auf ihren Rock, den grauen Rock mit dem Saum aus kleinen Falten. Er starrte auf die graugestichelten Herzen am oberen Ende jeder Falte und konnte nicht glauben, daß er allein mit ihr in ihrer Küche war. Ihr Mann sei geschäftlich unterwegs, hatte sie gesagt und ihn auf dem vorderen Feld abgefangen, hatte gerufen: »He, du da«, und er hatte gedacht, sie wollte ihn wegen der Wilderei befragen, und war davongelaufen. Aber sie hatte weiter nach ihm gerufen, und da er wußte, wenn er nicht auf sie hörte, würde sie seinen Vater rufen lassen und ein Riesentheater machen, hatte er schließlich aufgegeben.

Sie hatte ihn in die Küche gelotst und ausgefragt. Was er auf dem Hof helfen, ob er mit den Pferden umgehen, die Kühe melken, die Milch zur Molkerei fahren könne.

»Vielleicht«, sagte er, den Kopf gesenkt, sein orangerotes Haar triefnaß vom Regen, die Brille beschlagen. Er konnte die Missus nicht ansehen. Am liebsten wäre er zu ihren Füßen niedergekniet, hätte sie angebetet und den grauen Stoff mit den kleinen Falten geküßt. Er hatte sie oft auf ihrem Fahrrad vorbeifahren sehen, und einmal war sie auf dem Weg zur Messe vor der Hütte seiner Eltern ohnmächtig geworden, so daß sie ihr aufhelfen und sie von der Straße führen mußten. Seine Mutter hatte ihr Wasser gebracht, das sie nicht getrunken hatte, weil das Glas schmutzig gewesen war. Sie hatte nichts dazu gesagt, aber er hatte es sofort gewußt und den Ekel auf ihrem Gesicht gesehen, als sie das volle Glas zurückgegeben hatte. Am Tag darauf hatte sie zum Dank eine Schale rote und schwarze Johannisbeeren heraufgeschickt, damit sie sich eine Torte machen konnten. Ob er addieren und subtrahieren könne und was er über die unglückliche Geschichte seines Landes wisse. Sofort rasselte er herunter, was Miss McCloud, seine Lehrerin, ihm und den anderen Schülern Tag für Tag eingebleut hatte, wie ihr Land, ihr geliebtes Land, vom Schwesterland überfallen, ausgeraubt und vergewaltigt worden sei.

Miss McCloud hatte ihnen von den Kämpfen und Aufständen erzählt, von den vielen großen und kleineren Schlachten, von der Esse des Schmieds, der die Spieße und Gewehre gemacht hatte, von der tragischen Flucht der Earls, der Besten des irischen Adels, die in Europa mit den Armeen kämpfen mußten, vom Schwarzen Jahr siebenundvierzig, vom Schwarzen Jahr achtundvierzig, von dem schleichenden Tod, von den Frauen, die Unkräuter gesammelt hatten, um ihre Kinder am Leben zu erhalten, und von den Männern, den wenigen überlebenden Männern, die in der Hoffnung, für ihre Familien ein wenig Ochsenblut ergattern zu können, zu den Viehzüchtern gekrochen waren. Er konnte nicht mehr sagen, als daß er die Lieder kenne, die Lieder der Rebellen, und sein Lieblingslied sei *Roddy McCauley Goes to Die on the Bridge of Toome Today.*

»Diese Woche muß ein Schwein geschlachtet werden«, sagte sie abrupt.

»Mein Vadder kann ihm die Kehle durchschneiden«, sagte er und blinzelte in der Hoffnung, damit die Tropfen von seiner Brille wischen zu können. Er hatte Angst, in Ohnmacht zu fallen.

»Vater, nicht Vadder«, sagte sie und ließ ihn das Wort wiederholen. Die gestichelten Herzen am oberen Ende jeder Falte wirbelten vor seinen Augen.

»Vater«, sagte er unsicher und betete darum, in die taunasse Anonymität der Felder entlassen zu werden.

Er solle sofort anfangen, die Nebengebäude säubern, das eine verbliebene Pferd füttern und das Vieh vor der Dunkelheit hereinholen.

Er lief ein Stück die Allee hinauf und nahm dann eine Abkürzung über die Felder, um seiner Mutter von der Neuigkeit zu berichten. Erst am Abend zuvor hatte sie ihm eine Tracht Prügel verpaßt und ihn einen Bauerntölpel und Schlimmeres genannt, weil sie ihn mit zwei Kindern allein zu Hause gelassen hatte und, als sie wiederkam, ein ausgegangenes Feuer, schreiende Kinder und einen nur halb gebackenen Brotlaib vorgefunden hatte.

»Ich habe eine Stellung im Herrenhaus«, sagte er und log, was das Geld betraf. Die Missus hatte nicht einmal von Geld gesprochen. Seine Mutter sagte, das sei bestimmt nicht von Dauer. Sie kenne die Frau gut genug, wisse aus Brids Erzählungen über ihre Launen Bescheid. Die Frau könne kein Mädchen, keinen Jungen lange in Stellung halten, ihre Bitterkeit und ihre Launen würden ihr immer wieder einen Strich durch die Rechnung machen. Sie führte Brid an, die zwei Tage lang in einem Schlafzimmer eingesperrt worden sei und nur trockenes Brot und Wasser bekommen habe, um auf diese Weise für einen Diebstahl bestraft zu werden, den sie nicht begangen hätte. Die Missus selbst habe den Schal gestohlen, eine Verkäuferin habe es gesehen, aber Gerechtigkeit sei eine wandelbare Sache, je nachdem, ob es um die Leute in den Herrenhäusern oder die Pachthäusler und deren Freunde ginge. Sie führte das Glas Wasser an, eine Geste der Mitmenschlichkeit, die die Frau zurückgewiesen habe, um ihnen anschließend ein paar Beeren zu schikken, die kaum für eine Torte ausgereicht hätten. Und sie sprach von dem brüllenden Mann unten am See, einem Mann, der vorbeiziehenden Fremden abscheuliche Geheimnisse über seine Frau erzählte.

Paud hörte nicht zu. Er erinnerte sich an den Augenblick in der Küche, als er die losen Schnürsenkel der Missus gesehen und das unwiderstehliche Verlangen verspürt hatte, niederzuknien und sie zu binden. Es waren braune Schuhe mit kleinen Löchern an den Zehen, mit Spitze besetzt, die ein wenig dunkler war als das Leder. Und er dachte daran, wie die Missus ihn gefragt hatte, ob sie in der Familie Rachitis hätten, worauf er geantwortet hatte, nein, sie hätten nie Rachitis gehabt, aber seine Schwester sei vor langer Zeit an Scharlach erkrankt.

»Ich gebe dir allerhöchstens eine Woche«, sagte seine Mutter.

»Gestern hast du noch gesagt, ich müßte in eine Besserungsanstalt«, sagte er.

»Und da wirst du auch enden«, sagte sie und schlug nach seinem Gesicht, so daß seine Brille herunterfiel.

Es war ihm egal. Er würde in der Nähe der Missus sein, in ihrem Umkreis, würde ihr täglich frische Eier und Gemüse bringen. Er würde alles tun, was sie verlangte, so sehr liebte er sie. Er würde ihren Namen in die Baumrinde neben den ihres Mannes ritzen. Er kannte die Gegend gut, kannte jeden Busch und jeden Baum, jeden kleinen Hügel und jedes Feld bis hinunter zum See, kannte das Boot mit den Rudern und das Geräusch, das sie auf dem Wasser machten. Grüne Felder und grüne Provinzen, doch eine Provinz war auf grausame Weise abgeschnitten. Als er noch klein war, hatte er gedacht, er würde einmal Priester werden, aber später hatte er geschworen, sein Land zu retten. Das hatte er Miss McCloud zu verdanken. Wie stolz er gewesen war, als sie ihn bat, aufzustehen und dem Rest der Klasse zu erklären, wo die Zukunft lag.

»Die Zukunft liegt in einem vereinten Irland.« Das war es, was er gesagt hatte, das war es, woran er glaubte. Jetzt liebte er außer Irland auch noch die Missus. Er würde ihr Torf und Holzscheite ins Wohnzimmer tragen, er würde eine Keksdose sehen, und wenn sie ihm einen Keks anbieten würde, nähme er die rosa Waffel, die mit diesem kittartigen Zeug gefüllt war. Er hatte sie auf dem Deckel im Laden gesehen, auf dem jeder einzelne Keks abgebildet war, bloß gegessen hatte er so etwas noch nie. Er würde den reichverzierten Tisch aus Erdbeerbaum sehen. Wenn die Missus wütend wurde, wogten die rosafarbenen Bänder an ihrem Hals auf und nieder. Gott behüte, daß er sie jemals wütend machen, sie jemals enttäuschen würde. Er hatte jetzt zwei Lieben, zwei Frauen, für die er sein Leben geben würde, Irland und die Missus.

Die Ursache ihres Untergangs. Kurzsichtig, grünen Pelz auf den Zähnen, konnte seinen eigenen Namen nicht schreiben und brachte nichts als Unglück in ihr Leben. Erst das Fiasko mit ihrem Korsett, dann die republikanischen Flugblätter. Schließlich ist ihr Mann eines Nachts aufgebrochen, um ihn fortzuschaffen. Schön und gut, daß der Junge sein Leben aufs Spiel setzte, aber nein, es war ihr Mann, der geopfert wurde. »Tod durch Unfall«, nannte man das – ein geheimes Waffenversteck, ein Einfaltspinsel, Wachpolizisten, Dunkelheit, allgemeine Verwirrung, und hinterher wußte niemand mehr genau, was eigentlich geschehen war. Bei der gerichtlichen Untersuchung gingen die Meinungen auseinander, einer sagte, der erste Schuß habe sich rein zufällig gelöst, und sie, mit dem schwarzen Diamanten auf dem Jackenärmel, mußte dasitzen und Paud zuhören, wie er stammelte: »Ich hab nichts getan ... Da waren doch bloß ein paar olle Waffen, auf die ich aufgepaßt hab ... Ich hab keine Ahnung, wie sie dort hingekommen sind.«

Sie waren Geiseln der Geschichte, die doch längst in den Annalen ruhen sollte. Wie oft das Bild ihres Mannes sie heimsuchte, sie verfolgte, er in der offenen Tür, leicht betrunken, von einem Schluckauf geplagt. Er sagte, es gebe eine Kleinigkeit zu besprechen, sie müßten Paud verstecken, ihm eine Woche Schutz gewähren und ihn dann nach England verfrachten, zu einem Verwandten in Dagenham.

»Was hat er diesmal verbrochen?« hatte sie gefragt. Er wich aus, sagte, er sei sich nicht sicher, irgend etwas mit Flugblättern, dann kam es heraus. Paud bewachte Waffen auf einem Feld, für einen Burschen, der jetzt von der Polizei verdächtigt wurde.

»Ein Waffendepot«, sagte sie.

»Nichts weiter als ein paar lächerliche Gewehre«, erwiderte er, worauf sie sagte, nicht in ihrem Haus, auf keinen Fall in ihrem Haus, und hinzufügte, daß Paud nicht genug Grips habe, um ein paar Schafe zu hüten.

»Höchstens eine Woche«, hatte er entgegnet.

»Sollen ihn doch die verstecken, die ihn in die Sache reingezogen haben«, hatte sie gesagt und wiederholt, ihr Haus sei ihr Haus, und in ihrem Haus käme so etwas nicht in Frage. Sie waren in einen heftigen Streit geraten, er hatte jeden Funken Feniertum, den er je in sich verspürt hatte, zu neuem Leben erweckt, und sie hatte erwidert, daß sie nichts damit zu tun haben wolle, und er hatte sie geschlagen und sie gehaßt, nicht nur wegen Paud, sondern auch, weil sie in jeder Hinsicht ihren Willen durchgesetzt hatte, weil er keine Vollblutpferde, keine Ponys mehr halten durfte, weil er sich auf dem schlammigen Acker schinden mußte, weil er das Haus auf ihren Namen überschrieben hatte und die Demütigung über sich ergehen lassen mußte, jeden Samstag ein paar Schilling ausgezahlt zu bekommen wie ein Dienstbote. Sein alter Zorn bäumte sich in ihm auf, während er auf sie eindrosch und sein Schluckauf immer schlimmer wurde. Er hatte versprochen, Paud zu verstecken, er würde sein Versprechen halten, dabei bliebe es. Angst ließ sie handeln. Politik in einer Zeit, als tapfere Männer noch für ihre Überzeugungen erschossen wurden und tapfere Frauen Freiwillige in Kastenbetten oder Butterfässern versteckten, das war die eine Sache. Aber jetzt war die Politik zur Gaunerei verkommen, bestand aus nichts anderem als Geiselnahmen, Raubüberfällen, geistlosen Attentaten. Früh am nächsten Morgen, ehe noch irgend jemand aufgestanden war, schob sie den anonymen Brief unter die Tür des Sergeants. Woher hätte sie wissen sollen, wie es enden würde? Woher hätte sie wissen sollen, daß ihr Mann noch im Schutz der Dunkelheit aufstehen und betrunken in die Falle der Polizei tappen würde? Woher hätte sie wissen sollen, daß die Schlägerei in eine Schießerei ausarten und ihr Mann tödlich verletzt werden würde? Ja, die dunklen Fäden der Geschichte winden sich vor und zurück, fangen Leute wie sie ein und bringen sie ins Straucheln, wie hinterhältige Fallstricke.

Dann wurde sie wunderlich, verwechselte Blumen und Vögel, unbewegliche und bewegliche Dinge, saugte den Saft von den wilden Irisstengeln und führte Selbstgespräche. Und ständig die Angst, ihr Mann würde wiederkommen, um sie anzuklagen. Wußte er, daß sie es gewesen war? Niemand wußte es. Trotzdem konnte sie nicht in sein Schlafzimmer gehen. Sie schlief in der Küche neben dem Ofen, war schon in der Morgendämmerung auf den Beinen, murmelte vor sich hin, streifte umher. Für eine Weile mußte sie weggesperrt werden. Ein kleines Zimmer in einem Pflegeheim, das nach St. Jude benannt war. Nonnen und Priester sagten ihr, sie müsse es auslöschen und daß dies auch Gottes Wille sei. Ganz gelegentlich ein Besucher, vor dem die Nonnen ihr sagten, sie solle doch geselliger werden, nicht immer bloß in sich gekehrt sein. Schließlich müsse sie ja doch eines Tages wieder nach Hause gehen und sich den Anforderungen stellen, die Farm betreiben und sich auf Arbeiter und Zwischenhändler verlassen, die ihr rieten, was sie kaufen oder verkaufen sollte. Diese leeren Jahre voller Buße.

Gefangenschaft

Wieder Nacht. Die Tage, seit Schwester Morrissey gegangen ist, eine Ewigkeit. Keine Briefe im Kasten am überdachten Tor, wo der Postbote sie deponieren soll. Zu beschäftigt, um hereinzukommen. Alle zu beschäftigt. Anders als in den alten Zeiten, als die Leute noch zusammenstanden und plauderten. Immer öfter erinnert sie sich an die alten Zeiten, an nächtelange Kartenspiele zu Weihnachten, an die Angelgäste, die im Mai über sie hereinbrachen, am frühen Morgen mit ihren Picknickkörben und ihren Angelausrüstungen zum See zogen und abends zurückkamen, um ihr Bad zu nehmen und ihr warmes Abendessen zu verzehren. Jamie und sie, die um sie herumtanzten, um sie zu bedienen, für kurze Zeit in einem gemeinsamen Ziel vereint. Eine Frau namens Hilde, die sich ein wenig hochmütig gab und nach der die Männer ganz verrückt waren, pries das Essen – die frisch gefangenen Forellen in geschwärzter Butter, das gebratene Geflügel und den Queen of Puddings. Dann lehnten sie sich zurück, um zu singen. Englische Leute. Englische Lieder. *Greensleeves* und *Burlington Bertie, I Rise at Ten-Thirty.* Jamie sang das Lied von Kevin Barry, und niemand erhob irgendwelche Einwände. Die alten Zeiten, verendet im Fangnetz der Legenden.

Durch das halbgeöffnete Toilettenfenster sieht sie unnatürlich klar den Mond, den überfrorenen Rasen und den Kies. Es sieht schön aus, schön und ungebunden, der Frost, der wie Gaze über allem liegt, und aus dem silbrigen Gras ragen in einem geheimnisvollen Muster verfaulte Äpfel und heruntergefallene Blätter heraus. Wie ruhig, wie konstant die Natur doch sein kann, denkt sie. Nur die Ställe wirken im Mondschein verlassen. Sie sieht die offenen Türen und erinnert sich daran, wie sie nach dem Tod ihres Mannes dort hineingegangen ist, um zu trauern, wie sie auf einem Strohballen oder einem Holzschemel gesessen und Tee getrunken hat. Damals hatte sie das Gefühl, das Haus nicht betreten zu dürfen, es nicht zu verdienen, auch wenn er es schon Jahre zuvor auf ihren Namen überschrieben hatte. Nur im Garten fühlte sie sich zu Hause, fühlte sich eins mit den Unkräutern und den blauen und gelben Blumen, die sich ihren Weg durch die Wildnis der Büsche gebahnt hatten, mit dem Rasen, der wegen der vielen Tiere, die durch den beschädigten Zaun hereingekommen waren, ein einziger Morast war. Ein paarmal dachte sie, ich werde einen Apfelkuchen machen, aber dann fragte sie sich, wer ihn essen sollte. Armer Jamie. Sie versuchte, an die schönen Dinge zu denken, an seine weicheren Seiten, an die Zeit seines Zusammenbruchs. Eigentlich steckten die Pferde hinter allem, Pferde, geliebt wie Konkubinen, ihre lange Hälse über die Halbtüren gereckt, Heu in den Mäulern, die Augen knollig und mit einem blauen Film überzogen, die langen Halbinseln ihrer Gesichter einsam und verlassen – bis er zu ihnen kam, sie ansprach, sie bei ihren Namen rief, zärtlichen Kosenamen. Vielleicht hatte in ihr auch Eifersucht geschwelt, aber sie war mit Angst gemischt, Angst vor den Folgen, und je mehr sie diese Vollblüter haßte, desto mehr liebte er sie. Sie sah nur wilde, scheuende Tiere mit schäumenden Mäulern, die versuchten, ihre Stalltore niederzurennen und endlich auszubrechen. Jedesmal, wenn sie ihn mit dem Seil hinausgehen sah, wußte sie, es würde Stunden dauern, Mensch und Tier umeinander kreisend, weiter und immer weiter in ekstatischer Raserei, Freunde und Feinde zugleich. Sie wußte nie, wie viele Pferde er gerade besaß. Manche Stuten grasten auf Weiden, die sie nie betreten hatte. Nur von anderen oder wenn er am Telefon sprach, erfuhr sie, daß er wieder ein Stutenfohlen abgeben konnte. Dann gab es ein großes Gerede über das Muttertier und wie es von diesem oder jenem Gutachter eingeschätzt wurde. Es mußte unbedingt sein. Die Pferde mußten mit dem feinsten Getreide gefüttert werden, das teuerste Tonikum bekommen, zum Decken auf das beste Gestüt geschickt werden, und sie wußte, es würde ihrer beider Verderben sein. Sie sah es kommen, und doch kam es ganz anders, als sie es erwartet hatte. Wie ein Kind brach er vor ihren Augen zusammen, als er eines Morgens seinen Namen in der *Gazette* las, seinen Namen und das Ausmaß seiner Schulden.

»Ich bin ruiniert ... Ich habe dich ruiniert«, schluchzte er, und weil er weinte, konnte sie sich nicht gegen ihn wenden.

»Wir stecken da gemeinsam drin«, sagte sie, und er streckte die Hand aus und öffnete ihr sein Herz, bat sie, ihm zu verzeihen, zu verzeihen, zu verzeihen. Seine Mutter hätte niemals sterben dürfen. Sein Vater ebensowenig. Er habe nie eine Chance gehabt. Seine Mutter und sein Vater hätten sich tagein, tagaus in ihrem Schlafzimmer eingeschlossen wie die Turteltauben, hätten für die Kinder ein Mädchen eingestellt und sich selbst in das große Zimmer zurückgezogen, hätten getrunken und einander zärtliche Dinge gesagt wie Frischvermählte. Er habe gesehen, wie sein Vater seiner Mutter das Haar kämmte und anschließend bürstete, immer Kamm und Bürste abwechselnd benutzte, um das dicke, lange braune Haar seiner Mutter zu bändigen, während sie in einen Handspiegel schaute, seinen liebenden Blick auffing und im Spiegel erwiderte. Er habe den Anblick gehaßt. Er habe »Mammy« gesagt, und sie hätten gelacht über diese kleine, kindische Bitte.

Dann sei die Mutter krank geworden. Man habe ihr Eierflips gebracht und ihn und seinen Bruder nur ganz gelegentlich ins Schlafzimmer der Eltern gelassen, meistens am Abend, wenn sie die Mutter kaum sehen konnten. Ihre Stimme sei schrecklich schwach gewesen, ihr Vater habe sie im Arm gehalten wie eine zerbrechliche Puppe. Am Abend, als sie starb, hätten sein Bruder und er es sofort gewußt, ohne daß ihnen jemand etwas gesagt hätte. Die Leute seien mit Ponywagen oder auf Pferden gekommen, in den Fluren habe es ein großes Gelaufe und Geschrei gegeben, flackernde Lampen, Aufregung. Sogar ein Auto habe auf dem Hof gestanden, das habe dem Arzt gehört. Den beiden Kindern habe man Kümmelkuchen aufs Zimmer gebracht, er habe auf dem Boden gesessen und voller Zorn jedes einzelne Kümmelkorn aus dem Kuchen gepult. Meine Mutter ist tot, meine Mutter ist nicht tot. Er sei erst drei Jahre alt gewesen. Plötzlich habe nach all dem Spektakel eine Stille eingesetzt, eine unermeßliche Stille, die sich im Putz und im Boden regelrecht festzusetzen schien. Und dann ein Heulen – ein Mann, der um die verblichene Liebste jammerte, ein Mann, der den gesalbten Körper küßte, das lange Haar mit Küssen bedeckte, um mit ihr eins zu werden. Die Kinder, Mick und er, seien

Zeugen dieses fiebrigen Abschieds geworden, hätten nicht gewußt, was es heißt zu hassen, und hätten doch diesen Mann gehaßt, weil er keinen Gedanken an sie verschwendete, und diese Frau gehaßt, weil sie so grausam war zu sterben. Nicht lange danach, als hätte er mit seinen unersättlichen Küssen den Tod in sich eingesogen, sei der Vater ihr gefolgt, sei zu ihr ins Grab gestiegen, habe sich wieder mit seiner Jenny vereint und zwei kleine Waisenkinder zurückgelassen, denen man erlaubt habe, ins Krankenzimmer zu schauen, einen Blick auf den Tod zu werfen, die man aber niemals hereingeholt oder zu einem Teil des Geschehens habe werden lassen. Damals habe ein Gefühl der Wertlosigkeit in ihm Wurzeln geschlagen.

Sie fragte: »Hast du mich deshalb geheiratet, James?« Sie mußte zweimal fragen. Er weinte und sagte: »Es könnte sein ... Es könnte sein.« Und dann sah er sie mit den kläglichsten Augen an, Augen, in denen milchfarbene Tränen standen, die wie Blasen aussahen. Es war ein großer Schritt, und sie waren ihn gemeinsam gegangen. Als sie ihn später mit der Decke über den Schultern dasitzen sah, erinnerte er sie an eines seiner Pferde, wenn es krank und seine Energie gedämpft war. Die gewaltsame Besitzergreifung, die Schläge, die Vaseline, mit der er sie eingeschmiert hatte, all das gehörte jetzt der Vergangenheit an. Sie saßen Seite an Seite im Wintergarten, taub vor Kälte, bis die Sterne herauskamen, und er erzählte ihr Geschichten, die gleichen Geschichten, die er so gern immer wieder erzählte, Geschichten über sich selbst, seine wilden Jugendjahre, erzählte sie so, als wäre sie nicht seine Frau, sondern eine nette alte Krankenschwester, die ihm die Brust mit Eukalyptus eingerieben und einen Löffel Hustensaft eingeflößt hatte.

»Gott hab sie beide selig«, sagt sie und weiß nicht, warum.

Sie schließt das Fenster, öffnet es, einer spontanen Regung folgend, aber sogleich wieder, um die klare, frostige Luft durch das alte Haus ziehen zu lassen.

Sie hört etwas, keine Stimme, eher ein dumpfes Geräusch, wie eine Zimmer- oder Wagentür, die erst geöffnet und dann wieder geschlossen wird – oder noch weniger, kaum wahrnehmbar, die Gegenwart eines anderen Menschen.

»Wer ist da?« fragt sie und lauscht angestrengt. Ihr Herz pocht. Sie liegt zwei, nein, zweieinhalb Stockwerke über der Haustür in ihrem Bett. Jeder könnte in das Haus einbrechen, auch wenn die Türen verschlossen und verriegelt sind. Ganz unten klebt ein Zettel: »Bitte laut klopfen und lange warten.« Sie könnte hinuntergehen, sich langsam mit ihrem Stock die Treppen hinuntertasten, und das hat sie auch vor, aber dann hat sie das Gefühl, der andere ist schon drinnen, Schritte, es ist jemand im Haus. Sie versucht sich zu beruhigen, sagt sich, daß es wahrscheinlich Vögel sind, Krähen im Schornstein oder der Wind. Sie lauscht dem Wind, er kommt und geht wie ein vermummter Geist – der kalte Wind, der vom See herüberweht und um ihr Haus streicht, so daß sie nicht umhinkann, einen kleinen Vers aus ihrer Kindheit zu murmeln: *Oh wind and rain, bring my daddy home again.* Was würde sie dafür geben, jemanden zum Freund zu haben, nicht ihre Mutter, nicht ihre Schwester, nein, eine Freundin aus ihrer Zeit in Brooklyn, eine beste Freundin – oder den armen Paud, der ihre Reifen reparierte, ihre Schuhe polierte und sie, auch von Angesicht zu Angesicht, stets nur »die Missus« genannt hatte. Das

Geräusch war reine Einbildung, sagt sie sich, eine Halluzination, schließlich ist sie in ihrem eigenen Haus verbarrikadiert. Bald wird sie auf den Knopf des elektrischen Wasserkessels drücken, sich einen Tee aufbrühen, Kekse einstippen und planen, sich gleich morgen aufzuraffen und mit der Suche nach einem jungen Menschen zu beginnen, der bei ihr wohnen kann.

Alles ist ruhig, so ruhig, als sammele es sich in Vorbereitung auf das, was kommen soll. Dann dreht sich der hölzerne Knauf, zwei, drei Drehungen, ein Ruck, und die Tür schwingt lautlos auf, dahinter ein von einer Kapuzenmütze halb verdecktes Gesicht, vorstehende Augäpfel, staubfarbene Augen und eine Stimme, die ruhig auf sie einredet, ihr sagt, daß sie sich nicht bewegen und nicht schreien soll, es mehrmals wiederholt. Als er sieht, daß er es bloß mit einer älteren Frau zu tun hat, die in einem Himmelbett liegt und ängstlich die Bänder ihrer Bettjacke umklammert, senkt er die Waffe.

»Wer sind Sie ...? Wie heißen Sie ...?«

»Und wer sind Sie?« hört sie sich fragen, verblüfft, daß die Sprache sie nicht wie sonst in ihren Alpträumen schmählich im Stich läßt. Aber dies ist kein Alptraum – oder vielmehr: Er ist Wirklichkeit geworden. Einer der Kriminellen, von denen sie gelesen und immer gedacht hat, es gäbe sie nur in den Städten, steht vor ihrem Bett, das Gesicht maskiert, die Stiefel und Hosen mit dem Schmutz dreier Provinzen bespritzt. Er atmet schwer, und seine Ruhe hat etwas Animalisches, als wäre er mit einem goldbraunen Pelz bedeckt, den ein Uneingeweihter nicht sehen oder riechen kann. Mit sicherer, ruhiger Stimme nennt er ihr seine Organisation und seinen Rang und fügt hinzu, ihr würde nichts geschehen, wenn sie nur tue, was er sage.

»Wer sind Sie? Wer wohnt noch hier? Bekommen Sie regelmäßig Besuch? Beziehen Sie eine Pension? Haben Sie Vieh oder Haustiere? Kommt der Postbote ins Haus? Wann war die letzte Volkszählung? Wann wurden Sie zuletzt im Dorf gesehen?« Wie Kugeln aus seinem Gewehr, so präzise und zielsicher sind seine Fragen.

»Hier gibt es nur mich und meinen Schöpfer«, antwortet sie ruhig. So ist das also, wenn das eigene Leben bedroht ist, wenn das Innerste erblaßt – die Tür öffnet sich, ein Mann mit Kapuzenmütze, geladener Waffe und aufs äußerste angespannten Muskeln tritt ein, draußen krächzen wie immer die Krähen, und niemand wird etwas davon merken, daß ihre Zeit gekommen ist.

»Ich will, daß alles ganz normal weiterläuft«, sagt er.

»Normal«, wiederholt sie, als spräche sie zu einer unsichtbaren Vermittlerin, der verschwundenen Lola vielleicht. »Weshalb sind Sie gekommen?«

»Um unterzutauchen.«

»Darf ich fragen, warum? Und warum ausgerechnet hier?«

»Kein Wort über mein Leben und das, was ich mache. In Ihrem eigenen Interesse ... und in meinem«, sagt er und geht genauso lautlos hinaus, wie er hereingekommen ist, wohl um den Rest des Hauses zu inspizieren und zu entscheiden, wo er am besten Quartier machen kann. Für einen Augenblick – oder vielleicht auch länger – überkommt sie eine plötzliche Klarheit, ein großer weiter Strahl des Denkens, löscht alles andere aus, und dann stützt sie sich auf ihren Ellbogen und richtet sich auf, entschlossen, sich anzuziehen.

Mit zerschundenen, erschöpften Gliedern liegt er auf einem Feldbett in einem der unteren Zimmer im Dunkeln und verschiebt das Herausziehen der Dornen und Holzsplitter aus seinen Füßen auf später. Er sehnt sich danach, zu rauchen.

»Das ist also die Frau, von der du so geschwärmt hast, deine Feenkönigin«, lacht er bitter und stellt sich vor, an einer Zigarette zu saugen. Er spricht mit Paud, hat Pauds Stimme im Ohr, wie er von dem Haus und der Frau schwadroniert, die vornehm wie eine auf eine Münze geprägte Dame sei, einen Jagdhund an der Leine; ihr Mann und sie seien Märtyrer für Irland. Paud, der Einzelgänger, der im Norden mit behinderten Kindern arbeitet, aber immer eifrig bei der Sache ist, wenn es darum geht, geheime Botschaften zu überbringen, Flugblätter zu verteilen oder Zeitungen zu verkaufen, und der ständig über die Tatsache klagt, daß er mittlerweile zu alt ist, um noch rekrutiert zu werden und echte Aufträge zu übernehmen. Als ob man ihm je etwas so Gefährliches anvertrauen könnte.

»Zumindest hast du das Haus und den See richtig beschrieben«, sagt er und denkt, wie schön das alles aussieht, der Mond auf dem Wasser, der Holzsteg, das müßig auf den Wellen schaukelnde Boot. In sieben Tagen ist es vorüber, doch wie bei jedem Auftrag kann er sich nicht vorstellen, daß er einmal abgeschlossen sein wird, bis er dann tatsächlich erledigt ist. In der letzten Stadt plötzlich ein Windstoß, als er um eine Ecke bog, so daß sein Hut und seine Perücke in verschiedene Richtungen davongeweht waren. Er war der Perücke nachgejagt, die sich erst an einem Kanalrohr verfing und dann in einen Hinterhof segelte, in den er nicht folgen konnte, weil das Licht anging. Ein schlimmer Fehler. Ein schlechter Start.

Da gab es nichts anderes, als unterzutauchen, ein bißchen Schlaf zu tanken und zu der Frau eine möglichst große Distanz zu wahren. Schlaf, Schlaf. Gab es nicht irgendeine Klatschgeschichte über sie, irgendeine Schandtat, sie und ein Priester. Ach, der sonnige Süden, wo die Leute Zeit hatten für die Liebe und die Erdbeerernte, sich dafür Zeit nahmen und ihre Brüder und Schwestern auf der anderen Seite der Grenze vergaßen und verrecken ließen. Paud war voller Tatendrang, ganz versessen darauf, in die Armee einzurücken und alles über Waffen zu lernen, einen Auftrag und einen Rang zu erhalten. Wie wenig er doch wußte. Wie wenig sie alle wußten, wenn sie zur Truppe kamen. Wie wenig die Frau dort oben in ihrem Bett wußte, mit ihren wilden, starrenden Jungfrau-Maria-Augen.

Er denkt an Shiona. Was für ein weicher Name. Wie Seide oder ein leiser Windhauch. Er erlaubt sich ein, zwei, drei flüchtige Gedanken an sie, dann umklammert er seinen Kopf mit beiden Händen, trommelt darauf ein und schlägt ihn gegen die Eisensprossen, um die Sehnsucht auszulöschen.

Vielleicht wird er von ihr träumen, den immer gleichen Traum, wird sehen, wie sie durch die geschlossene Tür kommt, die geschlossene, blutgetränkte Tür, und nach ihm ruft. Er hat es nie in Worte gefaßt in all den langen Nächten, auf all den Wanderungen, bei all den Strapazen, weil es dafür keine Worte gibt. Sie ist einfach da, unverletzt und golden wie eine Butterblume. Da.

Josie sitzt im Schaukelstuhl und zupft an den weißen Fransen ihrer Decke, drückt sie, ordnet sie zu fingerdicken Strängen, hängt voreiligen und widersprüchlichen Gedanken nach. Er wird sie töten, ihre Leiche in einen Sack stopfen und im See versenken. Er wird sie nicht töten, einer seiner Kameraden wird kommen und es für ihn erledigen. Er wird sie verstümmeln. Er wird Lösegeld verlangen, aber sie ist arm und ihre Verwandten ebenso. Polizisten werden kommen, das Haus umstellen und ihn auf der Flucht erschießen. Er wird nach ein paar Tagen verschwinden und keine Spuren hinterlassen, eine reine Geistererscheinung. Schwer zu glauen, daß sie in ihrem eigenen Zimmer ist – oder zumindest in dem Zimmer, das noch vor einer Stunde ihr eigenes war. Sie sucht nach Lola, aber Lola ist fort, hat die Katastrophe weise vorausgeahnt und sich in Sicherheit gebracht. Josie durchlebt es noch einmal, gesteht sich ein, daß sie mit jeder Faser ihres Wesens gewußt hat, was los war, als sie das erste Geräusch hörte und er ums Haus strich. Warum hatte sie nicht gleich etwas unternommen? Warum war sie nicht zum Telefon gelaufen? Dann würde sie jetzt vielleicht mit einem Krankenwagen und er in Handschellen abtransportiert.

Wenn sie die Augen schließt, ist er da, wenn sie die Hände auf die Ohren drückt, hört sie seine Stimme – unbarmherzig wie ein Meißel bohrt sie sich in ihr Trommelfell. Sie fleht den Wind an, wenigstens einen Moment lang nachzulassen, damit sie ruhig überlegen kann. Ihre Beine sind eiskalt, ihr Körper schwitzt, und es juckt, juckt an verschiedenen Stellen. Sie ist völlig porös, alles dringt in sie ein, seine Stimme, die schwarze Monstrosität, die seine Gesichtszüge verhüllt, seine nikotingelben Finger, die mit dem Abzug seines Gewehrs fast verwachsen sind. Ein plötzliches dumpfes Geräusch draußen läßt sie die Beine anziehen, sich in einen Fötus zurückverwandeln.

Vielleicht kommen seine Kameraden, um sich mit ihm zu treffen oder in einem der Schuppen ein paar Waffen zu vergraben. Wie oft hat sie in der Zeitung von Leuten gelesen, auf deren Land, ohne daß sie davon wußten, Waffen versteckt waren, in Plastiktüten im Boden vergraben. Gleich wird sie zum Telefon gehen, ihren Neffen anrufen und einfach sagen: »Komm, komm.« Sie hat das schon einmal getan, als sie die Lungenentzündung hatte. Er wohnt zwanzig Meilen entfernt, aber er ist gekommen, als sie ihn darum gebeten hat. Er weiß, daß er das Haus erben wird, es gibt niemand anderen, dem sie es sonst hinterlassen könnte. Die vier Schlaftabletten, die ihr die Krankenschwester gegeben hat, sind fein säuberlich in ein Kleenextuch gefaltet. Sie sind winzig – nicht annähernd stark genug, um sich das Leben zu nehmen. Was wird er ihr antun? Greueltaten, von denen sie gelesen hat; die andere Menschen ereilten, deren Leben wenig bemerkenswert war, bis eine dunkle Gestalt durch ihre Tür kam und die Grausamkeit Amok lief.

Sie setzte eine Grimasse auf, als würde sie damit rechnen, ihm zu begegnen. Sie hatte sich vollständig angezogen und ihren Mantel übergestreift, ihren braunen Mantel mit dem schweren Astrachankragen. Sie war auf dem Weg zum Telefon, das auf dem Treppenabsatz stand. Seine Leblosigkeit teilte sich ihr mit, lange bevor sie das Telefon erreichte. Wie eine Viper, grauschwarz und stumm, lag es in ihrer zitternden Hand, als sie es an den Mund führte, um zu sprechen. »Vermittlung«, flüsterte sie und nannte vier-, fünfmal vergebens den Namen der Postmeisterin. Dann legte sie wieder auf und sah die Treppe hinunter zum unteren Flur, sah in Leere und Dunkelheit und fragte sich, in welches Zimmer er sich wohl zurückgezogen hatte und welche Pläne er gerade ausheckte. In der Toilette kam ihr der Gedanke, daß sie sich vielleicht vergiften könnte. Neben dem Abflußrohr stand eine Flasche mit milchiger Desinfektionslösung, und sie erinnerte sich daran, von einer Schauspielerin in Kalifornien gelesen zu haben, die sich mit einem solchen Gift das Leben genommen hatte, aber es war ein langsamer, qualvoller Tod. Sie wischte mit der Hand über das beschlagene Fenster und schaute hinaus in die Nacht, die leere, verhängnisvolle Nacht. Der Rasen, die heruntergefallenen Blätter, die verfaulten Äpfel – nichts ähnelte mehr dem, was sie noch vor wenigen Nächten gesehen hatte. Seine Ankunft hatte alles entstellt.

Später legte sie sich Strategien zurecht, sagte tapfere, verwegene Dinge.

»Wenn mein Mann James noch lebte, wäre das alles nicht passiert«, sagte sie und begann einen Brief, setzte sich hin und verbrauchte Seite um Seite ihres besten Schreibpapiers – ein Weihnachtsgeschenk, mit dem sparsam umzugehen sie sich immer geschworen hatte. Der erste Entwurf lautete: »Ich bin empört darüber, daß Sie in mein Haus eingedrungen sind.« Doch dann dachte sie wieder an das maskierte Gesicht, an die Mitleidlosigkeit in seinen Augen und beschloß, einen versöhnlicheren Ton anzuschlagen. Sie schrieb, sie sei schockiert, einen Fremden in ihrem Heim vorzufinden. Aber Heim klang prüde und nach Standesdünkel, ein Wort, das ihn geradezu provozieren mußte. Was wollten er und seine Organisation eigentlich – war es das Land, das Joch der Geschichte, oder lag ihnen einfach die Erbitterung im Blut?

Kein Geräusch, nur ihr Atem und sein Atem, ein Stückchen entfernt – zweieinhalb Stockwerke, um es genau zu sagen. Was hatte er vor? Wie lange wollte er bleiben? Beabsichtigte er, das Haus wie sein eigenes zu benutzen, Gläser und Geschirr aus den Schränken zu nehmen, vielleicht sogar den Herd anzuzünden, sich häuslich einzurichten? Wenn die Nachbarn Rauch sahen, müßte ihnen doch eigentlich auffallen, daß etwas Ungewöhnliches im Gange war. Da fiel ihr ein, daß die Nachbarn überhaupt keine Veränderung bemerken würden – weder eine heraufgezogene Jalousie noch einen aufgestoßenen Fensterladen. Ihr nächster Nachbar war ein halbblinder Greis, und die beiden anderen Katen standen leer; sie dienten im Sommer als Ferienhäuser. Die meisten Familien waren fortgezogen, und die, die geblieben waren, flitzten in ihren Autos vorbei. Sie war auf sich allein gestellt. In Gedanken ging sie die Dorfstraße entlang und flehte jeden einzelnen Hauseigentümer und Ladenbesitzer an, ihre Notlage zu erahnen. Er mußte doch irgendwo Spuren hinterlassen haben. Bestimmt waren seine Fingerabdrücke auf dem Tor, es sei denn, er hätte einen Strumpf oder Handschuhe getragen. Da sich ihre Tür nicht abschließen ließ, sann sie auf andere Maßnahmen, die ihn davon abhalten könnten, einfach hereinzuplatzen. Sie, die vor wenigen Tagen noch zu schwach gewesen war, die Treppe hinunterzuhumpeln, zerrte jetzt die braune Kommode über den Fußboden und blieb nur gelegentlich stehen, um Atem zu schöpfen oder das Möbelstück anzuheben, wenn sich einer der Holzfüße in dem fadenscheinigen Teppich verfangen hatte. Endlich. Indem sie die Kommode direkt vor die Tür geschoben hatte, hatte sie zumindest Mumm bewiesen, dachte sie.

»Es gehört mir...«

»Nein, es gehört mir...«

»Ich habe es gefunden.«

»Aber ich habe es zuerst gesehen.«

»Was in Gottes Namen...« Mutter Hinchy stellt den

Aschenkasten ab, den sie gerade ausgeleert hat, geht zu den Zwillingen und kommt zu dem Schluß, daß sie in ihrem ganzen Leben noch nie etwas so Gruseliges gesehen hat wie dieses Ding. Moira sagt, sie habe es zuerst gesehen, aber nicht hinlaufen können, weil sie ihren zweiten Schuh nicht gefunden hätte. Statt dessen ist Maeve hingelaufen und hüpft triumphierend auf der Stelle, hält das haarige Ding in der Hand und wedelt es herum wie ein Staubtuch. Ihre Mutter setzt es auf und lacht über ihr Bild im Spiegel, dem gekrümmten Spiegel, den sie montiert hat, um Diebe besser erspähen zu können. Sie zieht es sich über den Kopf wie eine Clownsmaske, wie eine Kappe, und geht zur Ladentür, um zu sehen, ob jemand sie erkennt. Ein paar Kinder laufen erschrocken davon.

»Oh, was für eine schicke Dame!« Es ist der junge Polizist, der wie immer um diese Zeit heraufkommt, um seinen Morgenkaffee zu trinken. Er und Mutter Hinchy haben eine Art Abkommen – sie hilft ihm, und er hilft ihr. An den meisten Abenden drängen sich die Gäste auch noch nach der Sperrstunde um Mutter Hinchys Bar, spielen Bingo und trinken Bier, denn sie hat sich mit der Polizei auf eine Razzia im Jahr geeinigt, und zwar an einem vorher abgesprochenen Abend, an dem alle treu und brav vor ihren Limonadengläsern sitzen.

»Fast hätte ich Sie mit jemandem verwechselt«, sagt er.

»Mit wem?«

»Mit einem Filmstar.«

»Oh! Dan ... Dan«, ruft sie ihren Mann, der gerade mit dem Traktor fortfahren will, ruft ihm zu, Wachtmeister Flynn habe sie für einen Filmstar gehalten. Aber ihr Mann antwortet nicht. Er mag den Polizisten nicht, sieht keinen Grund, ihm um den Bart zu gehen. Er fährt zum Moor, um Torf zu holen, denn die Touristen sind verrückt nach Torffeuer und dem Geruch, den es verströmt; sie wollen sich unbedingt alle vor einem Torffeuer fotografieren lassen.

Als die Perücke wenig später auf dem Tresen landet, sieht sie ganz anders aus. Sie wirkt auf einmal düster und unheimlich, so als könnte sie sich von ganz allein bewegen. Die Zwillinge haben jetzt Angst vor ihr, keiner will sie mehr haben, alle warten darauf, daß sie verbrannt wird, denn sie hat ganz bestimmt einer Hexe gehört. Die erste Kundin, zufällig eine gebildete Dame, wird nach ihrer Meinung befragt.

»Miss Cusack, was meinen Sie wohl, wie dieses Ding in unseren Hof gekommen ist?« fragt Mutter Hinchy. Miss Cusack hat nicht viel zu sagen, aber sie äußert Unbehagen, meint, die Aura würde ihr nicht gefallen.

»Die Aura!« sagt Flynn und denkt, bloß weil sie auf dem College war, glaubt sie wohl, sie müsse mit Fremdwörtern nur so um sich werfen.

»Ich wette, es war eine Frau, die Ehebruch begangen hat«, sagt er, pult ein paar Kokosraspeln zwischen seinen Zähnen hervor und schluckt sie hinunter.

»Aber, Wachtmeister«, sagt Mutter Hinchy und zeigt auf die Zwillinge, die auf ihren Daumen kauen und nach den Keksen schielen.

»Oder eine fahrende Theatertruppe«, sagt er.

»Leider haben wir keine fahrenden Theatertruppen mehr. Das Fernsehen hat unsere Kultur zerstört«, sagt Miss Cusack so vorwurfsvoll, als wäre es seine Schuld.

»Vielleicht hat sie auch einem Mann gehört ... Es gibt ja heutzutage Männer, die sich wie Frauen kleiden.«

»Hüten Sie Ihre Zunge«, sagt Mutter Hinchy streng und schickt die Zwillinge in die Küche, um nach dem Wasserkessel zu sehen.

»Transvestiten nennen sie sich. Sehen Frauen zum Verwechseln ähnlich. Haben Strümpfe, Strumpfbänder, alles.«

»Da haben Sie aber eine sehr altmodische Vorstellung von Frauenkleidung«, spottet Miss Cusack.

»Es ist kaum zu glauben, aber ich habe von einem Mann gelesen, der mit einem anderen Mann verheiratet war und es nicht gemerkt hat ... Dabei haben die beiden in einem Bett geschlafen«, sagt er, vertraulich an Mutter Hinchy gewandt.

»Das ist unmöglich«, entgegnet sie.

»Chinesen«, sagt er lachend und fügt hinzu, bei deren Gesichtszügen und Einheitskleidung müsse es dort sowieso ein einziges Kuddelmuddel geben.

»Vielleicht sollte ich einen Zettel ins Schaufenster hängen«, überlegt Mutter Hinchy, meint dann aber, daß eine Frau, die ihre Perücke verloren hat, sich niemals öffentlich zu ihrer Sünde bekennen würde. Mit Miss Cusacks Hilfe zieht sie über die jungen Mädchen her, die frechen Gören und Flittchen aus den Städten. Wenn, dann ist es ganz bestimmt so eine gewesen.

»Ich weiß was«, sagt Mutter Hinchy, geht zur offenen Tür und ruft nach Colette, der jungen Friseuse, die drei Türen weiter wohnt, und fragt, ob sie vielleicht einen Augenblick Zeit habe, es gebe dringend etwas zu identifizieren.

Fachkundig befingert Colette das Haar, das sie sogleich für echt erklärt, mißt mit den Fingern die Größe der Kappe, begutachtet das Futter und kommt zu dem Schluß, daß die Perücke kaum getragen wurde. Sie meint, es sei Nonnenhaar, höchstwahrscheinlich von einer italienischen Nonne, alle Haare besserer Qualität schienen heutzutage von dort zu kommen. Und dann erstaunt sie die anderen mit dem ungefähren Preis.

»Über einhundert Pfund?« fragt Flynn ungläubig.

»Mindestens.«

»Gott im Himmel«, sagt Mutter Hinchy, während die Kinder lautstark Finderlohn fordern.

»Also doch keine Frau, die Ehebruch begangen hat«, sagt Miss Cusack mit ironischem Unterton.

»Ist dieser flüchtige Penner nicht in Limerick bei einem Friseur eingebrochen und hat eine Perücke geklaut?« fragt Colette.

»Oh, verdammt«, murmelt Flynn und schimpft in Gedanken mit sich, weil er nicht selbst darauf gekommen ist, nimmt jedoch unverzüglich Besitz von der Fundsache und drückt sie wie ein wildes Tier, das es zu besänftigen gilt.

»Sie meinen den Verrückten?« fragt Miss Cusack.

»Großer Gott, er war in unserem Hof«, ruft Mutter Hinchy und breitet ihren Rock aus, damit ihre beiden Kinder sich zu ihr flüchten können wie Küken unter die Flügel ihrer Mutterhenne. Sie sagt, es sei ein Wunder, daß sie alle noch am Leben sind – und ein noch viel größeres Wunder, wenn man bedenkt, daß ihr Mann letzte Nacht nicht zu Hause, sondern mit einer Menge Frauen in einem Bus unterwegs war, um sich eine Marienstatue anzuschauen, die sich in letzter Zeit mehrmals bewegt hat.

»Wir hätten in unseren Betten ermordet werden können«, sagt sie und sieht Flynn, der sich mitsamt der Perücke in Richtung Tür verdrückt, vorwurfsvoll an.

»Staatseigentum«, sagt er.

»Sie können Colette für ihre Detektivarbeit danken«, gibt Mutter Hinchy zurück.

»Ich wußte es gleich ... gleich im ersten Moment, als ich die Perücke gesehen habe«, sagt er, geht hinaus und schwenkt das Haarteil wie eine Trophäe.

»Dieses Schwein«, sagt Colette. Sie hat ihn nie gemocht, erst recht nicht seit dem Tag der Pferdeschau, als er darauf bestand, daß sie ihr Auto eine halbe Meile entfernt parkte und in Stöckelschuhen bis zum Turnierplatz lief.

»Es gibt mehr Dinge, Horatio, im Himmel und in der Hölle«, sagt er, während er die Straße hinuntergeht. Das ist es. Horatio. Wo zum Teufel hat er diesen Ausspruch her. Ja, das ist es. Das ist Dynamit, Baby.

»Das Kätzchen hat Miau gemacht«, sagt er, legt die Perücke auf den Tisch und bewegt sie, wie ein Bauchredner, langsam kreisend hin und her.

»Was zum Teufel ...« sagt sein Kollege und schreckt zurück.

»Beweisstück A, B, C, D ... Was immer du willst.«

»Ich dachte, es wäre ein Fuchs.«

»Ein menschlicher Fuchs.«

»Was ist das, Eamon?«

»Ich mache einen kleinen Gang durch die Stadt ... Schaue bei Mutter Hinchy vorbei, um die Schokoladenkekse für unseren Kaffee zu holen, und da liegt sie ... Natürlich habe ich sofort geschaltet und gesehen, daß das eine brandneue Perücke ist, habe den Neupreis geschätzt, ihn mir von dieser Idiotin von Friseuse bestätigen lassen, und schon war mir klar ...«

»Wem gehört das Ding?«

»Wem es gehört! Eine Perücke, die über einhundert Pfund gekostet hat, zurückgelassen in einem Hinterhof. Ich frage dich, wer würde so ein teures Ding einfach den Vögeln vorwerfen? Würde eine Frau, die ihre Ware anbietet und dabei erwischt wird, auf diesen wertvollen Besitz verzichten? Mit Sicherheit nicht. Würde einer von diesen Transvestiten seine Perücke liegenlassen?«

»Was für Titen?«

»Na ja, eine von diesem Fummeltrinen ... Vergiß es ... Setz deine Denkkappe auf ... Wem könnte das Ding noch gehören?«

»Einem Hippie?«

»Einem Hippie! Blödsinn, Tom ... Sie gehört dem Gesuchten ... McGreevy hat sie liegenlassen ... Sie ist ihm fortgeweht ... Denk doch an gestern nacht ... Sturmstärke acht ... Hat er nicht in Limerick eine Perücke geklaut? ... Er war gestern nacht hier.«

»Wir könnten mit Hunden losziehen und ihn suchen.«

»Er kann nicht weit gekommen sein.«

»So ein Tier wie ihn würden die Hunde überall wittern.«

»Wittern? Sie würden ihn bei lebendigem Leibe fressen ... Probier sie auf.«

»Nein ... lieber nicht ... Sie stinkt.«

»Wie sehe ich aus?« Die Perücke auf dem Kopf, macht Flynn Freudensprünge durchs Amtszimmer.

»Wie eine verdammte Putzfrau«, sagt der Sergeant, der aus dem Nebenzimmer herüberkommt; hinter der gläsernen Trennscheibe hatte er die Perücke nicht bemerkt. »Setz sie sofort ab«, fügt er mit strenger Stimme hinzu.

»Als ich sie gefunden habe, spielten Kinder damit.«

»Leg sie in eine Schachtel, kleb ein Etikett drauf, protokolliere kurz, wie du sie gefunden hast, und schick das Ganze an die Zentrale in Dublin.«

»Das hatte ich selbstverständlich vor.«

»Ach, ja, das hattest du also vor ... Aber daß jedes Beweisstück die Zentrale genau in dem Zustand erreichen sollte, in dem es aufgefunden wurde, das hast du wohl vergessen.«

»Ja, Sergeant.« Immer das gleiche. Die älteren Polizisten mißgönnen einem jeden Erfolg. In Gedanken sonnt er sich in den höchsten Belobigungen. Hervorragende kriminalistische Arbeit. Einem Beamten mit überragenden Fähigkeiten, mit einer ungewöhnlich raschen Auffassungsgabe ist der Coup der Coups gelungen. Der junge Sherlock aus Gary Kennedy. Und so weiter und so weiter. Und mit jeder Schüttelbewegung lösen sich mehr blaue Farbflecken, schweben in winzigen blauen Schüppchen unsichtbar und schwerelos hinunter in den verschwiegenen, seßhaften Staub.

Sie wandert durch die verschiedenen Zimmer, als müsse sie sich bestätigen, daß es ihre sind. Eine verzerrende, mitleidlose Altersschwäche hat jeden Winkel des Hauses erfaßt, überall bröckeln die Wände, fehlen Geländerstäbe, stapeln sich feuchte, schimmlige Zeitungen, reifen über einem Lichtschalter Pilze wie rustikale Fetische in der Sonne. Es ist Morgen, und sie hat nicht geschlafen. Mit seiner Ankunft sind eine plötzliche Schärfung der Sinne und ganze Schwärme von Erinnerungen verbunden, Erinnerungen, die zurückreichen bis zu ihrem Mann James – wie er in seinem Büro sitzt, ihr seinen Brief schreibt und aus lauter Bosheit die Tintenflasche umkippt, ihr schreibt, sie solle ihre Sachen packen und verschwinden. Ja, lebhaft, flüssig und böse, genau wie der stetige Fluß der Tinte, die vom Rosenholz auf den Teppich tropfte.

»Großer Gott«, sagt sie, als sie das ergraute Gesicht – ihr eigenes Gesicht – in dem vergoldeten Spiegel sieht: ein sehr viel unbarmherzigeres Bild als in dem angelaufenen Handspiegel in ihrem Schlafzimmer. »Großer Gott«, sagt sie noch einmal, als sie in das nächste Zimmer geht, dessen blanke Dielen an einer Seite mit Fledermausköteln übersät sind, die wie Getreidekörner aussehen, bloß daß sie schwarz sind: eine erstaunliche Ansammlung geruchloser Kotkugeln. Hinter den Fensterläden hängen die Fledermäuse in ihrem Tagesschlaf, reglose Wesen, schlaff wie die braunschwarzen Finger leerer Lederhandschuhe, und warten auf ihr wahres Metier, die kommende Nacht. Sie weiß jetzt, für welches Zimmer er sich entschieden hat, ihre innere Stimme sagt es ihr. Es ist das Erdgeschoßzimmer, in dem früher Paud geschlafen hat. Ein Einzelbett, selbstklebendes Papier mit Bildern von Rotkehlchen darauf an der unteren Hälfte der Fensterscheiben. Was hat er mit ihr vor?

In einem anderen Zimmer ist ein Gemälde von der Wand gefallen. Glasscherben liegen wie ein ausgespucktes Puzzle auf einer Herde brauner Ochsen, die knietief in bernsteinfarbenem Wasser steht. Am Nagel hängt nur noch ein ausgefranstes Stück Kordel, das aussieht wie eine Nachahmung der Geschlechtsteile der getreu wiedergegebenen Tiere. Zumindest sind es Glas- und keine Spiegelscherben, zerbrochenes Glas bringt nicht sieben Jahre Unglück. Es gibt zwei Josies – die eine, die nicht wagt, sich einzugestehen, daß in Pauds Zimmer jetzt ein gefährlicher Mann wohnt, ein Irrer, und die andere, die behauptet, Herrin dieses Hauses zu sein. Vielleicht bastelt er gerade an seinen Bomben. Sie weiß nicht genau, woraus Bomben bestehen, aber sie weiß, was sie anrichten können, erinnert sich an Einzelheiten, von denen sie gelesen hat: Läden, Häuser und Menschen, in ein Häufchen Schutt, ein Häufchen Wahnsinn verwandelt. Irgend jemand hat ihr einmal gesagt, Sprengstoff sehe aus wie ein Stück Cheddar, klein, orange, harmlos, bis der Mechanismus in Gang gesetzt wird. Könnte sein, daß er sich selbst in die Luft sprengt. Auch so etwas hat sie gehört.

Es kommt immer wieder vor, besonders drüben in London, daß sich Männer aus Versehen selbst in die Luft sprengen.

In einem anderen Zimmer strömt Kampfergeruch aus einem bemalten Kleiderschrank. Offenbar hat er die Tür geöffnet, als er das Haus durchsuchte. James und sie hatten den Schrank in einer Zeit der Versöhnung gemeinsam bemalt, erst hellblau, dann dunkel, und mit einer Blumenborte verziert, die mit einem Bleistift vorgezeichnet werden mußte. Das war ihre Aufgabe gewesen, etwas für Frauenhände, wie er sich ausgedrückt hatte. Sie hatten sich immer gefragt, ob es Dahlien oder Astern waren, jedenfalls hatten die Blumen breite Köpfe und ein sehr dunkles Blau, die Farbe geheimnisvoller Grotten aus fernen, sagenhaften Ländern. Der Kampfergeruch hielt sich zäh, obwohl sich die kleinen Kugeln im Laufe der Jahre längst aufgelöst hatten, als süßliche Staubkörnchen in der Luft hingen und in das Holz und die Bügel eingedrungen waren – die einsamen Bügel, die darauf warteten, benutzt und mit Kleidungsstücken behängt zu werden.

Vielleicht sollte sie ihm eine Frage stellen. Wie lange haben Sie vor zu bleiben? Was ist Ihr Ziel? Brauchen Sie Handtücher? Handtücher! Die Vorstellung, er könnte sich waschen oder baden, läßt sie erzittern. Sich von seinen Verbrechen reinwaschen. Die letzten Stufen nach unten knarren. Sie haben schon immer geknarrt. James hatte darin die Ketten der Toten gehört, hatte vorausgesagt, daß sie kommen würden, um ihn zu holen. Jetzt sind sie zurück und wollen Rache, rasseln mit den Ketten der Geschichte – die ruhelosen Toten, die nach den ruhelosen Lebenden suchen, ihnen alte, unbeglichene Rechnungen präsentieren. Auf der letzten Stufe bleibt sie stehen, unschlüssig, ob sie ins Eßzimmer oder ins Wohnzimmer gehen soll; als wäre das in irgendeiner Hinsicht wichtig. Beide Türen stehen offen, ebenso wie die mit Fries bedeckten Türen zum Frühstückszimmer. Dorthin geht sie. Selbst im Verfall wirkt ihr Haus noch kostbar. Es hat dieses Leid nicht verdient.

Die Sonne wirft ein Netz winziger Spuren auf die Glasplatte des Rohrtischs, anderswo setzt sie kleine, bewegliche Apostrophe. Aus dem gebrochenen Rohrgeflecht des Sessels sprießen strähnige Stoppeln. Sie sieht einen Hund, einen roten Setter, das Ebenbild von Shep, ihrem Lieblingshund, dem Hund, den sie beide liebten und der sie verband, so wie ein wissendes Kind seine streitenden Eltern zusammenführt, sie mit traurigen Blicken oder einem Ohrenwackeln rührt und sagt: »Ich sehe euch zu. Ich bin hier.« Sie denkt an ihren ersten Tag in diesem Haus, daran, wie sie als Braut von Zimmer zu Zimmer ging, die grünen und terrakottafarbenen Wände sah, Bilder von Mühlen und Mühlbächen, Flure, manche dunkel, manche heller, und Brid, die lachend und mit hochgekrempelten Ärmeln in der Küche zwei verschiedene Arten von Teig zubereitete. Sie dachte an die Gongs, mit denen die Gäste aus ihren Zimmern gerufen, die Ladies und Gentlemen zu einem üppigen warmen Abendessen geladen wurden, dachte an die Füße, die über die Steinplatten scharrten, und den Geiger, der gekommen war, um ihnen aufzuspielen. Ein einziger Befehl von seinen Leuten, und Wände, Treppen, Gongs wären dem Erdboden gleichgemacht. Sie erschrickt, als er durch den schwarzen Flur kommt, einen Emaillekrug und einen Plastikrasierer in der Hand. Er trägt ein kurzärmeliges T-Shirt, doch ihr kommt es so vor, als würde ihr ein Nackter begegnen. Ihr fällt sein Teint auf, sein gebräuntes Gesicht, die Tätowierung auf dem Handgelenk, die Trikolore, grün, weiß und gold in einem Kreis aus Indigo. Er nickt ihr zu, wohl um ihr guten Morgen oder guten Tag zu wünschen.

»Sie haben doch gesagt, Sie hätten keine Tiere.«

»Ich habe auch keine ... Mein Mann war ein großer Pferdenarr. Er hat Pferde gezüchtet«, sagt sie im hochmütigsten Tonfall, der ihr zu Gebote steht.

»Ich habe einen Hund gesehen«, sagt er.

»Dann habe ich also nicht geträumt«, erwidert sie so dankbar, als wäre Shep damit wiedergeboren und könnte sie beschützen.

»Einen schwarzen Hund«, sagt er.

Die frühen Sonnenstrahlen müssen dem streunenden Tier den Mahagonischimmer von Sheps Fell verliehen haben, wird ihr klar.

»Ich habe keinen schwarzen Hund gesehen«, sagt sie.

»Sie werden das Haus nicht verlassen.«

»Warum nicht?«

»Sie sind bisher nicht rausgegangen ... Also werden Sie auch jetzt nicht rausgehen.«

»Ist das ein Befehl?«

»So ist das im Krieg.«

»Es ist nicht mein Krieg.«

»Es ist Ihr Krieg, ob es Ihnen gefällt oder nicht.«

»Haben Sie auch einen Namen?« fragt sie mit einer gewissen Schärfe.

»Nennen Sie mich Pat oder John oder Mick, wie immer Sie wollen«, antwortet er leichthin.

»Pat oder John oder Mick«, sagt sie, gekränkt von seiner Unhöflichkeit.

»Richtig.« Er dreht sich um und verschwindet in dem Flur, aus dem er gekommen ist, offenbar zu wütend, um sich jetzt zu rasieren.

»Grünschnabel«, sagt sie, aber nicht laut. Ihre Stimme ist versiegt. Sie spürt ihre linke Brust gegen das Körbchen ihres Büstenhalters pochen. Es fühlt sich überhaupt nicht mehr wie ihr eigenes Fleisch an, ihr ist, als tropfte panische Angst aus ihrer Brust. Irgendwoher kennt sie sein Gesicht. Dieses Gesicht ist berüchtigt. Fast fallen ihr auch der Name des Mannes und sein Spitzname ein.

Sein Teint war so rötlichbraun, wie sie es sonst vor allem von Landstreichern und fahrendem Volk kannte. Seine Bartstoppeln waren rötlich und glänzten hell auf der narbigen Haut. Den Schnurrbart hatte er seit ihrer letzten Begegnung gestutzt. Als sie hereinkam, sah er nicht auf, sondern fuhr mit seiner Beschäftigung fort, säuberte sein auseinandermontiertes Gewehr. Der hölzerne Kolben auf dem Boden sah aus wie eine Stulpe für Lederhandschuhe, und die Lappen, die er benutzte, um den Lauf zu putzen, erkannte sie als ihre eigenen. Er zog sie mit einem langen Faden heraus, schaute durch den gesäuberten Lauf und lachte. Seine Augen waren zugleich lebhaft und grausam, und er hatte die unheimliche Fähigkeit, sie anzustarren und in sie hineinzuschauen, als wäre sie durchsichtig. Er besaß eine beunruhigende Autorität.

»Ich wollte mit Ihnen sprechen«, sagte sie förmlich.

»Schießen Sie los.«

»Warum sind Sie hergekommen ... Warum ausgerechnet hierher?«

»Die Umstände haben es so gewollt.«

»Verstehe ... Das heißt, ich verstehe nicht ... Sie haben offenbar vor, in Rätseln zu sprechen.«

»Richtig.« Er verstummte. Sie sah Nähmaschinenöl und eine alte Büchse mit eingetrocknetem Wachs, das er auf einem Primuskocher aufwärmte. Es waren ihr Wachs, ihr Teller, ihr Primuskocher, ihr Haus, und doch gehörten ihr die Dinge nicht mehr. Ein Stapel Zeitungen in der Ecke schien ihm als Sofa zu dienen, sie sah eine Wolldecke und ein Kopfkissen ohne Bezug. Das fleckige Inlett beschämte ihre einst so peniblen Hausfrauenaugen. Wie lange hatte er vor zu bleiben?

»Wie lange haben Sie vor zu bleiben?«

»Kommt ganz darauf an«, sagte er mit der gleichen Unverfrorenheit.

»Schauen Sie ... Es kommt mir in dieser Phase meines Lebens nicht sehr gelegen ... Es ist ziemlich ungünstig«, sagte sie und wünschte, sie hätte nicht von »dieser Phase meines Lebens« gesprochen. Er entschuldigte sich für den ungünstigen Zeitpunkt und die Unannehmlichkeiten, die er ihr bereiten müßte, aber es gebe nun mal nicht viele sichere Verstecke in dieser Gegend, und dieses Haus sei doch sicherlich groß genug für zwei Bewohner.

»Aber nicht für uns beide«, sagte sie schroff.

Der Lappen steckte jetzt im zweiten Lauf. Er spannte den Körper und zog den Arm langsam zurück, als ob er an einem Ruder ziehen würde. Sie sah, wie stark er war, wie muskulös. Sie sah ihm sprachlos zu und dachte, auch er hat eine Mutter, er wird mich nicht töten, und dann dämmerte ihr, daß genau in jenem Stapel alter Zeitungen, der ihm als Tageslager diente, möglicherweise die Beweise für seine scheußlichen Taten verborgen waren. Sie nahm sich vor, sie später zu durchwühlen.

»Wir werden das schon schaffen.« Der Lappen war in mehrere Stücke gerissen, Fäden klebten an seinen Fingern.

»Sie vergessen, daß Sie ungebeten gekommen sind.«

»*O! Bhean an Tighe*«, sagte er spöttisch, und dann fragte er sie, ob sie wisse, was das bedeute. Ja, sie wußte es.

»Dann sagen Sie es«, forderte er sie auf. Zuerst zögerte sie, aber dann blieb ihr nichts anderes übrig, als es auszusprechen; das Funkeln in seinen Augen zwang sie dazu.

»Oh! Herrin des Hauses«, sagte sie, und während sie die Worte aussprach, spürte sie die ganze bittere Absurdität ihrer Situation und ging rasch hinaus, ehe er sie noch weiter demütigen konnte.

Als sie in die Küche kommt, schreit sie auf. Sie hat nicht erwartet, ihn dort vorzufinden, er steht neben dem Tisch, ißt ein Stück Brot, ißt etwas dazu, vielleicht etwas Eingelegtes, sie kann es im Dunkeln nicht erkennen. Ihre Augen treffen sich wie die zweier erschrockener Tiere. Sie ist es gewohnt, vor fünf in die Küche hinunterzugehen und sich ihr Teetablett nach oben zu holen. Falls sie auf die Idee kommen sollte, zu einer späteren als der gewohnten Zeit herunterzukommen, hat er die Glühbirne herausgedreht. Sie hat seit knapp einem Jahr nicht mehr abends in der Küche gesessen, also würde sie es auch jetzt nicht tun.

»Ich fürchte, ich bin gezwungen, Ihre Vorräte zu plündern«, sagt er.

»Bedienen Sie sich ruhig«, sagt sie und fügt hinzu, es sei ohnehin nicht viel da, das sei am Ende der Woche, ehe die Lebensmittel kämen, immer so. Er hat sie bereits danach befragt, was auf ihrem Einkaufszettel stehe, wo der Händler die Sachen abstelle und ob er hereinkomme oder nicht.

»Er packt alles aufs Fensterbrett ... zwei Brote in Scheiben ... ein halbes Pfund gekochten Schinken ... ein Glas Marmelade ... ein halbes Pfund Butter ... eine Dose Lachs ... eine Dose Sardinen ... Kartoffeln und Wurzelgemüse ... Kekse ... Speckseife ... die Wochenzeitung

... hin und wieder ein Reinigungsmittel«, hatte sie in einem verächtlichen Singsang aufgezählt.

Irgendwie hat die Dunkelheit ihr Mut gemacht, die Dunkelheit und die Tatsache, daß sie ihn in einer Situation überrascht hat, in der er ihr sozusagen verpflichtet ist.

»Ich habe nachgedacht«, sagt sie.

»Worüber?«

»Würde Ihre Organisation von Frauen geleitet, gäbe es keine Schießereien ... und auch keine Bomben.«

»Es gibt jede Menge Frauen in unserer Organisation.«

»Dann sind das keine Mütter.«

»Woher wollen Sie das wissen«, sagt er in seinem kühlen, unpersönlichen Ton.

Das ist zuviel für sie. Wenn sie schon so offen miteinander redeten, sagt sie, könne er ihr doch auch in ein paar einfachen Worten erklären, was er wolle, was seine Organisation wolle, worum es eigentlich gehe.

»Die Briten müssen aus Irland verschwinden.«

»Und dann?«

»Gerechtigkeit für alle. Frieden. Persönliche Identität. Unsere Identität als Volk.«

»Die können wir doch auch so haben, ohne vereinigt zu sein.«

»Mein Volk hat sie nicht.«

»Ihr Volk ist nicht Ihr Volk ... Die meisten wollen nichts mit Ihnen zu tun haben«, erwidert sie.

»Ich habe Freunde im ganzen Land«, sagt er.

Wenn er tatsächlich im ganzen Land Freunde habe, sagt sie, dann könne er doch bei einem von denen unterkriechen statt bei ihr, wo er ohnehin nicht willkommen sei und sie in ihrer eigenen Küche ohne seine Genehmigung nicht einmal ein Streichholz anzünden könne. Sie sieht nicht nur das zornige Funkeln seiner Augen, sondern spürt auch, wie sich seine Nackenhaare sträuben, als er das Brot auf den Teller legt, den er dann in die Mitte des Tisches schiebt.

»Ich bin sicher, Sie sind eine sehr gebildete Frau, viel zu gebildet für mich«, sagt er und geht zur Tür.

»Nehmen Sie doch wenigstens Ihr Abendessen mit.«

»Ich habe keinen Hunger«, gibt er zurück.

»Ich hoffe, Sie haben nicht vor, in einen Hungerstreik zu treten«, sagt sie. Sie ist versucht, ihm nachzulaufen ihm das Brot vor die Füße zu werfen und ihn vor sich kriechen zu sehen.

Josies Tagebuch

So eine Situation schärft alle Sinne. Zum Beispiel habe ich heute morgen bemerkt, wie kalt mein Brillengestell war, und draußen vor dem Fenster habe ich alle Grashalme einzeln gesehen, wie sie sich im Wind wiegten oder regungslos dastanden. Und die nahen und fernen Berge sahen so zart und dunstig aus, die Berge, die ich geliebt und gehaßt habe, die ich angerufen und angeweint habe, die Berge, die immer da waren und immer dasein werden, auf einmal ganz weich und freundlich, und davor die Felder mit ihrer Feuchtigkeit, die manchmal den ganzen Tag über nicht aufsteigt. Und die Krähen, die aufgeregt herabstoßen, um zwischen den khakifarbenen Büscheln ein wenig grünen Klee zu zupfen. All das sehe ich nur wegen des Todesurteils, das über mir schwebt. Aber vielleicht muß ich gar nicht sterben. Vielleicht zieht er weiter. Oder die Polizei bekommt Wind davon, daß er hier ist, und rettet mich irgendwie. Ich male mir aus, wie ein Hubschrau-

ber über dem Haus schwebt, wie ein Seil zu meinem Fenster heruntergelassen wird und ich auf eine Art Bahre gehievt werde. Bei dem leisesten Geräusch fange ich an zu zittern, ob nun mein Kessel zu kochen anfängt oder ein Auto oder Laster in der Ferne vorüberfährt. Früher habe ich das alles kaum wahrgenommen, habe nie viel gehört, und jetzt höre ich alles – außer ihm. Er schleicht. Er bewegt sich lautlos, wie ein Tier des Waldes. Ich weiß nicht, wo er ausgebildet wurde. Irgendwo habe ich gelesen, daß sie dafür nach Libyen gehen. In Libyen lernen sie die Lautlosigkeit. Vorhin hat er geschrubbt. Das Geräusch hat mich nach unten gelockt. Er hat auf den Knien gehockt, die Hälfte des Fliesenbodens war mit Seifenwasser bedeckt, die andere Hälfte noch schmutzig. Die Seife war so alt, daß die schwarzen Linien darin festsaßen wie eingewachsene Fäden. Er hat weiter vor sich hin geschrubbt.

»Wenn mein Mann noch hier wäre, wären Sie dann auch hier eingebrochen?« habe ich ihn gefragt.

»Wahrscheinlich«, hat er geantwortet, ohne zu mir aufzuschauen. Das ist das Makabre daran, er zeigt keinerlei Wut oder Scham. Wahrscheinlich, weil er im Gefängnis war oder soviel Zeit allein in irgendwelchen gemieteten Zimmern verbracht und neue Anschläge ausgebrütet hat.

Falls ich sterben muß, möchte ich noch etwas sagen, ich weiß bloß nicht, wem. Etwas über mich selbst. Etwas Tiefgehendes, Schwieriges über die Vergangenheit und darüber, wie ich mich verändert habe, wie wir alle uns verändern, härter werden, jedes bißchen Weichheit aus uns heraushämmern. Ich denke an die vielen Streitgespräche, den Streit ums Geld, wie sich mein Mann die Kappe aufgesetzt hat und hinausgegangen ist, um vor mir zu fliehen, eine schwarze, schmierige Kappe, in die er sei-

nen ganzen Zorn geschwitzt hat, Speck und Kohl, um deren Reste sich jaulend die Hunde balgten, Wolkenbrüche – und trotz allem in mir dieser Fluß, diese Erwartung von etwas Wunderbarem. Wann habe ich ihn verloren? Wann ist er versiegt? Ich möchte, ehe ich sterben muß, wieder ich selbst sein dürfen. Wer hätte gedacht, daß diese Ausweglosigkeit mir solche Worte eingibt. Es liegt an ihm. Es liegt am Tod. Der Tod pirscht sich an wie ein Wolf. Ich habe einmal einen Wolf auf einer Postkarte gesehen und gelesen, daß er im Norden zu Hause ist. Daher die beißende Kälte, daher der Schnee in den Eingeweiden.

Was für ein Geräusch war das? Wie Bienen, aber es sind keine Bienen, können keine Bienen sein, es ist mitten im Winter, in vier Wochen ist Weihnachten. Weihnachten! Es ist das Flugzeug, das nach Amerika fliegt. Es kommt jeden Tag zur gleichen Zeit. Freiheit, Freiheit. Wenn ich das Wort sage, muß ich an Vögel denken, an den Sturzflug, an die Ungewißheit, an die Flügel, die sich ausbreiten und sich immer weiter nach oben schwingen, und dann muß ich daran denken, was sie tun würden, wenn sie plötzlich nicht mehr fliegen könnten. Sinken. Sinken.

Manchmal lassen sie einen Priester kommen, ehe sie einen Auftrag erledigen, so viel weiß ich. Oder der Priester wird erst geholt, wenn es schon zu spät ist. So ist es meinem armen Onkel ergangen. Sein Kopf wurde weggepustet, und doch hat ein Teil von ihm Gott und seine Mutter um Vergebung gebeten. So möchte ich nicht sterben. Ich möchte als Ganzes sterben. Hat er dieses Wort nicht auch für unser Land gebraucht? Ganz. Ganzheit. Wenn ich bloß vernünftig mit ihm reden könnte, wäre alles anders. Aber was ich sage, ist Wahnsinn, Wahnsinn. Das kommt vom mangelnden Schlaf. Keiner von uns beiden kann *schlafen. Ich sehe es an dem unruhigen Zucken in seinen Augen.*

Er war in seiner Klause, still wie ein Mönch. Sie stellte sich vor, was er möglicherweise gerade tat. In dem einen Moment dachte sie, er würde vielleicht Bomben basteln, und hoffte auf das Glück, daß er sich selbst in die Luft sprengen würde. In der nächsten Minute malte sie sich aus, daß er einen Brief nach Hause schrieb oder nachdenklich die Rotkehlchen betrachtete. Als sie die Sonne auf dem Gras und auf den fernen Bergen sah, das klare Winterlicht, reifte in ihr plötzlich ein Gefühl der Rebellion. Warum sollte sie nicht hinausdürfen? Die Krankenschwester hatte ihr immer gesagt, wenn sie eine halbe Meile am Tag zu Fuß ginge, würde sie wieder beweglicher werden. Warum nicht einfach spazierengehen? Sich ihm widersetzen? Während sie Hut und Mantel anzog, führte sie in Gedanken Gespräche mit ihm, und als sie den Riegel zurückschob, war sie sicher, ihn von seinem Lager aufspringen zu hören.

Sie ging durch das hohe Gras, setzte ihren Stock ein, um es zur Seite zu schlagen, dann stand sie vor dem düsteren Baum, in dessen Stamm die Initialen ihres Mannes eingeritzt waren, seine und die seines Bruders. Sie erinnerte sich daran, wie er sie an ihrem Hochzeitstag hergeführt und ihr die beiden Namen gezeigt hatte. Seiner war der erste und am deutlichsten, JO'M war da im rötlichen Stamm zu lesen. Die Zweige des Baumes hingen tief herab, und darunter war es dunkel, der ideale Zufluchtsort für mausernde Hühner. Damals hatten Blumen geblüht, gelbe und aprikosenfarbene Büsche, jetzt war alles verwildert, Dornsträucher und Efeu waren so fest ineinander verschlungen, als wollten sie sich gegenseitig erdrücken. Sie schaut zu den Lärchen und den anderen Nadelbäumen, betrachtet die versunkenen Blumenbeete und macht absurde Versprechungen, gärtnerische Versprechungen für die kommenden Jahreszeiten. Wo die Steinmauer bröckelt, gelobt sie, Eisenstreben einziehen zu lassen. Als sie die Allee hinaufgeht, denkt sie: Warum soll ich nicht einfach fliehen?

Sie beschleunigt ihren Schritt und summt ein Fenierlied, das einzige, das sie kennt. Es handelt von einer Frau, die Nesseln sammelt: *Glorio ... Glorio to the bold Fenian men.* Schon bald ist sie außer Atem. Ihre Schritte werden langsamer, und ihre Stoßgebete an sämtliche Heilige, einen Bauern oder einen Straßenarbeiter vorbeizuschicken, werden schwächer. Das Brummen eines Automotors in der Ferne erfüllt sie mit beißender Trauer. Das Auto könnte umdrehen, könnte zu ihr kommen, sie aufnehmen und mit ihr davonrasen, aber es kommt nicht, nein, im Gegenteil, das Geräusch wird leiser, und sie hebt ihre Hand zu einem matten Gruß, wie ein Ausgesetzter, der vergeblich einem vorbeifahrenden Schiff zuwinkt.

Und als sie stehenbleibt, um den Nieselregen und die kalte Winterluft einzusaugen, sieht und fühlt sie nichts außer dem verpfuschten, ohnmächtigen Wunsch nach Freiheit – und weiß doch, daß sie gleich wieder zurückgehen, daß sie ihre Gummischuhe in die eigenen geriffelten Fußspuren setzen und ihm gegenübertreten wird. Die Landschaft wirkt fremd, der Boden, das Gras sind anders, seine Ankunft hat selbst die Luft bedrohlich werden lassen, seine Ankunft, die Vorbotin grausiger Taten.

Im Flur sagt er ihr, wenn sie einen Spaziergang machen wolle, müsse sie damit bis zum Abend warten. Er hält ein Fernglas – ihr Fernglas – in der Hand, und er sieht aus wie jemand, der den Umgang mit solchen Instrumenten gewohnt ist.

»Ist es eine Sünde, einen Spaziergang zu machen?«

»Sie haben gesagt, Sie wären seit Monaten nicht mehr draußen gewesen.«

»Dafür war ich jetzt draußen«, sagt sie, schlägt alle Vernunft in den Wind und fügt hinzu, sie wisse, wer er sei, sie erinnere sich, daß er Schußwaffen gebraucht habe, an seine Todesmission, an seine waghalsigen Fluchten, seine Fähigkeit, sich unsichtbar zu machen, und, ja, auch an seinen Spitznamen.

»Ich habe nie auf einen Zivilisten geschossen«, sagt er.

»Dann wird es bei mir wohl das erstemal sein«, entgegnet sie.

»Das hoffe ich nicht«, sagt er mit aufreizend ruhiger Stimme.

»Oh, tapferer Soldat ...« sagt sie und geht ohne Rücksicht darauf, wie er reagieren könnte, zum Sarkasmus über, für kurze Zeit von dem schamlosen, schwatzhaften Temperament besessen, das als junges Mädchen für sie so typisch gewesen war. Sie wird es ihm zeigen. Irgendwie wird sie ihn schlagen.

Sie saß in ihrem Zimmer und reagierte nicht auf sein Klopfen und seine Rufe. Sie hatte ihn heraufkommen hören, wußte, daß er ihr wahrscheinlich eine Tasse Tee vor die Tür gestellt hatte. Sie saß da und schaute in den Abendhimmel, der auf einmal so friedlich und einladend aussah, auf die blattlosen Bäume, deren Umrisse sich so klar gegen den Himmel abhoben, auf die Bäume in der Ferne, die mit dem Violett der Berge verschmolzen, und obwohl sie den See nicht sehen konnte, stellte sie sich ihn dunkel und kabbelig vor. Dann dachte sie an den Friedhof, an das

Grab ihres Mannes und den Platz daneben, der auf sie wartete, den Platz unter dem großen Grabmal, wo seine Vorfahren lagen. Der Stein war von heller Flechte ganz überwachsen, wunderschön, aber scharf umrissen im Abendlicht. Ja, er hatte ihr wahrscheinlich eine Tasse Tee hingestellt und war wieder gegangen. Er war ruhig. Alles war ruhig. Wenn sie ganz still saß, glaubte sie, würde vielleicht ein Wunder geschehen.

Also betete sie, betete im Knien, im Stehen, im Gehen. Manchmal trommelten ihre Hände leicht gegeneinander, dann wieder ließ sie die Finger sorgsam über jede Perle ihres Rosenkranzes gleiten. Sie küßte das Kruzifix, sprach bekannte und neue Gebete, Gebete aus ihrer Kindheit und solche, die sie gerade erst erfunden hatte. Sie betete zum Herzen Jesu und zu allen Heiligen im Himmel.

Tagebuch eines Freiwilligen

23. Januar 1921. In einem Unterstand geschlafen. Die Wände sind aus Stein und Lehm, das Dach ist mit Schilf gedeckt. Der Unterstand mißt etwa drei mal zwei Meter und mußte zeitweise acht Männer beherbergen. Dort verbrachten wir so manche harte Winternacht bei undichtem Dach im feuchten Bett. Die Tür bestand aus einem Stechginsterbusch.

29. Januar. Eine neue Bleibe gefunden, einen Schuppen für Kühe, der M. Sammon gehört. Drei von uns schleppten ein Bett hinein, und es war recht bequem, obwohl der Wind durch die Wände pfiff und das Dach lückenhaft war. Hier werden wir wohl etwa einen Monat bleiben und nur gelegentlich eine Nacht in den Bergen verbringen, wenn es zu gefährlich wird. Eines Nachts kamen Schritte an unsere Tür – wir zogen sofort unsere Revolver und dachten, wir seien umstellt, aber es war bloß ein Esel. Er hatte es auf das Heu abgesehen, mit dem wir die Löcher zugestopft hatten.

Februar. Mit C. Turner zu einer Hochzeit bei Loughrea gegangen und bei Woodford auf eine Fahrradstreife gestoßen. Zum Glück erkannten sie uns nicht, so daß wir unbehelligt weiterziehen konnten. Von der Hochzeit nach Hause geradelt und in Mount Shannon dem Militär nur um Haaresbreite entkommen.

8. März. Befehl erhalten, uns zum Angriff auf eine Streife in Feakle zu melden. Mit T. Mack und Ernie und J. Mack nach Aughrim gewandert und dort die Nacht verbracht. Strömender Regen. Noch vor Tagesanbruch weiter nach Feakle gezogen, unsere Position eingenommen und etwa zwei Stunden in der Stadt geblieben. Aber die 'Tans haben Gefahr gerochen und sind drinnen geblieben. Also haben wir aus dem Hinterhalt auf die Kaserne geschossen. Zwei Stunden lang haben sie mit schwerem Geschütz das Feuer erwidert, haben auch noch gefeuert, als wir längst abgezogen waren. Um ein Uhr morgens völlig durchnäßt wieder zu Hause gewesen und bei M. Walsh geschlafen.

März. Nächste Nacht bei Cleary geschlafen.

März. Gehört, daß drei Männer mit fremdem Akzent nach mir gesucht haben. Sie waren mehrmals in meiner Nähe, aber wir sind uns nicht begegnet. Mißtrauisch geworden und in die Berge gegangen; ich glaubte, es seien Hilfspolizisten. Später mit sieben anderen den Platz durchsucht, wo sie wahrscheinlich Rast gemacht hatten. Über den Bergpaß hinunter nach Costello's Cross marschiert, wo wir uns aufgeteilt haben – drei sind in Burkes Heuschuppen geblieben, und vier haben sich rund um die

Scheune, die wir für ihren Unterschlupf hielten, auf die Lauer gelegt. Es hat gefroren, und da ich kurz vorher in einen Straßengraben gefallen war, war ich nach vier Stunden völlig steif vor Kälte. Um zwei Uhr morgens schließlich die Scheune durchsucht, aber nur die Stelle gefunden, wo sie im Heu geschlafen hatten. Auf dem Weg zurück zu den anderen in etwa einer halben Meile Entfernung Lichtzeichen gesehen. Wahrscheinlich hatten sie uns entdeckt und durch die Signale in Killaloe Verstärkung angefordert, deshalb haben wir uns zurückgezogen. Am nächsten Tag sind sie aus Killaloe gekommen, haben die Scheune niedergebrannt und an der Stelle beim Cross, wo wir am vorigen Abend Rast gemacht hatten, zwei Männer festgenommen. Vier von ihnen blieben zurück, um uns zu schnappen, aber wir waren schon nach Whitegate weitergezogen. Hätten wir nicht von den Verhaftungen gehört, hätten sie uns alle erschossen, denn wir hatten nur einen Revolver und ein Gewehr dabei.

März. In einem Unterstand in Derrycon geschlafen. Jeden Morgen um fünf zum zwei Meilen entfernten Bohatch Mountain gelaufen und gegen zehn, wenn wir wußten, daß kein Feind in der Nähe war, zum Frühstück ins Tal zurückgekehrt. Dem schlimmen Wetter mit Regen und Schnee schutzlos ausgeliefert.

April. Die langerwartete Razzia ist gekommen. Derryvon oder Bohatch wurden nicht eingenommen, aber Sammons, das wir wenige Tage zuvor aufgegeben hatten, wurde entdeckt.

5. April. Beschlossen, eine neue Hütte am Bohatch Mountain zu bauen, uns sofort an die Arbeit gemacht und auch bald damit fertig geworden. Sie lag direkt an einer Bergflanke und war mit Walzblech und Heidesoden gedeckt. Zwei Wochen lang die Hütte benutzt, obwohl sie sehr feucht und kalt war. Sie war nur eine Meile von der Straße entfernt, und wenn man im Dunkeln hinausging, konnte man leicht in Sumpflöcher fallen.

Die Hütte scheint ausgespäht worden zu sein, und ich bin nur deshalb der Verhaftung entgangen, weil ich an dem Morgen, als die Soldaten kamen, nicht da war.

12. April. Befehl erhalten, mich der Bereitschaftstruppe anzuschließen. Zu acht um fünf Uhr morgens vom Middleline Cross aufgebrochen und abends in Aughrim auf die Truppe gestoßen. Dort die Nacht verbracht.

13. April. In Clunta zur Messe gegangen und anschließend zu einem geheimen Ort marschiert, wo wir den ganzen Tag in Stellung lagen und eine Streife aus Tullagh erwarteten. Gegen vier Uhr nachmittags in Richtung Cahir weitermarschiert, um ein Uhr morgens dort angekommen. Am Abend weiter bis Scalp Mountain, dort für die Nacht Quartier gemacht.

April. Wieder unterwegs. Über die Berge nach Derrybrien marschiert und dort die Nacht verbracht. Am nächsten Tag Dalystown erreicht, wo wir den Feind erwarten sollten. Doch wir waren erst kurze Zeit da, als die 'Tans kamen und die Stellung einkreisten. Unsere Munition reichte nicht für einen Kampf über die große Entfernung, deshalb nicht angegriffen, sondern den Marsch fortgesetzt, nachdem sie verschwunden waren.

Mai. Zurück in den Scalp Mountains, fünfundzwanzig Meilen entfernt ...

»Ein guter Mann ... Wer war das?« sagte er und schaute auf. In seinen Augen glaubte sie, etwas Nachgiebiges wahrzunehmen, etwas hatte ihn angerührt, an sein eigenes Unterwegssein erinnert.

»Die *Black and Tans* haben ihn erschossen ... Haben

ihn und seine Kameraden am Tag darauf entdeckt ... Sie hatten in einem leeren Haus geschlafen ... Der Verwalter war draußen, hielt Wache und lud Kohlköpfe ab ... Er wollte sie nicht verraten, deshalb haben sie ihn auch gleich festgenommen ... Haben sie alle in einem Lastwagen abtransportiert, zu einer Brücke im nächsten Ort gefahren und erschossen ... Es gibt ein Lied darüber ...«

»Es gibt ein Lied darüber«, wiederholt er und läßt die Seiten des welligen, vergilbten Tagebuchs wie einen Packen Spielkarten durch die Finger laufen.

»Ja, soviel ich weiß.«

»Was wissen Sie schon?«

»Einiges über unsere Geschichte ... das Unrecht, das Leid.«

»Ihr Onkel war einer von uns.«

»Ich war in Amerika und habe gearbeitet ... Ich wußte nicht einmal, daß er ums Leben gekommen ist ... Und doch hat er am Fußende meines Bettes gestanden und mich nach Hause gerufen.«

Ihre Stimme wird weicher, sie denkt an den so herzlos erschossenen Onkel, seine letzten Worte zu dem Priester, die ihre Mutter ihr übermittelt hat; daran, wie sie den Brief las und weinte und an zu Hause dachte, an die schmalen Straßen, die Fuchsienhecken, den ruhigen, ernsten, stets abstinenten Onkel, der nun erschossen war, und sie erinnert sich daran, wie sie dachte: welches Unrecht, welches Unrecht, und daß sie sofort nach Hause zurückkehren und etwas dagegen tun müßte. Ja, diese Gefühle waren damals in ihr wach geworden, und sie waren immer noch da und nagten an ihr.

»Warum haben Sie mir das Buch gezeigt?« fragt er.

»Damit Sie es wissen.«

»Was?«

»Daß wir auf der gleichen Seite stehen.«
»Tun wir das denn?«
»Ja. Bloß daß das damals etwas ganz anderes war.«
»Nein ... Es war genau das gleiche.«
»Unschuldige Leute ...«
»Herrgott noch mal, ich versuche, mein verdammtes Land zu retten, also kommen Sie mir nicht mit unschuldigen Leuten.«
»Dann retten Sie es doch, verdammt! Ohne unschuldige Leute zu töten und zu verstümmeln«, sagt sie, über ihre eigene Direktheit schockiert.
»Hören Sie ... Missus ... Halten Sie sich lieber an Ihr kultiviertes Leben und Ihre volkstümlichen Erinnerungen.«
»Haben Sie etwa Angst vor mir?« fragt sie und gestattet sich ein Lächeln.
»Warum sollte ich vor Ihnen Angst haben?«
»Angst vor dem, was ich sagen könnte.«
»Reden hat uns in unserem Kampf noch nie weitergebracht.«
»Vielleicht wollen Sie nicht, daß es Sie weiterbringt.«
»Hören Sie ... Man muß dort geboren sein, um es zu verstehen.« Und durch die Kälte, die er ausstrahlt, als er ihr das Tagebuch zurückreicht, gibt er ihr zu verstehen, daß sie damit bloß ihre und seine Zeit vergeudet hat.

Josies Tagebuch

Gestern abend nach Einbruch der Dunkelheit ist er rausgegangen. Um über einen Auftrag zu sprechen. So nennen sie das. Nicht Tod oder Mord, sondern Auftrag. Dieses Haus wird dafür verschrien sein, daß er sich hier versteckt hat. Es wird Übertreibungen geben. Daß er mich angekettet oder unter der Treppe eingesperrt, mich gefoltert oder verstümmelt hätte. Niemand wird die Wahrheit kennen. Die Wahrheit geht immer verloren, mögen es nun große oder kleine Wahrheiten sein. Verloren. Ich frage mich, was er den ganzen Tag über macht. Liest er? Bereitet er sich vor? Vielleicht gehört er zu denen, die Tagträumen nachhängen. Er ißt nicht viel. Er hat nur eins von den beiden Sandwiches mit gekochtem Schinken gegessen, die ich ihm hingestellt habe. Warum ich das getan habe, weiß ich nicht. Die Lebensmittel sind gekommen, und der Schinken hat so frisch und appetitlich ausgesehen, da dachte ich ... Aus irgendeinem Grund hat der Lebensmittelhändler Kerzen mitgeschickt, das hat mich stutzig gemacht. Wie auch immer, ich habe ihm zwei schöne Sandwiches gemacht. Ähnlich war es, als ich in der Speisekammer auf ihn stieß. Es dämmerte schon, und er hat seine Stiefel geputzt. Er hatte schon die Hand gehoben, um das Licht anzuschalten, aber ich wußte, daß der Schalter feucht war, weil dort Schimmelpilze wuchsen, und mir war klar, der Stromschlag würde ihn umbringen.

»Nicht«, rief ich und erklärte ihm, warum.

»Danke«, sagte er, doch ohne irgendein Gefühl zu zeigen, und ließ das Licht ausgeschaltet. Vielleicht dachte ich, es würde uns einander näherbringen.

Wenn es hart auf hart geht, wirkt plötzlich alles sehr endgültig und roh. Auf einmal ist der Tod überall, klappert wie lose Kannen. Wenn ich es ihm sagen könnte, wenn ich ihm bloß sagen könnte, wie direkt, wie furchtbar die Nähe des Todes jetzt für mich ist, hätte er vielleicht Mitleid mit mir. Er hat eine Mutter. Er hat eine Schwester. Er muß die Gefühle einer Frau kennen, muß ihr Bedürfnis kennen, Leben zu schenken, statt Leben zu nehmen. Wenn er sehen würde, wie ich meine eigenen kurzen Atemzüge zähle, würde sich in ihm vielleicht eine Verwandlung vollziehen. Oder auch nicht. Ihre Ausbildung ist höchstwahrscheinlich makaber. Unbesiegbar sein, keine Schwachstellen zeigen, in aller Abgeschiedenheit schießen üben, sich schulen und informieren, Stehvermögen beweisen, einen Eid ablegen. Haben sie diese Schwelle erst einmal überschritten, sind sie nie wieder dieselben, sowenig wie Eisen, das man einmal ins glühende Feuer gelegt hat. Selbst wenn sie es wollten, könnten sie nicht mehr zu ihrer alten Form, zu ihren alten Gewohnheiten zurückkehren. Das traurigste daran ist, daß wir die gleiche Herkunft haben, den gleichen Glauben. Wir sprechen die gleiche Sprache und können uns doch nicht verstehen. Für den einen ist die Sprache des anderen wie eine Blindenschrift. Worte wie Gerechtigkeit, Liebe, Brot – von innen nach außen oder von außen nach innen gekehrt. Ihm entgeht nichts. Ich habe ein altes Bonbonpapier und eine Dose mit ausgetrocknetem Rouge aus dem Fenster geworfen, und er hat mich gefragt, ob das irgendeine Art von Signal sei. »Nein«, habe ich gesagt. Man könne nicht wachsam genug sein, hat er geantwortet. Ich habe ihm gesagt, ich sei für das, was ich tue, nicht mehr verantwortlich, und er hat mich mit dem ersten, dem allerersten Hauch von Mitleid angesehen. Wahrscheinlich lag es an meinem Haar. Weil es strähnig herunterhing.

»Wenn du über die nasse Farbe läufst, bring ich dich um«, sagt Jakko.

»Wuff, wuff, wuff«, antwortet Nellie, die Hündin, mit sich selbst zufrieden, denn sie ist zur Yacht geschwommen, schüttelt ihr triefendes Fell und schnüffelt vergnügt herum. Vielleicht gefällt ihr der Duft der frischen Farbe, nur den sauren Ammoniakgeruch des Tapetenkleisters mag sie nicht. Die noch nassen Tapetenbahnen hängen wie Kutteln an den Wänden.

»Ich habe gesagt, ich bringe dich um«, ermahnt Jakko sie noch einmal und sieht ihren zierlichen kleinen Fußspuren nach, während sie das Deck und die verschiedenen Kojen erforscht und dann munter auf die cremefarbenen Kissen springt.

»Ich werde dir einen Stein um den Hals binden und dich ersäufen ... Jawohl, das werde ich tun.« Sie versteht ganz genau, was er sagt, und mit dem vorwitzigen Sprung und der frech heraushängenden dünnen Zunge entgegnet sie ihm: »Du kannst mich nicht umbringen, ich bin alles, was du hast, Jakko Mulcahy.«

Es ist Zeit zum Rauchen. Zweimal am Tag, um elf Uhr morgens und um vier Uhr nachmittags, sitzt er im Salon vor dem Ofen und raucht seine Pfeife. Man hat ihn gebeten, den Ofen anzuzünden und die Yacht tüchtig durchzuwärmen. Wenn er könnte, würde er ewig bleiben. Der Frieden und die Stille, die Vögel und die sanften Schaukelbewegungen des Wassers. Aber er hat nur noch zwei Tage. Eine Lackschicht von innen und eine zweite von außen. Wie gern er mit dem Boot auf große Fahrt gehen würde, nur er und Nellie an Bord, über den See zum majestätischen Shannon, den Pilgrim's Way hinauf. Davon hatte er schon immer geträumt, wollte durch die großen Schleusen und Drehbrücken fahren, in der Abenddämmerung nach einer Anlegestelle suchen und in der nächsten Ortschaft in eine Kneipe gehen, wollte mit der Natur erwachen, mit den Reihern, den Seetauchern und den Schwänen, und um ihn herum wären die morgendlichen

Hügel, die sich ganz langsam aus den Ebenen strecken, blau und violett, und allmählich zu Bergen anwachsen.

Kein Wunder, daß der Engländer diese Gegend liebt. Dreißig Jahre lang ist er hergekommen, hat erst in den letzten Jahren aufgrund mißlicher Umstände fernbleiben müssen. Und nun hat er Heimweh nach dem See bekommen, obwohl er hier nicht zu Hause ist, und angeordnet, die Yacht generalzuüberholen, den Motor nachzusehen, das Dach und die Reling, und vor allem hat er darum gebeten, alles gründlich zu lüften, denn um die Gesundheit des Engländers ist es nicht gut bestellt. So jedenfalls hatte es ihm Miss Hourigan leise und anzüglich zugezischelt, so daß alles auf irgendeine schwere Krankheit hindeutete, Krebs oder so etwas. Der Krebs holt sich alle, genau wie er seine Frau geholt hat.

»Also alles tipptopp und blitzblank, Jakko«, hatte Miss Hourigan gesagt und ihm eine zwei Seiten lange Liste in die Hand gedrückt. Sir Rolands Sekretär hatte angerufen, ihr am Telefon alle Anweisungen vorgelesen und betont, daß die Yacht vor allem warm und gut gelüftet sein müsse, und zweimal am Tag müßten frische Wärmflaschen in die Kojen gelegt werden, damit sich Sir Roland und seine Gäste keine Lungenentzündung holten. Es würden vier Männer sein. Keine Damen. Ihr Dinner am ersten Abend wünschten sie im Hotel einzunehmen und hatten die örtlichen Spezialitäten bestellt – frische Austern, Spanferkel mit Kartoffeln und Kohl und anschließend Miss Hourigans berühmte Zitronenbaisertorte.

»Dreißig Jahre lang kommt er schon her... unser dienstältester VIP... Und ich bin froh, daß er sich wieder für uns entschieden hat«, hatte Miss Hourigan gesagt.

»Ich weiß«, hatte Jakko geantwortet und sich daran erinnert, wie er Sir Roland früher zur Hand gegangen war, hatte daran gedacht, wie ungehalten der Engländer immer gewesen war, wenn sich andere Boote seinem Platz näherten, hatte sich an die abendliche Debatte über den Namen der Yacht erinnert. Seine Frau schlug einen irischen Namen vor, Sir Roland aber wollte das Boot nach seiner Frau benennen, und am Ende hatten sie sich auf einen Phantasienamen geeinigt – Serendipity. Niemand wußte, was der Name bedeuten sollte. Jakko hatte sich auch daran erinnert, daß Sir Roland ihn immer Paddy genannt hatte, obwohl er doch Jakko hieß, und ihn wütend angeschrien hatte, als er ihm einmal eine einfache Frage stellen wollte, eine rechtliche Frage, weil Sir Roland doch ein bedeutender Richter war. Serendipity. Der Name war fast vollständig verblichen, doch mit einer kleinen Zobelbürste hat Jakko ihm seine alte Schärfe und sein eigenwilliges Enteneierblau wiedergegeben – Serendipity.

»Und benimm dich«, sagt er zu Nellie, die mit den Troddeln eines gestrickten Schals spielt. Wahrscheinlich hat ihn eines der Liebespaare dagelassen, die sich in den letzten Jahren auf dem Boot herumgetrieben haben. Er wird ein Schild mit der Warnung »Frisch gestrichen« aufstellen, um sie fernzuhalten. Er würde ja über Nacht hierbleiben, wäre Miss Hourigan nicht der Meinung, daß er damit Sir Roland ausnutzen würde. Ein Genuß, in dem hübschen Raum vor dem Ofen zu sitzen, zu rauchen und die Dunkelheit heraufziehen zu sehen, diese schöne seltsame Dunkelheit, die über das Wasser kommt, sich heranschleicht. Und während die Berge immer dunkler und massiger werden, würde er dasitzen und sich alles mögliche vorstellen: daß es sein Boot wäre, sein eigenes Boot, daß seine Tochter in Amerika dafür bezahlt hätte. Am liebsten würde er sich aus der Stadt zwei Bier und ein

Würstchen mit Brot holen und eine der Matratzen vor den warmen Ofen legen. Jedenfalls hätte er es hier wärmer als in seinem eigenen verdammten Haus, in dem er das Regenwasser mit Eimern auffangen muß.

»Wäre das nicht herrlich«, sagt er zu Nellie, die auf den Hinterbeinen sitzt und ihm ihre nasse mauvefarbene Schnauze entgegenstreckt.

»Wo hast du den her?« fragt er, nimmt ein Ende des Schals und zieht sie zu sich. Dabei fällt sein Blick auf ihr schmales kleines Gesicht und ihr elegantes reinrassiges Ohr. Der Rest ihres Körpers hat von jeder Hunderasse ein bißchen.

»Du mußt mehr als einen Vater haben«, sagt er und lacht. Natürlich würde er Nellie auf die Fahrt mitnehmen. Sie würde als Wachhund dienen und Landstreicher und Liebespaare vertreiben. Wie viele mochten seit der letzten Fahrt im Boot geschlafen haben? Am ersten Tag hat er Zigarettenrauch gerochen. Wie viele Paare haben hier gelegen und die Nächte durchgefeiert? Aber Sir Roland ist ja auch zu geizig, ihm ein regelmäßiges Einkommen zu zahlen, damit er über das Boot wachen, jederzeit ein Auge darauf halten kann. Viel zu geizig. Leute, die fünf Tage der Woche im eigenen Haus in London wohnen, das Wochenende in ihrem Landhaus in Staffordshire verbringen und im Sommer in ihre Ferienvilla nach Spanien reisen. Und die ganze Zeit über liegt ihr kleines weißes Wasserheim einsam und verlassen in einem alten Bootshaus am Rand des unruhigen Sees.

»Vielleicht vermacht er mir ja das Boot in seinem Testament«, sagt Jakko zu Nellie und lacht, weil sie ihn mit dem unter dem Kinn zusammengebundenen Schal an eine alte Großmutter erinnert.

»Frag mich, ob ich ein schönes Leben hatte, Nellie.«

Sie tut es fast. Sie stupst ihn mit der Pfote an, zärtlich vorsichtig, wissend.

»Frag mich nicht«, sagt er dann, zieht das kleine Notizbuch heraus, in das er seine Kostenaufstellung eintragen soll, und fragt sich, wie viele Überstunden er wohl herausschlagen kann.

Es geschah auf Geheiß eines Engels, daß St. Calum mit seinen Anhängern nach Inis Cealtra kam. Dort fand er einen Baum mit Namen Tilia, dessen Saft gebrannt und in einen Behälter gefüllt wurde, und dieses Gebräu war so berauschend wie Wein und so süß wie Honig. Calum blieb lange Zeit in Inis Cealtra, und die Vögel des Himmels pflegten freundlichen Umgang mit ihm und flatterten fröhlich um sein Gesicht. Er starb an der Seuche, die man Crom Chonai nennt.

Später wurde St. Caimin zum Abt berufen. Seine Mutter hatte einer großen Kinderschar das Leben geschenkt. Seine Halbbrüder waren Guarie Aidne (Der Gastfreundliche), legendärer König von Connaught, und der berühmte St. Colman von Kilmacduagh. In dem aus dem zwölften Jahrhundert stammenden »Book of the Dun Cow« findet sich eine bekannte Geschichte, die St. Caimin und seine Halbbrüder betrifft.

Die drei Brüder trafen sich in der Kirche von Holy Island und kamen darauf zu sprechen, was jeder von ihnen sich wünschen würde, wenn er bestimmen könnte, womit die Kirche angefüllt wäre. Guaire wünschte, es wäre Gold und Silber, um seine Großzügigkeit gegenüber den Armen unter Beweis stellen zu können. Cuimmine Fota wünschte sich, daß die Kirche voller Bücher wäre, so daß alle nach Wissen Strebenden durch sie den Weg der Wahrheit erfahren könnten. Caimin jedoch wünschte, die Kir-

che wäre mit allen Arten von Krankheiten gefüllt, so daß sie alle seinen Körper befallen könnten.

Caimins Wunsch scheint in Erfüllung gegangen zu sein, denn tatsächlich wurde sein Körper von allen möglichen Krankheiten heimgesucht, »so daß kein Knochen mehr mit irgendeinem anderen Knochen verbunden war, sondern in sich zusammenschrumpfte und zerfiel und ihm alle Pein dieser Welt auferlegt wurde«.

Eine andere eindrucksvolle Geschichte über ihn findet sich bei Keating. Eine Nonne kam zu Diarmait, dem König von Irland, um gegen Guaire Aidne zu klagen, der ihr die einzige Kuh gestohlen hatte. Diarmait versammelte ein Heer, um das Unrecht zu sühnen; und obgleich sein Heer nur klein war und Guaire eine viel größere Gefolgschaft besaß, wurden die Männer von Connaught geschlagen, weil St. Caimin sich auf Diarmaits Seite schlug und Guaire »aushungerte«, so daß er im Kampf unterlag.

Als sie zufällig mithört, wie er in seinem Zimmer herumgeht, sich dehnt und streckt und seine Körperübungen macht, ist auch sie entschlossen, ihren Verstand zu bewahren, die Fingergelenke und Zehen zu bewegen und laut zu lesen, um ihn zu verwirren. Zögernd steht er in der offenen Tür, dann fragt er, ob das, was sie liest, von der Insel handelt, die man vom Ufer aus sehen kann.

»Sie sind unten beim See gewesen.«

»Ich habe einen Spaziergang gemacht.«

»Gut«, sagt sie wie zu einem pflichtbewußten Touristen.

Er war zweimal mitten in der Nacht dort gewesen, und er wird wieder hingehen, Trockenübungen machen, jede Bewegung durchgehen, sich innerlich auf den Auftrag vorbereiten.

»Sie müßten ihn mal im Sommer sehen«, sagt sie und beschwört das phantastische Bild einer geschäftigen Wasserstraße, beflügelt von hellen Segeln. Vielleicht ist es seine Stummheit, die sie weiterplappern läßt, jedenfalls erzählt sie ihm von der Angelsaison, von der großen Angelleidenschaft ihres Mannes, der wußte, wo die Forellen ihre Lieblingsplätze hatten, wie man die Leine warf, wie man die Fische zum Beißen brachte, wie man mit ihnen spielte und wie man sie schließlich an Land zog. Und dann beschreibt sie aufgeregt den großen Fisch, den größten Fisch, der je im See gefangen wurde, und zwar von keinem anderen als ihrem Mann, der den Fisch nach Dublin zu einem Präparator schicken mußte, und später wurde der ausgestopfte Fisch in einem Hotel in einer Vitrine ausgestellt. Die schönen, listigen Erinnerungen einer Frau, die wünscht, sie unterhielte sich mit einem ganz gewöhnlichen jungen Mann.

»Angeln soll sehr gesund sein«, sagt er.

»Sie sollten es ausprobieren«, erwidert sie, und das Lächeln, das auf seinem Gesicht erscheint, zeugt von Verwirrung.

»Wollen Sie mal etwas sehen?« fragt sie, und noch ehe er antworten kann, gleitet die karierte Wolldecke von ihren Knien, und schon ist sie aufgestanden. Sie geht in den Flur, um etwas zu suchen. Aus dem Schrank unter der Treppe holt sie eine große Keksdose, das buntbemalte Papier im Laufe der Zeit vergilbt, die Dose von Spinnweben überzogen. Sie enthält die Angelausrüstung ihres Mannes, jedes einzelne Teil so ordentlich und gewissenhaft aufgereiht wie das Lieblingsspielzeug eines Kindes. Sie erklärt ihm jede Einzelheit, die gefiederten Köder, welche Haken man wofür nimmt, und dann hält sie einen Eisenhammer hoch, sagt: »Raten Sie mal, wie man den hier nennt« und gibt gleich selbst die Antwort: »Einen Priester.«

»Einen Priester!« erwidert er.

»Ja, damit schlägt man den Fischen auf den Kopf, um sie zu töten.« Und gemeinsam lachen sie und fragen sich, warum man diesen Hammer ausgerechnet »Priester« nennt.

Zwei Menschen in einem eiskalten Haus, ein paar Nachtspeicherheizungen und überall der muffige Geruch, doch in ihren Tagträumen mit dem Duft von Wachspolitur und üppigen Teerosen vermischt, mit der Eleganz von Balken und Bogen, dem Glanz des blau-grünen Glaskronleuchters, den hängengebliebenen Gerüchen festlicher Abendessen – zwei Menschen, durch die Gefühle vereint, die in einer alten Angeldose gebündelt sind, die Federn so frisch und bunt, als habe man sie dem Hahn oder Fasan gerade erst ausgerupft, zwei Menschen, für einen Augenblick in dieser Zäsur des Winterlichts verbunden, durch die Gesellschaft des anderen, den Atem des anderen gewärmt.

»Ich sag Ihnen was ... Das ist sowieso eher was für einen Mann als für eine Frau«, sagt sie, drückt ihm die Dose in die Hand und empfindet dabei etwas Ähnliches wie Freude. Es ist so lange her, daß sie jemandem etwas geschenkt hat, so lange her, seitdem sie dazu die Gelegenheit hatte. Er sagt, sie würde die Sachen doch sicherlich vermissen, aber sie besteht darauf, sie ihm zu schenken. In diesem Augenblick geschieht alles, seine Augen sind dankbar und scheu, Magneten, überzogen mit Gold, und ihre Haltung hat etwas so Nachgiebiges und Weiches, als wäre sie vom Mondlicht durchdrungen.

»Das kann ich nicht annehmen.«

»Es gehört Ihnen«, sagt sie und streckt ihm die Dose so

lange entgegen, bis er sie nimmt und ein verlegenes Dankeschön murmelt. In diesem Augenblick geschieht alles.

»Ja, der See ist unser Stolz ... Er hat Glanz in unser Leben gebracht ... Leute sind von weit her gekommen ... Fremde ... Touristen«, sagt sie.

»Was kann man im Winter angeln?« fragt er.

»Jetzt, im Winter? Lieber Himmel ... Um diese Jahreszeit können die Wellen so hoch wie Berge werden ... Kleine Boote würden an den Felsen zerschellen ... Wir haben letztes Jahr zwei junge Männer verloren ... Tagelang hat man nach ihnen gesucht ... den Boden mit Stangen abgetastet.« Ihre Stimme wird tief und ernst. »Die Leichen werden immer stehend gefunden, sie stehen auf dem Grund des Wassers wie Ghule.«

»Wie Ghule«, wiederholt er.

»Ja, die Leute im Dorf, die Männer, die müssen sich das ansehen«, sagt sie, und in ihre Augen schießen mitleiderregende Tränen. Aber er hat sich schon zurückgezogen. Er ist in dieses Haus gekommen, um nichts zu fühlen, um nichts zu hören, um nicht in die menschliche Falle zu tappen, um sich nicht einnehmen zu lassen, und seine Augen wirken jetzt wie Regentropfen, mit Rost überzogen.

»Zuletzt gesehen ... zuletzt gesehen ... Wo sind wir hier, bei Mickey Mouse?« Detective Horan sitzt aufgebracht in seinem Büro und stopft sich kleingerupfte Papierstückchen in den Mund. Das macht er immer, wenn er gereizt ist. Seine Freunde und Verwandten haben es im Laufe seines Lebens auf die verschiedensten Ursachen zurückgeführt, die Entwöhnung, die Aufregung vor der ersten heiligen Kommunion. Er selbst führt es auf Frustration zurück, das Gefühl, einfach nicht voranzukommen, dieser Bengel hält sie alle zum Narren, hat es sogar gewagt, einem jungen Polizisten die Uniform auszuziehen und auf seiner Reise in Richtung Süden gute dreißig Meilen lang zu tragen.

»Und was sagt sie noch?« fragt er. Wegen der schlechten Verbindung muß er schreien.

»Nur das, was ich Ihnen schon gesagt habe.«

»Dann wiederholen Sie bitte noch einmal, was sie gesagt hat.« Das Gestammel des jungen Mannes ist einfach unerträglich.

Er braucht volle fünf Minuten, um zu erzählen, was in einem Kino in Dundalk geschah. Es waren nicht mehr als zwanzig Leute im Saal, der Hauptfilm hatte noch nicht angefangen, als ein Kerl mit einer Tasche hereinkam, Hemd und Unterhemd wechselte, wenige Minuten später wieder verschwand und dabei eine seiner Tüten zurückließ.

»Und wo ist die Tüte jetzt?«

»Die Putzfrau hat sie weggeschmissen.«

»Weggeschmissen ... Die Putzfrau hat sie also für unwichtig gehalten ... Und warum sollen wir dann jetzt plötzlich so ein Tamtam um diese Tüte machen?«

»Die Platzanweiserin hat ein Foto von diesem Kerl im Fernsehen gesehen und sofort geschaltet.«

»Wie geschaltet?«

»Sie hat ihn erkannt – es kann sonst nur ein Doppelgänger gewesen sein.«

»Was hat sie erkannt, lockiges Haar, kantiges Kinn, hohe Wangenknochen, oder glattes Haar, rundes Kinn und keine Wangenknochen? Den Burschen haben doch schon mehr Leute gesehen als die Heilige Jungfrau von Fatima.«

»Ist das eine Tatsache?«

»Nein, Vincent, das ist keine Tatsache ... Eine Tatsache im Sinne der Beweisführung wäre, zu wissen, wo sich die verdammte Einkaufstüte befindet.«

»Wir versuchen, sie im Müll aufzutreiben.«

»Und wie hat dieser ›mutmaßliche Verdächtige‹ gesprochen?«

»Sie sagt, er sei nett zu ihr gewesen, habe ihr noch einen schönen Tag gewünscht.«

»Ach, das sagen sie doch heutzutage alle.«

»Und da ist noch etwas ... Ihm ist eine Quittung aus der Tüte gefallen, die wurde unter dem Teppich gefunden.«

»Bravo – Beweisstück A. Haben Sie es schon losgeschickt?«

»Nein, aber ich werde mich gleich darum kümmern.«

»Hören Sie, es mag bei Ihnen da oben in Monaghan ja reichlich verschlafen sein, aber hier beim Krisenstab im Phoenix Park stehen wir unter großem Druck. Und da wir schon einmal dabei sind: Beweise gibt es immer, Pat ... Ob sie auch gefunden werden, ist eine andere Frage ... Daß sie nicht gefunden wurden, beweist keinesfalls ihr Nichtvorhandensein. So, und jetzt verschwinden Sie gefälligst aus meiner Leitung.«

»Sie sagt, sein Lächeln habe sie an das Foto im Fernsehen erinnert.«

»Auf dem Foto im Fernsehen lächelt er nicht ... Er flucht auf die beiden Polizisten, die ihn in Handschellen abführen ... Außerdem wurde das Foto vor fünf Jahren aufgenommen, und da hatte er noch Haare auf dem Kopf.«

»Sie ist sich trotzdem sicher, daß er es war.«

»Sagen Sie ihr, wenn sie noch ein bißchen mehr Gin intus hat, kann sie ihn auf dem Silbertablett serviert bekommen«, sagt er, legt den Hörer auf und spuckt die grau-weiße Papiermasse aus, die sein Speichel zu einer Kugel verdichtet hat.

»Das Haus hat bisher niemandem Glück gebracht«, sagte sie.

»In welcher Hinsicht?«

»In jeder Hinsicht. Mein Mann hat nachts auf der Treppe immer Ketten klirren hören«, sagte sie und durchlebte es noch einmal, lauschte angestrengt, wiederholte es und ahmte dabei Jamies Tonfall nach. Nein, sie konnte nicht sagen, wessen Ketten es waren oder wer angekettet war, sie wußte nur, daß sie über die Stufen klirrten und ihr den Schlaf raubten.

»Die Ketten der Toten vielleicht«, sagte sie.

»Doch wohl eher die Ketten der Lebenden«, entgegnete er. Sie tranken Tee zusammen, die Hälfte des frisch geschrubbten Tischs mit Zeitungen und einem sauberen Tuch bedeckt, das gute Geschirr mit den kastanienbraunen Sprenkeln darauf verteilt. Da sie nun mal im gleichen Haus wohnten, könnten sie doch auch zusammen Tee trinken, hatte er ihr erklärt. Er hatte den elektrischen Ofen in Schwung gebracht. Später, wenn die Milch sauer geworden war, würde er Brot backen.

»Ich kann mehr Brot bestellen«, sagte sie. Wieder dieser Blick. Er brauchte nichts zu sagen, sie wußte, was dieser Blick bedeutete: Sie würde ihre wöchentliche Lebensmittelbestellung auch nicht um eine Kekspackung verändern dürfen. Woche für Woche das gleiche, nicht mehr und nicht weniger.

»Was, wenn ich krank werde?« fragte sie und spürte dabei ein plötzliches Gefühl der Revolte in sich aufsteigen.

»Das wollen wir doch nicht hoffen«, entgegnete er, und es klang fast ritterlich.

»Ich habe zu hohen Blutdruck«, erklärte sie und fragte ihn, ob er rein zufällig schon einmal die roten Flecken gesehen habe, die manchmal auf ihrem Hals und ihren Wangen erschienen.

»Kommt der Arzt ins Haus?«

»Ja, sonntags nach der zweiten Messe.«

»Wenn Sie nach ihm schicken?«

»Er kommt auf jeden Fall«, antwortete sie. Es war ihre erste Lüge, und er wußte es. In Wahrheit kam der Arzt, wenn es ihm gerade einfiel, vielleicht zu Weihnachten, vielleicht im Sommer, oder wenn er gerade in der Nähe war. Es war ein neuer Arzt, jung und rechthaberisch, und sonntags ritt er über die Felder. Für ihren Besucher hätte er nicht viel übrig gehabt. Wie die meisten Leute nannte er ihn und seinesgleichen Rowdys und Irre, sagte, wenn das Land morgen vereinigt würde, wären sie bloß noch arbeitslose Kriminelle. Der Arzt hatte ihr einmal erzählt, wie er sich nach einem Banküberfall um eine schwangere junge Frau habe kümmern müssen, die eine Fehlgeburt erlitten hätte. Das traurigste von allem, hatte er gesagt, seien die Namen gewesen, die sie für ihr Kind ausgewählt und immer wieder aufgezählt habe, Namen für ein Mädchen, Namen für einen Jungen, Namen, die sie liebte.

»Psychopathen«, hatte er sie genannt. Und jetzt saß einer dieser Psychopathen in ihrer Küche, hatte sie gesäubert und blitzblank gefegt. Steinguttöpfe und Krüge, die er ausgespült hatte, standen kopfüber auf dem Abtropfbrett, und auf den frisch polierten Fenstern brachen sich kleine Regenbogen.

»Wie heißt er?« fragte er.

»D'Arcy«, antwortete sie und wiederholte es, als würde er ihr nicht glauben.

»Und er kommt am Sonntag?« fragte er und sah sie aufmerksam an.

»Nicht jeden Sonntag«, erwiderte sie, blickte in ihre Tasse und fragte sich, was man aus dieser Ansammlung von Teeblättern wohl ablesen könne.

»Sie können nicht zufällig aus dem Teesatz lesen?«

Er lächelte und sagte nein, dieses Talent sei ihm leider nicht beschieden, aber er wüßte von jemandem, der es könne und seiner Mutter gesagt habe, sie bekomme sieben Söhne, und genauso sei es dann auch eingetreten.

»Ich nehme an, Sie haben keinen Kontakt zu ihr.«

»Ich liebe meine Mutter«, sagte er, und es war das erstemal, daß sie ihn richtig lächeln sah. Ja, es war ein reines Lächeln, ohne jeden Hintergedanken.

»Aber Ihre Mutter kann Sie unmöglich lieben.«

»Ich glaube, sie tut es.« Er legte die Hände vors Gesicht, um die Gefühle zu verbergen, die niemals zu zeigen er fest entschlossen war. Und durch die vom Seifenwasser noch weichen, roten Hände sagte er, es sei ihm ein Greuel, seiner Mutter Kummer zu machen, ihr irgendein Leid zuzufügen.

Geschichten, die sie gelesen hat, fallen ihr wieder ein, Berichte über bestimmte Morde, auf einem Feld oder am Straßenrand, Priester, die gerufen wurden, um Toten und Sterbenden die Letzte Ölung zu geben, und dann am nächsten Tag schon die nächsten Morde, Vergeltungsschläge der Gegenseite: ein Paar in einer einsamen Hütte bei Tagesanbruch erschossen, eine blutige Schießerei in einem Supermarkt und so weiter und so fort. Sie erinnert sich daran, wie sie auf einer Beerdigung war und jemand sagte, man sollte beide Seiten in ein Stadion sperren und zwingen, sich gegenseitig abzuknallen, ein verlängerter Blitzkrieg, bis sie in ihrem eigenen Blut schwammen, genau wie die Unschuldigen, denen sie das Leben genommen hatten. Und sie erinnert sich auch daran, wie eine Frau erregt aufstand und mit krächzender Stimme sagte: »Ihr habt wohl vergessen, was man eurem Land angetan hat«, woraufhin die anderen sich von ihr zurückzogen, weil allen klar wurde, daß sie eine Sympathisantin war. Schwer vorstellbar, daß auch er Blut vergossen hat. Wieviel Blut hat er auf dem Gewissen, wie viele Menschenleben hat er ausgelöscht? Ist es bei hellem Tageslicht oder im Schutz der Dunkelheit geschehen, und was hat er gedacht, als er weggegangen oder weggelaufen ist? Was hat er gedacht, und wie viele Gewehre hat er unten in seinem Zimmer versteckt?

»Wenn Sie schießen, auf welchen Körperteil zielen Sie dann?« fragte sie ihn.

»Auf den größten«, antwortete er und griff mit der Hand an seine Brust, um entweder das Schießen oder das Erschossenwerden anzudeuten. Sie erstarrte. Es lag kein Zittern in seiner Stimme, keine Unentschlossenheit, er hatte eine sachliche Antwort gegeben, er würde auf den größten Körperteil schießen wie auf eine Mauer.

Josies Tagebuch

Ich sehe ihn ständig vor mir, vor allem seine Augen. Sie sind bernsteingelb mit grünen Flecken. Genauso wie der Tabak, aus dem er sich seine Zigaretten dreht. Wie er das Streichholz in die Ecke wirft, erinnert mich an die Männer zu Hause, Männer, die ich kaum kannte, die aber am Abend hereinkamen, um zu rauchen. Überall haben sie ihre Streichhölzer hingeworfen. Als er es jetzt auch tat, spürte ich irgendwie die gleiche Art von Bonhomie. Woher kenne ich dieses Wort? Mir fallen jetzt öfter Wörter ein, die ich früher gar nicht kannte. Wir haben uns im Frühstückszimmer getroffen, um ein bißchen Sonne zu genießen. Meine Idee. In diesem Zimmer hausen so viele Geister, all die Angler, die zu uns gekommen sind – die feinen Ehepaare –, und mein eigener Mann, der durchaus das Zeug zu einem Gentleman hatte. Er sagt, er sei froh darüber, daß wir miteinander sprechen. Er sagt, er würde die Wahrheit lieben, die Gerechtigkeit und vor allem Kinder. Das schönste sei für ihn, ein Baby im Arm zu wiegen und für es zu singen. Welche Babys er wohl schon gewiegt hat? Er wäscht sich, ehe er sich mit mir trifft. Er wäscht sich unermüdlich, so daß seine Hände und sein Gesicht immer rosig aussehen. Er wäscht sich das Blut ab und die Scham. Er hat keine Scham. Er sagt, es sei ein Krieg, ein Krieg. Er trage eine Uniform, genau wie die anderen eine tragen. Am liebsten wäre mir, er würde er sein und gleichzeitig doch nicht er. Ich mag alles an ihm, außer dem, was er tut. Wenn er etwas sagt, ist es nie überzogen. Es ist, als hätten die jahrelangen Erfahrungen ihn glattgeschliffen oder gehärtet – oder vielleicht auch beides.

Er hat eine große Flasche Orangenlimonade aufgemacht, für uns beide etwas Besonderes. Die muß er besorgt haben, als er weggegangen ist, die und Tabak für Zigaretten. Mit wem trifft er sich? Wo geht er hin? Ich dachte, ich würde diese Gegend kennen. Ich dachte, ich würde die Leute oben im Dorf und in den Häusern der Umgebung kennen, aber offenbar kenne ich sie nicht. Es ist alles verwirrend. Ich fragte vorsichtig, ob noch andere kämen, und er antwortete mir voller Respekt, daß er lieber solo bliebe, weil er den Eindruck hätte, das entspräche auch meinen Wünschen, ich wollte doch sicher-

lich nicht, daß mein Haus in eine Kaserne verwandelt würde. Wir schlürften die Limonade langsam, so langsam. Ich fand sie ungeheuer klebrig und süß, und er bemerkte sofort, daß sie mir nicht schmeckte. Er holte ein zerknittertes Papier aus der Tasche, auf das er – wohl als Antwort auf einige meiner Fragen – drei Dinge geschrieben hatte. Gerechtigkeit. Persönliche Identität. Wahrheit. Er schaute auf, um zu sehen, ob ich verstand oder widersprach. Die Handschrift war ziemlich dürftig. Er sucht meine Bewunderung, er will mein Vertrauen. Er wünscht sich meine Kameradschaft. Er sagt, er wolle sogar mein Glück. Als ich beim Hinsetzen Probleme hatte, fragte er: »Haben Sie Zwiebeln im Haus?« Zwiebelwasser sei das beste Mittel gegen Rheuma, das habe er von seinen Leuten zu Hause gelernt. Zu Hause? Seltsame Vorstellung, daß nur wenige Felder oder höchstens ein paar Straßen entfernt Leute lebten, die seinen Namen mit dem abscheulichsten und brutalsten Psychopathen verbanden. Angst hat er nicht. Er sagt, die Angst habe er schon vor langer, langer Zeit hinter sich gelassen, das heißt, falls er je welche hatte. Auch den katholischen Glauben habe er aufgegeben. Aber er sei zur ersten Kommunion gegangen, genau wie seine Geschwister. Sie fehlen ihm. Sein Zuhause fehlt ihm, der Zusammenhalt der Familie, die vertraute Landschaft. Er ist davon überzeugt, daß eines Tages Frieden herrschen wird. Es brennt wie eine Flamme in seinem Kopf, ist in seinen Augen und in seinem Lächeln, eine Art Strahlen. Ich verstehe jetzt, wie es kommt, daß manche Menschen Anhänger haben, daß sie andere anziehen wie glänzende Magneten. Vielleicht ist er wirklich irre. Vielleicht ist das sein Geheimnis.

Komisch, ich habe von ihm geträumt. Er hat versucht, mir einen kleinen Goldstecker durchs Ohrläppchen zu stecken, aber das Loch war zugewachsen. Der Goldstecker wollte nicht hindurchpassen. Er leckte den Stecker ab, dann zwängte er ihn mit Gewalt durch mein Ohr. Plötzlich spürte ich warmes Blut strömen und hörte ihn sagen: »Ich weiß, ich tue Ihnen weh ... Aber es ist für einen guten Zweck ... den schönsten Zweck, den man sich vorstellen kann.«

Wenn er mich berühren würde, mir zum Beispiel die Hand schüttelte, würde ich furchtbar erschrecken. Aber er wird mich nie berühren. Er ist die Schicklichkeit in Person. Wie er sich gebückt hat, als mir mein Schultertuch heruntergefallen ist, wie er die Hände unter seine kurzen Ärmel schiebt und fragt, ob es mir gutgehe und ob ich gut geschlafen hätte. Er hat Kissen für die Rohrstühle gebracht, hat sie in einem anderen Zimmer gefunden und mit der Steinwärmflasche aus der Abstellkammer aufgewärmt.

Es ist schwer, ihn zum Sprechen zu bringen. Zum Beispiel habe ich ihn, weil Weihnachten nicht mehr fern ist, gefragt, ob er nach Hause gehen würde. Er hat nur gelächelt und dann ohne jeden Bezug gesagt, als er noch klein gewesen und das erstemal in den Süden gekommen sei, habe er gedacht, dort sei alles besser – das Wetter, die Limonade und die Stechpalmenfrüchte.

»Und jetzt?« fragte ich.

»Der Süden hat uns vergessen«, sagte er. Verlassen. Gekränkt. Ähnlich wie die Kinder in den Märchen, verwunschen, vertrieben, für Hunderte von Jahren in irgendwelche Seen verbannt, von ihrer Heimat und ihrer Familie abgeschnitten.

»Jetzt führen wir zwei Kriege ... einen mit den Engländern und einen mit uns selbst«, sagte ich.

»Ja, das ist traurig«, erwiderte er und fügte dann mit

sehr viel freundlicherer Stimme hinzu, er habe mich von Anfang an gemocht, habe intuitiv ein gutes Gefühl für mich gehabt, habe gleich gewußt, daß ich eine gute Frau sei.

Das einzig Schöne im Frühstückszimmer ist eine Öllampe, die auf einer kleinen korinthischen Säule thront. Die Schale ist mit Öl gefüllt. Es hat die Farbe roter Johannisbeeren und ist so zähflüssig wie Gummi. Ein herrlich gefärbter Lampenschirm umgibt das langgestreckte Glas, unten rosenrot, dann fast zur Durchsichtigkeit verblaßt und oben zu einem welligen roten Rand kanneliert. Ich zeigte darauf, sagte, es sei noch ein wenig Öl übrig und er könne sie ruhig anzünden. Er entschuldigte sich für all die vielen Beschränkungen und Regeln, die er mir auferlegen müßte, sagte, es tue ihm jetzt noch leid, daß er mich wegen des Spaziergangs angegriffen habe, es sei doch ganz klar, daß ich frische Luft brauchte, das sei nur natürlich. Ich fragte ihn, ob es in seinem Leben Momente gebe, in denen er Panik bekomme. Er dachte darüber nach und schaute zur Seite, sah aus dem Fenster auf einen violetten Busch, der sich im Wind wiegte, und sagte ja, ja. Aber er könne es mir nicht erzählen, bevor wir uns besser kennen würden. Es könnte monate- oder gar jahrelang so weitergehen. Und doch habe ich das Gefühl, daß es eine Sache von Tagen ist. Auch ich habe intuitive Gefühle, genau wie er.

»Aoife, sag's deinem Daddy … Sag ihm, was du mir erzählt hast … Aoife.«

Aber Aoife kann nicht sprechen. Sie hat das Gefühl, als hätte sie gar keine Zunge, als wäre sie in ihre Speiseröhre gerutscht, dorthin, wo auch die Süßigkeiten verschwinden. Ihr Vater verspricht ihr etwas Schönes, wenn sie ihm alles sagt. Ihre Mutter hat ihn bereits gehört, den stokkenden Bericht, wie sie von der Schule nach Hause gekommen ist, den Schlüssel unter der Regentonne hervorgeholt und die Haustür aufgeschlossen hat und wie draußen, während sie in der Küche Kekse aß, der rote Mann an der Mauer vor dem Küchenfenster vorbeigelaufen ist. Ihre Mutter hatte bereits gehört, wie sie sich versteckt und vorsichtig hinausgespäht hat, wie er fast nackt an der Regentonne gestanden und sich gewaschen hat, wie er, als er das Mädchen sah, gesagt hat, er habe schrecklichen Hunger, und am allerliebsten würde er kleine Kinder fressen.

»Sag's deinem Daddy, Aoife«, sagt Sheila, ihre Mutter, und beginnt, den grausigen Bericht nachzuerzählen, beschreibt sein Grinsen, seine nackte Brust, sein Planschen in der Regentonne und fügt hinzu, daß man die Tonne sofort säubern müsse. Rory mißt den Puls seiner kleinen Tochter und fordert sie auf, endlich mit dem Blinzeln aufzuhören und ihren Daddy anzuschauen.

»Man sieht doch gleich, daß sie keine Angst vor dir hat«, sagt seine Frau und zieht Aoife von seinem Schoß.

»Ich war's nicht ... Nancy war's«, sagt Aoife, den Blick auf ihre Schuhe geheftet.

»Aoife«, ermahnt ihre Mutter sie, packt sie an den Schultern und schüttelt sie kräftig.

»Wir haben ihn beide gesehen ... Er hat sich im Fluß die Füße gewaschen ... Der rote Mann aus dem Fernsehen, der mit dem Schnurrbart.«

»Sprich lauter, Aoife«, sagt ihr Vater.

»Ich kann nicht«, erwidert sie.

»Sagst du auch die Wahrheit?« Er greift nach ihr und zieht sie wieder auf seine Knie.

»Nancy hat ihn gesehen und hat mir alles erzählt.«

Aber sie ist bereits von Tränen überwältigt, und obwohl sie dafür von ihrer Mutter einen Klaps bekommen wird, preßt sie sich an ihren Daddy, weint auf seine gute Uniform und stößt unter heftigem Schluchzen hervor, die Mädchen in ihrer Klasse hätten alle gesagt, der rote Mann würde sie kidnappen. Nachdem sie das Wort einmal ausgesprochen hat, findet sie Gefallen an dem Klang. Kid-nap-pen. Kid-nap-pen. Kid-nap-pen. Sie fängt so heftig an zu zittern, daß ihr Vater sie festhalten muß, sie ins Schlafzimmer bringen, unter das große rosarote Federbett legen und ihr ihre Lieblingsgeschichte vorlesen muß.

Eines Sonntagmorgens, als die anderen längst zur Messe gegangen waren, kam die alte Hühnerfrau zu Espenlaub in die Küche und sagte: »Du solltest heute in der Kirche sein, anstatt dich hier zu Hause abzuplagen.«

»Wie sollte ich zur Kirche gehen?« erwiderte Espenlaub. »Ich habe keine Kleider, die gut genug wären, um sie zum Kirchgang zu tragen, und wenn meine Schwestern mich dort sähen, würden sie mich vor Wut umbringen, weil ich ohne ihre Erlaubnis aus dem Haus gegangen bin.«

»Ich werde dir ein prächtigeres Kleid schenken, als es deine Schwestern je gesehen haben«, sagte die Hühnerfrau. »Und jetzt sag mir, was für ein Kleid du haben willst?«

»Ich will«, antwortete Espenlaub, »ein Kleid, das so weiß ist wie Schnee, dazu ein Paar grasgrüne Schuhe.«

Die Hühnerfrau legte den Mantel der Dunkelheit an, schnitt ein Stück von den alten Lumpen ab, die Espenlaub am Leibe trug, und bat um das weißeste und schönste Gewand, das auf der ganzen Welt zu finden sei, dazu um ein Paar grasgrüne Schuhe.

Im gleichen Moment hatte sie das Gewand und die Schuhe auch schon in der Hand und brachte sie Espenlaub, die sie augenblicklich anprobierte. Als Espenlaub fertig angekleidet war, sagte die Hühnerfrau: »Dieser Honigkuckuck soll auf deiner rechten Schulter sitzen, und diese Geißblattblüte soll auf deiner linken Schulter liegen. Vor der Tür steht eine milchweiße Stute mit einem goldenen Sattel, auf dem kannst du sitzen, und mit goldenem Zaumzeug, das kannst du in der Hand halten, wenn du zur Kirche reitest.«

Espenlaub schwang sich in den goldenen Sattel und griff nach dem goldenen Zaumzeug, und die Hühnerfrau ermahnte sie: »Du darfst nicht durch die Kirchentür hineingehen, und sobald die Leute am Ende der Messe aufstehen, machst du dich davon und reitest nach Hause, so schnell die Stute dich tragen kann.«

Und so stand Espenlaub an der offenen Kirchentür. Von denen, die in der Kirche waren, konnte niemand einen Blick auf ihr Gesicht erhaschen, aber sie alle wollten wissen, wer sie war, und als sie sie am Ende der Messe davoneilen sahen, liefen sie hinaus, um ihr zu folgen. Aber es nützte ihnen nichts. Espenlaub war fort, ehe irgend jemand ihr auch nur ins Gesicht blicken konnte. Die milchweiße Stute lief schneller als der Wind.

Als sie wieder die Küche betrat, hatte die Hühnerfrau schon das Essen für sie und ihre Schwestern zubereitet. Rasch zog Espenlaub das weiße Gewand aus und schlüpfte in ihren alten grauen Kittel.

Als die beiden Schwestern nach Hause kamen, fragte die Hühnerfrau: »Sagt, was bringt ihr heute von der Kirche an Neuigkeiten mit?«

»Wir bringen großartige Neuigkeiten mit«, erwiderten sie. »Wir haben eine wunderschöne, vornehme Dame an

der Kirchentür stehen sehen. Sie trug ein Gewand, wie wir es noch nie zuvor gesehen haben, dagegen waren unsere Kleider völlig unscheinbar. Es gab keinen Mann in der Kirche, vom König bis zum Bettler, der nicht versucht hätte, einen Blick auf ihr Gesicht zu erhaschen und ihren Namen zu erfahren.«

Die beiden Schwestern gaben keinen Frieden, bis sie zwei Kleider hatten, die sich mit dem Gewand der fremden Dame messen konnten. Nur Honigkuckuck und Geißblattblüten konnten sie nirgends bekommen.

Am nächsten Sonntag gingen die beiden älteren Schwestern wieder zur Kirche und ließen die jüngste zu Hause, damit sie das Essen zubereiten konnte.

Nachdem sie gegangen waren, kam die Hühnerfrau wieder herein und frage: »Willst du denn heute nicht zur Kirche gehen?«

»Das würde ich liebend gern«, sagte Espenlaub, »wenn ich nur eine passende Ausstattung hätte.«

»Was für ein Kleid willst du haben?« fragte die Hühnerfrau.

»Ich will«, sagte Espenlaub, »ein Kleid aus glänzendem schwarzem Satin, dazu ein Paar glänzende rote Schuhe.«

»Und welche Farbe soll die Stute haben?«

»Ich möchte, daß sie schwarz ist und so stark glänzt, daß ich mich in ihrem Fell spiegeln kann.«

»Und was sehe ich in Aoifes Bauch?« fragt ihr Vater, klappt das Buch zu und legt es zur Seite.

»Eine Apfelsine.«

»Und?«

»Weetabix.«

»Und?«

»Smarties.«

»Und ... Und ... Und?«

»Wenn du ihn fängst, erschießt er dich dann?«

»Nein, er erschießt mich nicht ... Schließlich habe ich die Hühnerfrau, ich habe Aoife, ich habe den Honigkuchen und eine Geißblattblüte ...«

Wieder beginnt sie zu zittern, nicht nur weil sie Angst hat, sondern weil es so schön ist, gehalten, ganz fest gehalten zu werden.

»Mit dem Burschen werde ich schon fertig«, sagt er und denkt, würden diese Kriminellen nicht von Erwachsenen, sondern von Kindern zur Verantwortung gezogen, würden sie mit geschorenen Köpfen und erhobenen Händen aus ihren Verstecken kommen, die Waffendepots würden sich von selbst öffnen, und die Waffen würden – wie die Toten zu Zeiten der Hungersnot – von ganz allein zu den Massengräbern marschieren.

»Wer ist da?« fragt sie und geht die Stufen hinunter zur Haustür. Alle, die sie kennen, wissen, daß sie zur Hintertür kommen und mit der Kuhglocke bimmeln müssen, die dort an einem blauen Seil hängt. Falls es, wie sie annimmt, irgendein Landstreicher ist, wird sie sich keine Geschichten über hungernde Kinder und den eiskalten Winter anhören. Sie weiß, daß er ganz in der Nähe ist und angestrengt lauscht, wer es ist. Als sie die Tür vorsichtig öffnet und über die Schwelle zurückzieht, wehen ein paar Blätter in den Flur.

Zuerst erkennt sie die Gestalt, die sich die Strickkappe über das Gesicht heruntergezogen hat, nicht. Dann denkt sie, es wäre ein Polizist, aber dann hört sie die bellende Stimme, die sie ihr ganzes Eheleben über gekannt hat, eine Stimme, die sie fürchtet – die Stimme des Schnüfflers.

»Martin«, sagt sie.

»Ihr Telefon ist kaputt«, erwidert er.

Ohne nachzudenken, erklärt sie, sie habe es längst melden wollen, aber ein Anflug von Grippe habe sie davon abgehalten.

»O ja, diese Grippe geht überall um«, sagt er und fügt hinzu, sie sehe immer noch ein wenig angegriffen aus. Durch die Art, wie er dasteht, macht er ihr klar, daß er hereingebeten werden will. Sie hat ihn nie gemocht, und sie weiß auch, warum nicht. Er war bei jeder einzelnen ihrer Demütigungen anwesend, hat immer herumgeschnüffelt, war immer da.

»Ich würde Sie ja hereinbitten, aber es geht mir nicht gut, und das Haus ist eiskalt«, sagt sie.

»Ich kann ja meinen Mantel anbehalten«, sagt er und macht einen Schritt auf sie zu. Diese Bewegung läßt sie mehr vermuten.

»Sind Sie wegen des Telefons gekommen?« fragt sie, um auszuweichen.

»Wegen des Telefons und um zu sehen, wie es Ihnen geht«, sagt er, ausgerechnet er, der überall herumerzählt hat, was für eine Heuchlerin sie sei, eine Heuchlerin, die sich am Grab ihres Mannes die Seele aus dem Leibe weine, wo sie den armen Kerl doch überhaupt erst in den Wahnsinn getrieben habe.

»Warum sind Sie nicht bei der Arbeit, Martin?« fragt sie knapp.

»Arbeit! Die habe ich geschmissen«, versetzt er und fügt hinzu, er habe beschlossen, das Leben zu genießen, würde nach Herzenslust auf den Straßen wandern, zum See und wieder zurück gehen, mal auf dem Friedhof vorbeischauen, alte und neue Leute treffen. Dann spricht er von einer Familie, die erst kürzlich hergezogen sei, einer

Hippiefamilie mit verschiedenen Kindern, den Kindern der Frau und den Kindern des Mannes. Die Eltern hätten unterschiedliche Nationalitäten, würden ihr eigenes Brot backen und ihr Bier selbst brauen. Sie wären immer auf der Suche nach leeren Flaschen, leeren Wein- und Wasserflaschen, um darin ihr Bier abzufüllen. Er erwähnt ein buntes Holzmobile im Kinderzimmer und daß sie immer bei Kerzenlicht essen würden, die Stumpen direkt auf die Holztischplatte gedrückt.

»Wer bezahlt Sie?« fragt sie.

»Die Regierung«, antwortet er und fügt hinzu, er sei der stolze Nutznießer zweier Pensionen, einer vom Sägewerk, bei dem er jahrelang als Nachtwächter gearbeitet habe, und einer zweiten vom Staat. Sie spürt, wie seine Blicke sie durchdringen, wie er an ihr vorbei in den Flur starrt. Kann er den Tabakrauch riechen? Kann er die Anwesenheit eines Menschen erahnen?

»Haben Sie Ihre Sammlung alter Bücher noch?« fragt er.

»Ja, sie sind noch da.«

»Ich habe den Neuankömmlingen davon erzählt, und der Mann würde gern mal herkommen und ein bißchen darin stöbern ... Er hält sich für einen Literaten.«

»Sobald das Wetter besser ist«, sagt sie und schlägt den Mantelkragen hoch, »kann ich die Familie ja mal zum Tee einladen.«

»Ich hätte jetzt auch nichts gegen ein Täßchen einzuwenden«, sagt er und klagt, in irgendeinem Gesundheitsratgeber habe seine Schwester gelesen, Essen und Trinken müsse man ganz strikt trennen, seitdem würde er nach dem Essen keinen Tee mehr bekommen.

»Oh, Martin«, sagt sie mit schwacher Stimme und bittet ihn, sie zu entschuldigen.

»Als der Boß noch gelebt hat, war ich hier immer

willkommen«, sagt er, zieht die Kappe in die Stirn und betrauert lautstark die alten Zeiten, als Freunde noch Freunde und nicht bloß Bekannte waren.

»Tempus fugit«, sagt sie, ohne zu wissen, warum, und schiebt langsam die Tür zu, um ihn auszuschließen.

Die Rede ist von »dem Gesuchten«, dem Mann auf der Flucht, dem Psychopathen, der sich damit rühmt, daß ihn niemand lebendig fangen wird. Es geht um ihn, ihren Gast. Um wen sonst könnte es gehen? Mit Mühe zwingt sie sich, nicht nach der Beschreibung des Mannes zu fragen, nach seiner Haarfarbe, seiner Größe, seinem Akzent. Zwanzig Morde, wenn nicht noch mehr, würden auf sein Konto gehen. Gesucht würde er von allen, von seinen Freunden ebenso wie von seinen Feinden. Ein Einzelgänger in allem, was er tue. Einer, der vor nichts zurückschrecken würde. Der im Gefängnis doch tatsächlich den Plan ausgeheckt habe, hundert Kilogramm Sprengstoff in einem Bagger hereinschmuggeln zu lassen. Der bereit gewesen sei, das ganze Gebäude mitsamt Wärtern und Mitgefangenen in die Luft fliegen zu lassen, was nur vereitelt worden sei, weil man seinen Plan, den er dreisterweise in einem selbstgeschnitzten Kruzifix versteckt habe, rechtzeitig entdeckt habe. Sie hört auch, daß er auf seiner Reise aus dem Norden in den Süden – und damit zu ihr – ein Mädchen in einem Imbißwagen in seine Gewalt gebracht und mit vorgehaltener Waffe gezwungen habe, ihn fünfzig Meilen weit zu fahren, ihr anschließend den Mund mit Packband verklebt, sie mit Handschellen gefesselt und alle vier Reifen des Wagens zerstochen habe, damit sie nicht gleich zur Polizei gehen könne, und der dann noch die Frechheit besessen habe, dem Mädchen zu sagen, es sei nicht persönlich gemeint.

»Natürlich werden sie ihn schnappen«, sagt er.

»Wie? Wie?«

»Haus für Haus ... Straßengraben für Straßengraben ... Scheune für Scheune ... Bodendiele für Bodendiele.«

»Oh, mein Gott«, entschlüpft es ihr, ohne daß sie es wollte.

»Pißpott für Pißpott«, sagte er, jede Einzelheit auskostend. Sie starrt aus dem Fenster in die Ferne, sieht wieder den streunenden Hund vorbeilaufen und denkt, es muß irgendwo tote Kaninchen- oder Hasenjunge geben, sonst würde er nicht immer wiederkommen.

Böse Menschen. Böse Männer. Patrick Pearse, Michael Collins und so weiter. Bald würden ihre Gehirne am Straßenrand verspritzt.

»Wir wissen es nicht ... oder?«

»Natürlich wissen wir es ... Das sind unsere Helden, unsere Märtyrer ... Das sind Männer, die ein Mädchen fesseln oder gar töten und sagen, es sei nicht persönlich gemeint. Persönlich am Arsch!«

»Oh, Martin.« Sie nennt ihn bei seinem vollen Namen, nicht seinem Spitznamen Marty, und wünscht, er würde endlich gehen. Sie hat ihn nicht ins Haus lassen wollen. Aber wenige Minuten nachdem sie ihn das erstemal abgewimmelt hatte, war er zurückgekehrt, um zu sagen, er habe eine schlechte Nachricht für sie. Seine Worte hatten sie zittern lassen. Der Baum mit den Initialen ihres Mannes sei morsch und würde demnächst einem harmlosen Spaziergänger den Schädel einschlagen. Woher er wisse, daß der Baum morsch sei? Er habe ihn genau untersucht, ehe er an ihre Haustür geklopft und sie aus ihrem Nachmittagsschlummer geweckt habe, was ihm von Herzen leid tue. O ja, er sei hingegangen, um sich den Baum anzusehen, aus alter Verbundenheit, um die Initialen ihres Mannes und seines Bruders zu betrachten, das M und das J so klar und deutlich, als seien sie erst gestern eingeritzt worden.

»Gute Männer... Gute Männer«, sagte er und hob seine Teetasse wie einen wertvollen Kelch. Und dann erzählte er lang und breit von ihrer einmaligen Freundschaft, von ihren Ausflügen auf den See, den Fischreusen, die sie gemeinsam gelegt, und den Wasservögeln, die sie gemeinsam gejagt hatten. Dann kam er auf den Winter zu sprechen, in dem sie zusammen Schlittschuh gelaufen seien. Und so weiter und so weiter.

»Und woher wissen Sie, daß der Baum morsch ist?«

»Er keucht ... Keucht wie eine alte Frau.«

Sie hatte ihn nie gemocht. Ein Schnüffler, der immer genau dort aufgetaucht war, wo er nicht gebraucht wurde. Er war es auch gewesen, der mitten in der Nacht in Begleitung eines Polizisten an ihrer Haustür erschienen war und ihr die Nachricht vom Unfall ihres Mannes überbracht hatte.

»Ich sag Ihnen was ... Ich komme bei nächster Gelegenheit mit einer Kettensäge vorbei und erledige die Sache ... Das Holz teilen wir uns.«

»Ich muß es mir erst noch überlegen.«

»Gott, Sie sind ja völlig nervös«, sagt er. Er hatte beobachtet, wie ihre Hände sich öffneten und wieder schlossen, hatte ihre abgenagten Nägel gesehen.

»Ein Anflug von Grippe.«

»O ja, diese Grippe geht überall um ... Scheint eine sibirische Grippe zu sein.«

»Ja, ich lege mich jetzt lieber wieder ins Bett«, sagt sie und stützt sich am Tisch ab, um ihm ein Zeichen zum Aufbruch zu geben.

»Seien Sie lieber vorsichtig. Könnte ja sein, daß Sie in Ihrem Bett liegen und ein Verrückter mit einer Kapuzenmütze durch Ihre Tür stürmt und damit droht, Ihnen das Gehirn aus dem Schädel zu pusten.«

»Ich halte die Türen und Fenster fest verschlossen.«

»Das ist denen doch egal ... Ein bißchen Klebeband auf die Fensterscheibe, ein Diamant zum Schneiden, und schon sind sie drinnen, lautlos wie Panther ... In Dublin hat mal ein Mann nichtsahnend mit seiner Frau im Bett gelegen und ferngesehen, als plötzlich einer mit vorgehaltener Waffe durch die Tür geplatzt kam, die Frau eine verlogene Fotze nannte und dem Mann befahl, aufzustehen und sich anzuziehen ... ›Wir wollen Gassi gehen.‹«

»Ja, das war schrecklich«, erwidert sie schwach.

»Erinnern Sie sich noch an das Martyrium des Mannes ... die Sache mit seinen Fingern ... drei Finger amputiert ... Und das war nur der Anfang.«

»Nicht, Martin ... nicht die ganze Geschichte«, sagt sie und legt die Hand vor den Mund, als müßte sie sich übergeben.

»Ich sag's Ihnen ... Der Fremde hat ein Hackbrett geholt, hat sich Hammer und Meißel besorgt und dem Unglücklichen ganz langsam und genüßlich die Fingergelenke durchtrennt, hat die Finger in Kleenex eingewickelt und einen aus seiner Bande damit und mit dem Erpresserbrief in die nächste Kirche geschickt.«

»Schrecklich ... schrecklich«, sagt sie und versucht, ihn irgendwie zu stoppen, aber er fährt unbeirrt fort.

»Sein Auftrag lautete, sie unter der dreizehnten Station des Kreuzwegs abzulegen, aber ob Sie es glauben oder nicht, weil dieser Bursche, der stellvertretende Befehlshaber, die verschiedenen Stationen nicht auseinanderhalten konnte, haben die blutigen Finger ganz unnötig lange dort herumgelegen. Mit dem Ergebnis, daß es noch mehr Drohungen, noch mehr Ängste gab ... Sein Boß, der Psychopath, hat sich offenbar um seinen Ruf Sorgen gemacht, jedenfalls ist er in eine Bar gegangen, hat sich ein Mineralwasser bestellt und anschließend wild auf dem Parkplatz herumgeballert ...«

»Aber der Mann ist doch am Ende entkommen ... oder nicht?«

»Entkommen! Stellen Sie sich bloß einmal diesen armen Mann vor, dreiundzwanzig Tage lang mußte er seine bandagierten Finger hochhalten, wurde von einem Haus zum nächsten geschleppt, unter der Treppe oder in einem Zimmer eingesperrt, im Gebüsch versteckt, und eines Nachts hat er die Polizisten sogar gehört, die nach ihm gesucht haben, konnte sich aber nicht bemerkbar machen, weil sein Bewacher direkt neben ihm lag.«

»Ich kann es mir lebhaft vorstellen.«

»Das hoffe ich, in Ihrem Interesse und im Interesse unseres Landes. Und als sie den Penner gefaßt haben, wird er ganz blaß, fällt halb in Ohnmacht und jammert: ›Mir ist so schwach ... Mir wird immer schwächer.‹ Nichts über den Polizisten, dem er so viel Blei in den Bauch gepumpt hat, daß sie seine Leiche kaum heben konnten. Nichts über den armen Mann und seine Familie.« Und dann setzt er zu einem Magnifikat über die heldenhafte Arbeit der Polizisten an, über die Gefahren, die diese Männer freiwillig auf sich nähmen, damit Menschen wie sie und er ruhig in ihren Betten schlafen könnten.

»Wo wir gerade von Betten sprechen«, sagt sie und erklärt, sie wolle sich jetzt doch lieber wieder hinlegen.

»Sie sehen wirklich angegriffen aus«, erwidert er, rührt sich aber nicht, sondern starrt durchdringend in den kalten Rest Tee in seiner Tasse.

»Ich fürchte, Sie werden mich entschuldigen müssen, Martin«, verkündet sie, steht auf und greift nach der Stuhllehne, weil ihr schwindelig wird. Er nimmt sich Zeit, fährt bedächtig in die Ärmel seines Mantels, knöpft ihn umständlich zu, knöpft ihn wieder auf, als wäre er in Gedanken, und die ganze Zeit über starrt er zum Fenster, als stünde dort draußen jemand, der durch das Glas nach innen schaut. Die Krähen sammeln sich, und einen Augenblick lang verstummt ihr Krächzen, wie als Antwort auf eine Warnung aus der Ferne.

»Die Ruhe vor dem Sturm«, sagt er und steht auf.

Was meint er damit? Vielleicht, daß die Krähen, ehe sie im Dunkeln zur Ruhe kommen, noch einmal am Himmel radschlagen, sich wie in einer Illustration zu einer kunstvollen Fuge umeinander bewegen, als wären sie an der untersten Schicht des Himmels aufgehängt. Für ihn bedeutet es: Auftrag erledigt. Eine Frau allein, die behauptet, bettlägerig zu sein, braucht gute fünf Minuten, um zur Tür zu kommen, wimmelt ihn ab und will ihn nicht in die Küche lassen, und als er endlich doch am Küchentisch sitzt, was sieht er da auf dem Abtropfbrett, zwei Teller, zwei Brettchen, zwei Tassen, zwei Untertassen.

»Sieht aus, als wären sie am Mond festgedrahtet«, sagt er.

»Ja«, nickt sie, plötzlich wieder ganz rüstig, und bringt ihn zur Tür, versichert ihm, daß sie über den Baum nachdenken werde, aber er müsse natürlich verstehen, daß sie eine große sentimentale Bindung daran habe, schließlich hätten die Initialen schwere Zeiten überdauert.

»Sentimentale Bindung für'n Arsch«, versetzt er. Würde er nicht in geheimer Mission arbeiten und diesen Kriminellen im Auftrag der Regierung auf den Zahn fühlen, würde er sie auf der Stelle erwürgen, würde sie am Hals packen und das letzte Tröpfchen Atem aus ihr herausquetschen. Sie hatte nichts Besseres verdient. Warum, in Gottes Namen? Wenn sie eine jüngere Frau wäre, vielleicht, aber ein Mann, der nach ihrer Blume jagt, was mag der finden – *Sheela-na-gig.*

»Woher wollen Sie wissen, ob ich Sie verraten habe oder nicht?« Sie steht im Flur, den Rücken an die Sprossen des Treppengeländers gelehnt, wo er sie, sofort nachdem ihr Besucher gegangen war, gestellt hatte, um sie auszufragen. Er will wissen, was der Mann gesagt hat, was sie gesagt hat, jedes einzelne Wort. Vorbei die ruhige, kameradschaftliche Atmosphäre ihrer kleinen Tête-à-têtes im Frühstückszimmer. Jetzt zeigt sich sein wahres Gesicht. Hart. Grob. Die Nerven bis zum äußersten angespannt.

»Haben Sie mich verraten oder nicht?« fragt er.

»Eingesperrt in mein Zimmer ... ohne zu wissen, was mit mir geschehen wird und was nicht ... meine Finger ... meine Fingernägel ... Teile von mir ... Wann fängt es an? ... Wo ist der Hammer, wo ist der Meißel? ... Schießen Sie aus der Entfernung oder aus der Nähe? ... Antworten Sie mir, antworten Sie mir. Schauen Sie mir in die Augen ... Haben Sie den Mumm, mir in die Augen zu schauen ... Ungeziefer sind Sie, Sie und Ihresgleichen, mit Ihren Predigten über Gerechtigkeit ... Frieden und Menschenwürde.«

»Ach, regen Sie sich doch ab«, erwidert er. Das mit dem Ungeziefer hat ihn gekränkt, getroffen.

»Regen *Sie* sich lieber ab!« gibt sie zurück und fragt, ob er wohl so gütig sein könne, sie jetzt in ihr Schlafzimmer gehen zu lassen, weil sie Herzklopfen habe.

»Es wird Ihnen nichts geschehen«, sagt er einmal,

zweimal, dreimal, dann kommt er mit seinem Gesicht noch näher an sie heran und sagt ihr, sie solle ihm verdammt noch mal genau erzählen, was der Mann gesagt habe.

»Aber ich habe Ihnen doch schon alles berichtet ... eine Liste Ihrer Greueltaten, Bilder von Ihnen im Fernsehen ... Plakate an allen Kasernen ... ›Gesucht‹ ... ›Gesucht‹.«

»Und was noch?«

»Was noch ... Er will mit seiner Kettensäge vorbeikommen und einen Baum fällen.«

»Wann?«

»Sobald ich ihm sage, daß ich einverstanden bin.«

»Haben Sie ihm eine verschlüsselte Botschaft gegeben?«

»Ja, ich habe Ihren Spitznamen auf seinen Handrücken geschrieben ...!«

Sie weiß, daß sich ihre Stimme überschlägt, weiß, daß sie ihre Beherrschung, ihre sogenannte Beherrschung der letzten fünf Tage verloren und keine Ahnung hat, was sie als nächstes sagen oder tun soll.

»Hegt er den Verdacht, daß außer Ihnen noch jemand hier ist?«

»Ich kann keine Gedanken lesen.«

»Treiben Sie keine Spielchen mit mir!« Sein Gesicht ist jetzt so nahe, daß sie die Schokolade mit Pfefferminzfüllung riechen kann, die sie ihm nach dem Essen angeboten hat. Daß er sich abzappeln muß, verschafft ihr solche Genugtuung, daß sie es hinauszögern, sich im Sumpf seiner Verwirrung suhlen will. Ihre eigene Angst ist so bizarr, daß sie sich furchtlos fühlt.

»Haben ... Sie ... geplaudert ...?«

»Nein, aber ich wünschte, ich hätte es getan.«

»Warum haben Sie es nicht getan, wenn Sie es sich jetzt wünschen?«

»Weil ich mir seit fünf Tagen und Nächten zu sagen versuche, daß Sie im Grunde ein sehr netter junger Mann sind ... daß Sie nicht töten würden und auch nicht getötet haben ... Dieses Märchen habe ich mir selbst erzählt.«

»Aber ich habe Ihnen doch gesagt, daß ich getötet habe ... Als Sie mich gefragt haben, auf welchen Teil ich zielen würde, habe ich gesagt, auf den größten Teil ...«

»Ja ... Aber ich dachte, wenn Sie jetzt hier sind ... wenn wir miteinander reden ... würde etwas in Gang kommen ... eine Verwandlung ... Ich könnte Sie retten ... Sie würden das Licht sehen und ein für allemal umkehren.«

»Das ist verrückt ... Nichts würde mich zur Umkehr bringen ... Niemals.«

»Das wird mir jetzt auch klar ... Ich sehe den Haß in Ihren Augen ... Mein Besucher hat gesagt, Sie hätten geschworen, sich niemals wieder lebendig fangen zu lassen.«

»Das stimmt.«

»Ich hoffe, Sie werden lebendig gefangen, nicht weil ich für Sie um Gnade bitte, sondern weil ich mir wünsche, daß Sie leben und jeden Augenblick aller Ihrer Verbrechen noch einmal neu durchleben müssen.«

»Sie sind die erste Irin, die so mit mir spricht.«

»Das kommt daher, daß die anderen viel zuviel Angst haben, um überhaupt mit Ihnen zu sprechen ... Sie haben sie alle stumm gemacht ... uns alle stumm gemacht.«

Sie denkt, er könnte vielleicht Hand an sie legen, könnte sie schlagen, um diesem hysterischen Ausbruch ein Ende zu bereiten, und sie löst sich von ihrem Platz an der Treppe und geht in sein Zimmer, etwas, was sie bis dahin noch nie gewagt hat.

Es dauert einen Moment, bis sie sich an das Halbdunkel gewöhnt hat. Schwarzer Stoff, an den Ecken mit Blechnägeln festgesteckt, verdunkelt die Fenster. Es ist der Futterstoff für einen Mantel, der nie genäht worden ist. Zwei Gewehre liegen Seite an Seite auf seinem Bett wie zwei Sonntagsanzüge. Neben dem Bett, auf einem Stuhl, liegt eine Taschenlampe, daneben ein Radio, nicht größer als eine Streichholzschachtel, und ein Foto von einer Frau. Sie kann ihre Gesichtszüge nicht erkennen, aber die Frau hat kurzes, lockiges Haar und macht ein ernstes Gesicht.

»Ihre Kinder«, sagt sie, geht hinüber zu den Gewehren und hebt eins davon auf, ohne sich darum zu scheren, ob es geladen ist.

»Um Himmels willen«, sagt er.

»Sie haben nicht den Mut, mich umzubringen ... oder? ... In meine grauen Augen zu sehen und zu sagen: ›Lächeln Sie ... Lächeln Sie, während ich schieße.‹« Die fünf Tage haben sie völlig verstört, und sie weiß es.

»Ich bin nicht hergekommen, um Sie umzubringen.«

»Aber Sie sind gekommen, um jemanden umzubringen.«

»Das habe ich nicht gesagt.«

»Nein, das haben Sie nicht gesagt, aber Sie sind auch nicht hergekommen, um mit mir Limonade zu trinken.«

»Nein ... Das ist nicht meine Aufgabe.«

»Und Sie haben eine Frau, wie ich sehe ... einen Schatz.«

»Wieso überrascht Sie das?«

»Weil Sie keine Gefühle haben ... Völlig gefühllos sind.«

»Ich habe viele Gefühle.«

»Ach, ja ... auf einen Berg zu schleichen, eine Falle zu legen und zuzusehen, wie britische Soldaten in Stücke gerissen werden ... oder lieber nicht zuzusehen ... ins Versteck zurückzukehren und eine Zigarette zu rauchen .. Manchmal erwischen Sie sogar die falschen Leute.«

»Ich weiß ... Es wird der Paddyfaktor genannt«, sagt er, die Augen ganz wild, funkelnd wie Späne aus abgeschlagenem Gold, eine so große innere Anspannung, daß sie denkt, er könne explodieren.

»Und Ihr Arsenal steht allzeit bereit«, sagt sie, berührt die zweite Waffe, spürt mit den Fingern der Rundung des Abzugs nach.

»Heute morgen ist eine Ratte hereingekommen.«

»Sehe ich nicht eine vor mir?« versetzt sie und geht zur Tür, abwechselnd von Angst und Wut überwältigt.

»Ich habe nicht gewollt, daß wir miteinander reden ... Es war Ihre Idee ... Ich bin gekommen, weil es hieß, Sie wären im Pflegeheim.«

»Ich war auch im Pflegeheim, aber ich bin zurückgekommen, um in meinem eigenen Bett zu sterben ... Und wenn es Ihnen nichts ausmacht, würde ich es lieber als Ganzes tun.«

»Das wollen wohl die meisten«, erwidert er kühl.

»Außer Ihnen vielleicht ... Vielleicht haben Sie ja Gefallen an dem Gemetzel.«

»Wenn Sie glauben, ich würde töten um des Tötens willen, sind Sie verrückt ... Dann sind Sie wie alle anderen.«

»Früher oder später wird vor Ihren Augen alles in sich zusammenfallen«, sagt sie, beschämt über die Tatsache, daß sie sich je mit ihm eingelassen hat.

»Wahrscheinlich haben Sie recht«, sagt er, als sie hinausgeht. Aber sie antwortet nicht. Etwas in seinem Wesen, in seinem menschlichen Wesen ist ausgelöscht.

Was ich jetzt tue, verstößt gegen alle militärischen Regeln, aber irgend etwas treibt mich dazu. Bitte, verzeihen Sie mir, wenn ich Sie krank gemacht habe. Ich werde gleich zum Thema kommen. Niemand kennt unseren Kampf oder kümmert sich darum. Man hält uns für Cowboys, für Tiere oder gar Schlimmeres. Und Sie denken genauso. Seit Ihrem Ausbruch im Flur heute abend weiß ich es, und ich verstehe es sogar. Aber betrachten Sie es wenigstens einen kurzen Moment lang aus meiner Sicht. Keine Sorge, ich habe nicht vor, Ihnen die übliche 1916er Litanei vorzujammern. Was es heißt, umgeben von Haß aufzuwachsen. Was es heißt, papistischer Abschaum, ein Aussätziger zu sein. Was es heißt, mit vierzehn und fünfzehn und sechzehn interniert zu werden, in Gefängnissen wie Crum und Long Kesh eingesperrt zu sein und darauf zu warten, vor den Henker zu treten. Wäre das nicht phantastisch gewesen: ein ganz normaler Mann mit Frau und Kindern zu sein. Ich kann es mir einfach nicht vorstellen. Keine Schließer, keine Royal Ulster Constabulary, die mir sagt, sie würde sich meine Schwester, meine Mutter, meine Tante holen. Das wäre wunderbar. Scheiß drauf, es ist mir egal. Ich wünschte bloß, Sie hätten ein paar von den Jungs kennengelernt, mit denen ich in einer Zelle gehaust, unter einer Decke geschlafen habe, achtzehn-, neunzehnjährige Jungs, die einen unglaublichen Mut bewiesen, eine unglaubliche Fröhlichkeit ausgestrahlt haben. Man braucht nur mit Menschen wie ihnen zusammengewesen zu sein, und der eigene Glaube ist unerschütterlich. Ich habe nur einen Wunsch – und da ich nicht bete, hoffe ich, daß er mir auch so erfüllt wird: Daß all das Töten nicht vergebens gewesen ist.

Mo Chara Sláin Go Fóill
Mac

»Ewige Gesundheit, meine Freundin.« Die Handschrift war winzig, eine Aneinandersetzung seitlich geneigter Großbuchstaben in schwarzer Tinte, und das Papier ein ums andere Mal zusammengefaltet, wie er es wohl im Gefängnis gelernt haben mußte, um seine Wünsche nach draußen zu schicken. Er hatte den Brief auf der untersten Stufe der Treppe zu ihrem Zimmer hinterlassen, gegen eine Tasse gelehnt, so daß sie ihn nicht übersehen konnte. Seit ihrem Wutausbruch war sie nicht mehr aus ihrem Zimmer gekommen, hatte einfach in ihrem Stuhl gesessen und versucht, ihre Kraft und ihr Gleichgewicht wiederzufinden. Dabei hatte sie weder Hunger noch Durst verspürt. Und auch von ihm hatte sie keine Regung wahrgenommen, das Haus war so ruhig gewesen, als wäre es geplündert worden, nur ganz gelegentlich ein seltsames Knarren, ein trockenes, gereiztes Knarren. Sie fand den Brief, als sie in der Dämmerung hinuntergehen wollte, machte kehrt und nahm ihn mit hinauf, um ihn in ihrem Zimmer zu lesen. Aus irgendeinem Grund zittert sie. Sie weiß nicht, warum sie zittert, aber es ist nicht zu übersehen.

Danach war ihr Hunger vollends vergangen. Der Brief lag unter ihrer Lampe, und die schwarzen Großbuchstaben sahen so klein, so hilflos aus.

Sie brachte seinen Namen nicht über die Lippen, deshalb rief sie nur: »Sie ... Sie ...«

Er ging schneller, als sie es je bei einem Mann gesehen hatte, so schnell, daß er ihr nicht wie ein Mann, sondern wie ein Geist erschien, und doch war er es. Er war fort – seine Tasche, sein Reisegepäck, seine Waffen, alles. Sie war hinuntergegangen, um mit ihm über den Inhalt seines Briefes zu reden, und hatte das Zimmer so leer, so bar aller Spuren vorgefunden, daß es sie an die Krankenzimmer ihrer Kindheit erinnerte, die nach einem Todesfall, vor allem durch Tuberkulose, gescheuert und mit Kalk desinfiziert worden waren.

»Kommen Sie zurück ...« Ihre Stimme war gedämpft vom Nebel, und nach einiger Zeit war es so, als hätte sie überhaupt keine Stimme mehr. Ihre Stimme versagt ihr ebenso wie ihre Füße in den übergroßen Gummistiefeln, den einzigen, die sie im Flur gefunden hat. Dazu trägt sie einen alten Mantel ihres Mannes, in dessen Tasche sie eine verschrumpelte Kastanie gefunden hat.

Einem plötzlichen Impuls gehorchend, hatte sie beschlossen, ihm zu folgen, als sie ihn hinausgehen hörte. Er lief in Richtung See, vielleicht würde er ein Boot suchen, um sich dann in nichts aufzulösen. Die Worte, die er gebraucht hatte – Gerechtigkeit ... Identität ... Gemeinschaft. Was hatten diese Worte zu bedeuten? Welchen Wert hatten sie noch angesichts der Schrecken eines Verbrechens? Das Wahnsinnige an dieser Verfolgung wird ihr noch nicht bewußt. Alles, was sie will, ist, ihn einzuholen.

Sie rutscht aus, stolpert, sucht nach einer Lücke, um zum nächsten Feld durchschlüpfen zu können, aber im dichten Nebel kann sie nichts finden, stößt immer wieder auf die Rotdornhecke, die ihr Gesicht zerkratzt. Das Rufen hat sie längst aufgegeben.

»Hier müßte doch irgendwo eine Lücke sein«, murmelt sie und läuft suchend hin und her, der Nebel dicht und undurchdringlich, eine zeitlose, raumlose, konturenlose Welt – wie am Anfang oder am Ende der Schöpfung. Ihre Hände werden ihr als Kompasse dienen müssen, erst die eine Hand, dann die andere, aber sie sind reglos und so kalt wie eine Packung gefrorener Erbsen.

»Ich kann nicht vor, und ich kann nicht zurück«, sagt

sie und denkt, daß etwas kommen wird, irgendein Torpfosten oder Grenzpfahl, der sie erkennen lassen wird wo sie ist, ihr den Weg weisen wird, aber es kommt nichts und die Disteln, nach denen sie greift, fühlen sich schwarz und feucht und ganz schleimig an. Sie spricht mit sich selbst und macht sich Mut. »Spürst du den Boden? Spürst du deine Füße in den Gummistiefeln? Kannst du noch hallo sagen?« Doch als sie ihre Stimme hört, wirkt sie furchtbar matt und lächerlich, so lächerlich wie die Reise, auf die sie sich vor einer Stunde begeben hat.

Nach einer Ewigkeit dämmert ihr, daß ihr Versuch vergebens ist. Er ist fort, hat sich in Luft aufgelöst, und ihr bleibt nichts anderes übrig, als wieder nach Hause zu gehen, aber sie kann den Pfad nicht finden. Der Nebel ist in ihren Kopf eingedrungen. Eigentlich hatte sie das gewollt. Diese fünf Tage auslöschen, seine Gegenwart und alles, wofür er stand. Nach Hause kommen, sich hinlegen, das Leben wieder ganz normal nennen, nur daß ihr Blut gefriert und ihre Füße versagen, während sie hin und her und im Kreis herumläuft, und wenig später versagt auch ihr Verstand. Nebel und Feuchtigkeit haben ihr Gehirn durchdrungen. Verstört taumelt sie von einer Seite zur anderen, stolpert, fällt und denkt: »Das ist nicht unbedingt schlecht, es ist vielleicht ganz gut, ich bleibe nur so lange, bis es Tag wird, dann mache ich mich auf den Heimweg . . . und . . . und . . .«

»Herrlich, dieser weiche Regen . . . Der Boden kann ihn gut gebrauchen.« Ein brauner Haarschopf über einem Bügelbrett. Wo ist sie? Wo bin ich? fragt sie. Ein kleines Zimmer, vollgestopft mit tausend Dingen, ein niedriges Fenster ohne Gardinen, und das Bett, auf dem sie liegt, nur wenige Zentimeter über dem Boden. Auf dem Fensterbrett Geranien mit langen, knotigen Stielen, die rosa Knopsen in rostfarbene Kapseln gefaßt.

»Wo bin ich?« fragt Josie immer wieder.

»Sie sind hier.«

»Wo ist hier?«

»Hier ist hier«, antwortet die junge weibliche Stimme.

»Aber ich kenne Sie nicht«, sagt sie und betrachtet das wunderschöne junge Mädchen mit dem runden Gesicht und dem braunglänzenden Haar.

»Sie sind in meinem Zimmer.«

»Wie bin ich hierhergekommen?«

»Wie Sie hergekommen sind? ... Was meinen Sie!«

Josie schaut sich um, aber sie sieht nichts, was sie erkennen würde. Kleider in Schachteln und auf Bügeln hinter der Tür, ein Poster von einem Filmstar, der eine Zigarette raucht, und auf dem Stuhl neben ihr eine große Messinguhr. Als sie die Hand ausstreckt, spürt sie ihre Haarkämme auf dem Boden, die Kämme und einen Krug mit Wasser, den sie fast umwirft.

»Er hat Sie hergebracht ... Hat Sie getragen«, erklärt das Mädchen, und allmählich erinnert sie sich ganz dunkel an ihre nächtliche Suche, den Nebel, wie sie versucht hat, zum See zu kommen, wie sie gefallen ist, versucht hat, wieder aufzustehen, aber nicht aufstehen konnte, ihre Beine steif gefroren, und wie jemand – sie hätte nicht sagen können, wer – sie aufhob und schüttelte, dann eine Bootsfahrt im Dunkeln, bis ihr Verstand völlig losließ und den Nebel ganz in sich aufnahm.

»Er hat Sie auf dem Feld gefunden ... Sie waren nicht mehr bei sich ... Er hat Sie im Boot hergebracht, vom Ufer zum Haus getragen und meiner Mutter in die Arme gelegt ...«

»Ich kann mich an nichts mehr erinnern ... Ich muß wohl ... bewußtlos gewesen sein.«

»Er hat gesagt: ›Sie hat Fieber, kümmert euch um sie.‹«

»Es tut mir furchtbar leid, wenn ich Ihnen zur Last gefallen bin.«

»Sie hätten sterben können.«

»Ich hätte sterben können«, sagt sie und lächelt dankbar. Sie trägt ein Nachthemd aus Flanell, liegt in einem fremden Zimmer, riecht Geranienduft und ganz entfernt die Dünste eines kräftigen Essens.

»Wieviel Uhr ist es?«

»Fast Abendbrotzeit«, sagt das Mädchen und fügt mit mahnender Stimme hinzu, sie müsse unbedingt ein wenig essen, um wieder zu Kräften zu kommen.

»Welcher Tag ist heute?«

»Dienstag.«

»Und wie heißen Sie?«

»Creena ... Früher hieß ich Margaret, aber jetzt bin ich Creena ... Das gefällt mir besser.«

»Und wo ist ...?« Da sie ihn vorher nie gesagt hat, bringt sie seinen Namen auch jetzt nicht über die Lippen.

»Fort ... hat sich irgendwo verkrochen ... Er hat Sie hergebracht und ist wieder verschwunden ... Die Polizei war hinter ihm her ... Sie war auch hier, aber Sie waren zu krank, um zu sprechen ... Statt dessen haben wir mit der Polizei gesprochen.«

»Wer ist wir?«

»Meine Mutter und ich ... Die Polizei kennt meine Mutter. Mein Vater war fünfzehn Jahre lang im Gefängnis ... Meine Mutter läßt sich von denen nichts bieten. Sie sagt: ›Oh, seht nur, da kommen die *Black and Tans*.‹ Sie wollten wissen, woher wir Sie kennen und wie Sie hergekommen sind, und meine Mutter hat ihnen erzählt, wir würden Sie schon seit Jahren kennen, ihr Bruder habe Aalreusen legen wollen und Sie draußen am Ufer gefunden, dort seien Sie völlig orientierungslos herumgeirrt ... Das letzte stimmt tatsächlich. Sie haben wirres Zeug geredet.«

»Was denn zum Beispiel?«

»›Komm zum Fort ... Komm zum Fort in Kylegranagh ...‹ zum Beispiel: Und: ›Wir kappen die Seile, wir binden dich am Sattel fest ... Komm zum Fort.‹«

»Seltsam ... seltsam ... etwas aus einem Schulbuch vermutlich.«

»Meine Mutter wußte sofort, was zu tun war ... Sie hat Ihnen heiße Mehlwickel gemacht, und Sie haben unglaublich geschwitzt ... Und dann wollten Sie unbedingt rausgehen ... nach Hause zu Ihren Eltern ... Sie haben ihre Namen gerufen ... Bridget und Michael ...«

»In meiner Erinnerung ist alles verschwommen.«

»Die Polizei hat in der Nacht Ihr Haus umstellt ... Er war nicht da ... Sie waren nicht da ... Niemand war da ... Sie haben alles durchwühlt ... Gott weiß, wie es jetzt dort aussieht ... ein bißchen wie in meinem Zimmer vielleicht«, sagt sie und lacht.

»Wer ist das?« sagt Josie und zeigt auf das Foto von einem jungen Mann mit einem Gesicht, spitz wie eine Lanze, und einem Lächeln, wie mit Gischt umspült.

»Sie wissen nicht, wer das ist?«

»Nein.«

»Da sollten Sie sich aber schämen ... Das ist James Dean ... Jimmy Dean.«

»Ist das Ihr Held?«

»Nein, nein«, sagt sie und senkt den Blick, aber nicht auf die Bügelwäsche, sondern auf ihre Füße, als wollte sie deren Größe verstecken. Sie trägt schwarze Socken und kräftige, schwarze Schuhe, wirkt aber trotzdem so geschmeidig, als würde sie durchs Leben schweben.

»Sie haben mir Ihr Bett überlassen«, sagt Josie.

»Meine Mutter und ich, wir würden alles für McGreevy tun ... Meine Mutter wußte auch gleich, wer Sie sind ... Sie wußte, daß Ihr Mann sein Leben in den Bergen gelassen hat ... Mein Vater ist gestorben, gleich nachdem er aus dem Gefängnis kam ... Er hatte Asthma ... Aber die Polizei belästigt uns noch immer ... Sie kommen und durchsuchen unsere Sachen ... Sie reißen alle Schubläden auf, suchen nach Briefen und Papieren, werfen alles durcheinander ... Aber hier werden sie nichts finden ... außer Jimmy Dean.«

Einige Kleidungsstücke prüft sie genau, entscheidet sich dann gegen sie und wirft sie entweder in den Korb zurück oder auf den Boden. Andere bügelt sie mit großem Eifer, geht ganz in dieser Aufgabe auf, beugt sich tief über das Bügelbrett und riecht an den warmen, dampfenden Stoffen. Sie hält ein Jeanshemd an ihre Brust, vergleicht seine Größe mit dem eigenen Oberkörper, faltet es dann langsam, sehr langsam zusammen und streicht über die Ärmel, als könnte sie die Arme fühlen, die sie bald wieder bedecken werden.

»Er kommt zurück, um sich frische Kleider zu holen«, antwortet sie, ohne daß Josie eine Frage gestellt hätte, und beschreibt, wie er durchnäßt und mit dreckigen Stiefeln hereinkommt, sich aber niemals beklagt und auch nie erwähnt, wo er gewesen ist.

»Sie mögen ihn.«

»Scht ... Ich will nicht, daß jemand es weiß ... Ich will nicht, daß meine Mutter davon erfährt ... Obwohl sie ihn auch mag, aber das ist etwas anderes ... Man muß ihn einfach mögen ... Ich glaube fest, in ein paar Jahren wird der Kampf vorüber sein ... Der Süden wird die sechs Countys zurückfordern, das Leben wird ganz normal sein, und er wird zu mir kommen.« Sie hält inne, drückt das Hemd an sich und denkt daran, wie er eines Nachts durchs Fenster kam, sie zu Tode erschreckte, sie halten und trösten mußte und ihr sagte: »Du bist ein wunderbares Mädchen, Creena.«

Sie legt die gebügelten Sachen aufs Bett, schiebt den vollen Wäschekorb mit dem Fuß zur Seite und versucht vergeblich, das Bügelbrett zusammenzuklappen. Schließlich schiebt sie es fluchend und mit einem festen Tritt in die Ecke.

»›Du bist ein wunderbares Mädchen, Creena‹ ... So fängt es an, oder? ... So passiert das. Ein Mann, der nachts durchs Fenster einsteigt ...«

»Nein«, will Josie sagen, aber sie sagt es nicht.

Warum diesen kräftigen Armen die fröhliche Rundlichkeit nehmen, warum den blauen Glanz in diesen Augen löschen, warum die Kälte des Winters beschleunigen, die doch noch früh genug kommen wird?

Plötzlich hält Creena ihr etwas hin – ein zusammengelegtes Taschentuch, leicht parfümiert, und darin ein mehrmals gefaltetes Stück liniertes Papier –, gibt es ihr und ist verschwunden.

In die zerrissene
Brust
Eines stolzen
Herzens
Das Schicksal eines Armen
Eingeritzt.
Im bleichen

Mondlicht
Inmitten
Der Nacht
Hast du entschieden
Zu tun,
Was zu tun ist.
Du behältst es für dich.
Du kannst nicht wissen,
Wie tief dein Leben
Mit meinem Leben
Verflochten ist.

Durch den Türspalt schaut das Mädchen ängstlich herein, ein vorsichtiges Lächeln auf dem Gesicht, doch dann zuckt es zusammen, will die kostbare Botschaft wieder an sich nehmen, glaubt, etwas Unrechtes getan zu haben.

»Alte Menschen wissen nichts über junge Liebe«, sagt sie und faltet das Taschentuch hastig wieder zusammen.

»Das ist nicht ...« Josie hebt die dünne, knochige Hand, um Widerspruch einzulegen, ihre Stimme jetzt so verändert, so aufgequollen von der Hefe der Erinnerung.

Eine Liebesaffäre

Sommerabend. Stechmücken und kleine Fliegen schweben in der Luft, Löwenzahnblüten leuchten, und sie verspürt ein Drängen in den Gliedern, eine Vorahnung dessen, was kommen wird. Warum ausgerechnet er? Warum dieser Mann und kein anderer? Es waren seine Augen, die sie zuerst aufmerken ließen, indigoblau mit dicken schwarzen Brauen, von dem einen oder anderen silbernen Haar durchzogen, das an Markasit denken ließ, fiebrige Augen, die bei aller Zurückhaltung auf einen Pakt mit dem Teufel schließen ließen. Er war unten am See, hatte seine Leine ausgeworfen, und als er sie sah, ließ er die Angelrute los, so daß sie ganz von allein den Bewegungen des Wassers folgte, fast so, als hätte tatsächlich ein Fisch angebissen. Sie war hinausgegangen, um nach einer streunenden Henne zu suchen. Jedes Jahr zur Brutzeit riß diese Henne aus, beschloß, ihre Eier zu verstecken und ihre Küken im Freien auszubrüten, gab ihren wilden Instinkten nach.

»Oh, Pater«, sagte sie. Er war ganz neu in die Gemeinde gekommen, hatte erst zwei Messen gelesen und noch keine Predigt gehalten. Sie blickte auf das Netz, das braun und zerrissen am Ufer lag, und fragte mit schelmischem Unterton, ob er denn gar kein Angelglück habe. Er sagte, er habe einen Flußbarsch gefangen, ihn jedoch wieder ausgesetzt, aber am Vorabend, da habe er einen Aal an der Angel gehabt.

»Einen Aal«, wiederholte sie viel zu laut. Die dünnen Aale wollten nicht sterben und wanden und schlängelten sich noch in der Pfanne – ein Anblick, der sie immer wieder zu Tode ängstigte, und sie erzählte es ihm. Ob sie auch gern angle, fragte er.

»Dazu fehlt mir die nötige Geduld«, erwiderte sie und fügte hinzu, Männer seien für diesen Zeitvertreib wohl besser geeignet als Frauen. Er lächelte. Es war ein allumfassendes Lächeln, das jeden seiner Gesichtsmuskeln einbezog. Ob sie gern spazierengehe. O ja, abends, um sich die Zeit zu vertreiben. Sie sagte es betont beiläufig, ganz und gar nicht wie eine Frau, die es kaum erwarten konnte, dem eigenen Heim, dem Gefängnis ihres eigenen weißen Körpers zu entkommen, die nur noch weg wollte, ganz egal, wohin, einfach entfliehen. Wenn sie an ihren Körper dachte, fielen ihr die großen toten Fische ein, die sie in einem Fischgeschäft in Brooklyn gesehen hatte, ihre glitzernden Schuppen auf zerstoßenes Eis gebettet. In letzter Zeit hatte sie mehrere Ohnmachtsanfälle gehabt. Schwindelanfälle. Die Leute sagten, sie müsse wohl einen schlechten Blutdruck haben. Sie ließ sie in dem Glauben und holte pflichtbewußt die Tabletten ab, die der Arzt ihr verschrieben hatte, aber sie zerdrückte sie zwischen den Fingern, und einmal mischte sie sie sogar voller Schadenfreude unter das Hühnerfutter. Sollte sich doch der Blutdruck der Hühner bessern. Ja, sie ging gern spazieren, besonders im Frühling, wenn die Glockenblumen und der Rotdorn blühten. Seine Augen waren dunkel, dunkel wie die Tinte in der Schule, aber vielleicht lag das am Abendlicht, das, soweit sie wußte, auch ihre Augen dunkel und freudig schimmern ließ. Seine Augen und sein Gabardinemantel hatten fast die gleiche Farbe, und seine Haut war blaß. Ein Schatten. Ein Mann, der hinter einem Baum hervorkommen, jemanden umarmen und wieder verschwinden könnte. Er erzählte ihr, er habe einmal eine Frühlingswanderung in den Alpen unternommen, und die wilden Blumen, vor allem aber der Enzian, hätten zum Schönsten gehört, was er je gesehen habe.

»Im Schnee ...?«

»Bei Tauwetter ... überall Wasser ... Ich konnte es in den Blumenwiesen glucksen hören.«

»Wann war das?«

»Oh, das war ... vor meiner Ordination.« An seinem Tonfall erkannte sie, daß er innere Zweifel an der Ordination gehegt hatte, ja, vielleicht sogar in die Alpen gegangen oder dorthin geschickt worden war, um mit seinem Gewissen zu kämpfen.

»Ich suche nach einem Huhn«, erklärte sie und ging weiter, nahm den Ast, einen Haselnußast, den sie unterwegs aufgelesen hatte, wieder in die Hand und hoffte, daß der Pater ihr nicht nachschauen, nicht bemerken würde, wie verlegen sie war. Brutzeit. Eine Zeit, in der die Hennen damit zufrieden waren, den größten Teil des Tages auf ihren Eiern zu sitzen, und nur aufstanden, um ein wenig Futter hinunterzuschlingen. War auch sie so? Brutzeit. Frühling. Tauwetter. Die wildesten Impulse, das Verlangen zurückzulaufen, ihn am Arm zu packen und einen verrückten Versuch zu machen – einer winterlichen Mondsichel Enziansterne abzuringen.

Vieles beginnt so lässig und nonchalant – vor allem, wenn es etwas Heimliches ist. Ein glänzendes Willkommen, jede Einzelheit des großen Zimmers ausgeleuchtet, von den Flammen des Feuers erhellt, so daß die Spiegel strahlten und der mit dünnem Silber überzogene beheizte Untersatz aus Kupfer am Serviertablett zu erkennen war. Die preiselbeerfarbenen Gläser sahen bezaubernd aus, genau wie die Gläser, die sie an ihrem Hochzeitstag im Schaufenster der Apotheke in der Wine Tavern Street gesehen hatte. Ja, sie fühlte sich auch jetzt wie in den Flitterwochen. Pater John war eingeladen, saß in ihrem Wohnzimmer, in ihrer Mitte, genau wie ein Bankangestellter oder die Angelgäste, die Jahr für Jahr zu ihnen kamen, und es war sein ausdrücklicher Wunsch, daß sie ihn nicht Pater nannten. Seit ihrer letzten Begegnung war er in Holland gewesen, hatte an einer Konferenz teilgenommen und mit anderen Priestern darüber beraten, wie sich Mutter Kirche modernisieren ließe. Er beschrieb die holländische Landschaft, das unendliche flache Land, den hohen Himmel mit den weißen Haufenwolken, die Regengüsse, die Wassermühlen mit Dächern, so rot wie Hahnenkämme.

»Wie Hahnenkämme«, kreischte sie, erstaunt über das Wort. Sie würde ihre Stimme mäßigen, sich zurückhalten müssen, sonst würde sie ihren Mann noch mißtrauisch machen.

»Regengüsse, sagen Sie?« fragte James.

»In Strömen«, nickte er.

»Wie bei uns«, sagte James.

»Ja, aber es gibt keine Berge«, sagte der Priester, beschrieb mit einer schwärmerischen Handbewegung die Schönheit der Berge jenseits der großen Fensterscheiben und ging sogar so weit zu behaupten, erst die Berge würden dem nationalen Charakter ihres Landes Gewicht verleihen.

»In welcher Weise?« wagte sie zu fragen.

»Abwechslung, Komplexität, Triebkraft«, antwortete er.

»Abwechslung, Komplexität, Triebkraft«, wiederholte sie. Diese Worte waren in diesem Zimmer mit Sicherheit noch nie gehört worden. Silber und Zinn begannen noch intensiver zu glänzen, und im Kamin schwangen sich ein paar goldfarbene Funken stolz den Schornstein hinauf. Abwechslung, Komplexität, Triebkraft.

Er hatte auch einige bedeutende Gemälde gesehen, hatte staunend vor der »Nachtwache« gestanden, sprachlos darüber, daß ein einzelner Künstler ein so riesiges, ausdrucksvolles Werk erschaffen kann. Daran, wie sich ihr Mann die neue Zigarette an der alten ansteckte, konnte sie erkennen, daß er unruhig wurde, deshalb schritt sie ein und schlüpfte in die Rolle der versierten Gastgeberin.

»Gibt es nicht auch Diamanten in Amsterdam?« fragte sie, worauf ihr Mann sofort mit den Versen konterte:

Diamanten in Amsterdam.
Wenig wert und viel Tamtam.

Pater John lächelte und sagte: »Wie wahr, wie wahr.« Und dann erzählte er ihnen freudig von der Vielzahl edler Steine, die er in einer Fabrik gesehen hatte, ungeschliffene Diamanten, bläulich rosa oder rauchig schwarz, wie sie in der Natur vorkamen, und andere, die, auf rotierenden, gußeisernen Platten befestigt, zu Schmuck verarbeitet wurden.

»Eine Diamantenschleiferei«, erklärte er.

»Nein, so etwas«, sagte sie. Ihre Wangen glühten, und sie verspürte das fast unbezähmbare Verlangen, mit den Beinen zu schwingen, ganz hoch, bis zu den Eichenbalken, und dabei ihre Waden in den edlen mauvefarbenen Seidenstrümpfen zu zeigen, die Teil ihrer Aussteuer waren. Diese Art von Ruhelosigkeit hatte sie im Leben schon einmal verspürt, mit einem verheirateten Mann, einem Juden in Brooklyn, der eines Abends bei ihren Herrschaften zu Gast war und ihr in die Küche folgte, um ihr ein Trinkgeld zu geben, einen Silberdollar, den er, anstatt ihn ihr in die Hand zu drücken, in ihr Mieder gleiten ließ und dabei murmelte: »Halt ihn warm.« Sie hatte ihm erlaubt, ihre Brust zu berühren und zu drücken. Und ein paar Abende später hatte sie mit ihm heimlich einen Spaziergang gemacht. Als sie an einem Haus von üblem Ruf vorbeikamen, blieb er stehen und fragte sie: »Wie würde es dir gefallen, wenn ich dich für ein paar Stunden mit dort hineinnehmen würde«, und obgleich sie viel zu verlegen war, um darauf zu antworten, gab sie doch teilweise nach und ließ innerlich so vollständig los, als hätte sie das Haus schon betreten, hätte sich ausgezogen und auf eine Couch oder gar auf ein niedriges Bett gelegt und sich ihm hingegeben, ohne all die Schäbigkeit um sich herum auch nur wahrzunehmen, reif für ihn.

Das Gelächter der beiden Männer riß sie aus ihren Träumen. Sie lachten so herzhaft, als hätte einer von ihnen einen guten Witz gerissen.

»Hast du das gehört?« fragte Jamie.

»Ich war gerade in Gedanken«, erwiderte sie mit einem gewissen Hochmut in der Stimme.

»Pater John hat rohe Diamanten gesehen«, erklärte ihr Mann und lachte wieder. Seine Augen sprühten förmlich vor Heiterkeit.

»Rohe Diamanten?« fragte sie und sah Pater John an, der zwar etwas vornehmer lachte, den Witz aber ebenso zu genießen schien.

»Winzige schwarze Dinger«, sagte Jamie und fügte hinzu, sie hätten ausgesehen wie ganz gewöhnliche Kieselsteine.

Wie sie es vermißt hatte, wie oft ihre Gedanken und ihre Körpersäfte zu dem verruchten Haus gewandert waren, zu den Stufen, die zu der berüchtigten Tür mit der Laterne davor hinaufführten, zu den rosa Gardinen an den Fenstern, die in der oberen Etage immer zugezogen waren. Sie war noch einmal allein dorthin zurückgegangen und hatte draußen auf der Straße gestanden.

»Rohe Diamanten«, wiederholte Jamie und fragte, wo in Gottes Namen das Essen blieb, die beiden Rohlinge hier, Pater John und er, waren schon völlig ausgehungert.

In der Küche eilte sie geschäftig hin und her. Es war alles vorbereitet, die gebratene Ente in Orangensoße wartete im Ofen, die in der Schale gegarten Kartoffeln waren kochendheiß, die Rüben fein püriert und mit Pfeffer, Salz und Muskatnuß gewürzt. Nur der Apfelkuchen war noch nicht fertig, steckte noch im Tontopf zwischen den Kohlen, von denen manche nicht mehr brannten. Als sie sich bückte, um ein paar glühende Stücke vom Feuer zu holen, spürte sie jemandes Gegenwart. Und der Schauer, der sie überkam, verriet ihr, daß es nicht ihr Mann, sondern daß er es war. Wie Kälte, die im Zickzack in der Hitze Amok lief. Er sagte, er sei gekommen, um sich noch ein Glas Limonade zu holen, behauptete, er habe noch nie etwas so Köstliches getrunken, das abgefüllte Zeug könne sich damit keinesfalls messen und das Rezept solle sie sich patentieren lassen.

»Danke für die Ehre«, sagte sie.

Sie hielt die Zange in seine Richtung, die glühenden Kohlen zwischen die gebogenen Backen geklemmt. Ein gefährlicher Anblick, der sie ein Versrätsel aufsagen ließ:

»Krumme Schenkel, lange Beine
Kleiner Kopf, nicht nur zum Scheine,
Aber Augen hat sie keine – was ist das?«

»Die Zange«, sagte er lächelnd und schenkte ihr einen der sanftesten und tiefsten Liebesblicke, die sie je bekommen hatte. Dann berührte er sie. Sie berührten sich ohne Berührung, blieben reglos, wie erstarrt – der Gleitflug hatte begonnen.

»Funktionieren diese Gongs noch?« fragte er und zeigte auf die zehn mit Grünspan überzogenen Metallscheiben über der Anrichte.

»Sie funktionieren ... Aber ihr Läuten geht durch Mark und Bein.«

»Dann lassen Sie mal hören«, sagte er. Es hatte etwas Trotziges, wie er die Küche verließ, und gleich darauf dröhnten die Gongs blechern und dreist durch das Haus.

Ihn mit Gaben zu überschütten, mit weltlichen Dingen und den Früchten der Natur. Beim Anblick der glatten, runden Drosseln sehnte sie sich danach, sie mit bloßen Händen zu fangen, sie zu grillen und ihm auf einem Toast zu servieren, wie man es in Süditalien tat. Er hatte ihr davon erzählt Auch von Samson, der sich in Delilas Locken verfing. Er hatte ihr so vieles erzählt, eine Geschichte von einem Russen namens Himbeergeist, eine Geschichte über eine Jagdgesellschaft. Manchmal schwieg er auch, sah sie nur an, und sie konnte spüren, wie er ihr mit seinen Blicken folgte, während sie ihrer Arbeit nachging.

Draußen im Garten sammelte sie Zweige, zupfte an den Rhododendronblättern und pflückte die wenigen Blüten ab. Er kam getreulich jeden Morgen und blieb den ganzen Tag, rekelte sich im Sessel, nahm alles an, was sie ihm anbot, machte Bemerkungen über kleine Veränderungen in ihrem Aussehen oder in der Küche.

Sie eilte herein und breitete die grünen Zweige über den Tisch. Der Anblick erinnerte sie an verschiedene Szenen in einer illustrierten Bibel, die sie einmal besessen hatte. Sie sollte sich kostbare Essenzen besorgen, um ihn zu salben. Ja, es wurde immer berauschender.

In dem großen Krug wirkten die wenigen Blüten eher dürftig, deshalb setzte sie sie in eine Terrine, in der sie wie Seerosen schwammen und einander mit den Blütenblättern sanft berührten. Sie waren rosarot und an den Rändern leicht gekräuselt.

»Was für Blüten sind das?« fragte er und untersuchte eine von ihnen etwas näher.

»Kamelien«, sagte sie. Die Pflanze war ein Geschenk gewesen, sie war mit der Post gekommen, ein kleiner Strauch mit einem lehmigen Wurzelballen, in Sackleinen eingewickelt, mit einem französischen Namen auf dem Etikett – *Débutante.* Einer der Gentlemen, die bei ihnen zu Gast gewesen waren, hatte ihr die Pflanze geschickt. Aber sie vertrug den Boden nicht, oder der Frost setzte ihr zu, denn sie trieb kaum mehr als zwei oder drei Blüten im Jahr, und die hatte sie jetzt abgepflückt und ins Wasser gesetzt, damit er sie bewundern konnte. Und überall Apfelblüten, auf dem Tisch, auf den Stühlen, sogar auf dem Steinfußboden.

Doch als er sie nach dem vergilbten Buch greifen sah, hob er abwehrend die Hände und sagte nein. Sie neckte ihn und fragte, ob es gegen seine Religion verstoßen würde. Es war ein sehr altes Buch, das sie in einer Truhe gefunden hatte und häufig konsultierte. Verschiedene schwarz auf weiß gemalte Symbole bezeichneten eine

Reihe von Schicksalslagen. Wenn man eine bestimmte Frage stellte und dann mit geschlossenen Augen den Finger auf eines der Symbole legte, konnte man eine Antwort finden. Er sagte, er wolle nichts über seine Zukunft erfahren, sei mit der Gegenwart ganz zufrieden.

»Aber was ist das?« fragte er und zeigte auf ihre abgenagten Fingernägel. Sie zog die Hände zurück und leugnete alles, sagte, sie seien von selbst abgefallen, vermutlich wegen irgendeines Ernährungsmangels.

»Sie sind nicht glücklich«, sagte er.

»Manchmal kann es schon etwas düster werden«, räumte sie ein, sah sich nervös um und schob die Schale mit den Blüten auf die andere Seite des Tisches.

»Wo suchen Sie Ihren Trost?«

»Nirgendwo ... in meiner Religion«, antwortete sie und fragte sich, ob er wohl merkte, daß sie ihn belog. Denn ihre Religion war für sie in Wirklichkeit nie ein Trost gewesen, in keinem Augenblick der langen Jahre ihrer Ehe, in denen sie auf die teilnahmslosen Felder hinausgeschaut hatte, auf die Geschirrtücher und die Unterhosen auf der Wäscheleine, auf die aufrührerischen Ochsen, die einander aus Spaß oder Verzweiflung besprangen, und auf die Jalousien am Fenster, deren Stangen ohne jeden erkennbaren Grund in bestimmten Abständen gegen die Scheiben klopften, *rat-a-tat-tat ... rat-a-tat-tat ...*

»In Ihrer Religion«, wiederholte er ohne große Überzeugung. Sie fragte ihn, ob er jemals eine Glaubenskrise durchgemacht habe. Einen Augenblick lang dachte er nach. Dann schaute er sie an, schenkte ihr einen jener sanften, nachtmüden Blicke, die sie zum Schmelzen brachten, straffte sich und sagte: »Diese Frage werde ich nicht beantworten.« An seinem erschrockenen Gesicht konnte sie erkennen, daß er wirklich in sie vernarrt war und alles tat, um sein Gefühl auszumerzen, doch jeden Morgen, wenn er zu Besuch kam, entzündete es sich aufs neue, wie ein brennender Stechginsterbusch, der scheinbar gelöscht ist, aber nur den kleinsten Windstoß braucht, um wieder in Flammen zu stehen.

»Bittere Aloe ... Die müssen Sie sich auf die Nägel tun, um diese gräßliche Angewohnheit loszuwerden«, sagte er. Das Wort »gräßlich« gefiel ihr nicht. Hinter dem Kissen auf seinem Sessel fand er eine alte Zeitung und beugte sich darüber, als wäre er völlig darin vertieft.

»Männer haben ständig irgendwelche Launen«, sagte sie und stürzte sich wieder in übereifrige Geschäftigkeit, unverbesserlich in ihrem schimmernden, gläsernen Glück.

»Was ist das überhaupt?« fragte Jamie und balancierte es auf der ausgestreckten Hand, um es von allen Seiten gründlich inspizieren zu können. Zwei helle, ausgehöhlte Scheiben aus Holz, etwa in der Form von Untertassen, waren in einem seltsamen Winkel ineinander verkeilt. Das Holz war sehr weiß, so als hätte es in Lake oder Schnee gelegen. Pater John hatte es von einer seiner vielen Reisen zu ökumenischen Tagungen mitgebracht.

»Da kann ich auch nur raten«, entgegnete sie und versuchte, ihre Freude zu verbergen. Es war das erste Geschenk, das er ihr gemacht hatte.

»Hat das Ding auch einen Namen?«

»Ich glaube, er hat etwas von Moltebeeren gesagt.«

»Moltebeeren«, wiederholte er und zog an der einen Scheibe, die sich ein wenig bewegen ließ. Dann wurde seine Stimme lebhaft, und er fragte sie, ob sie es nicht taufen sollten, ihm einen Namen geben sollten, einen Jungen- oder Mädchennamen. Er kannte seine Frau sehr gut, besser als jeder andere, und wußte, daß sich unter den

Falten ihres Unterrocks irgend etwas Wildes zu regen begann.

»Taufen«, sagte sie, das Wort zu bedeutungsvoll, zu gefährlich.

»Wenn du einen Jungen gehabt hättest, hättest du ihn John oder James genannt – und ein Mädchen wahrscheinlich Mary oder Kate oder beides«, erklärte er.

»Ich würde sie Eleanora nennen«, erwiderte sie vorsichtig, ohne zu ihm aufzuschauen. Was hatte er in ihr gelesen, eine späte Kraft wie bei Ringelblumen oder Rosen, die ein zweites Mal blühen, oder bei Vögeln, die eine zweite Brutzeit haben.

»Ich hab's«, sagte er, »wir nennen es *Schneeweiß-geleibte Maid*«, und dann begann er plötzlich zu singen. Die zugleich beißenden und gedämpften Worte richteten sich direkt an sie. Er nutzte das ganze Spektrum seiner Stimme aus, erst den Tenor, dann den Baß, und gelegentlich klopfte er mit den Händen auf den Tisch, um die langen, traurigen Akkorde festzuhalten und die mit den Worten verbundene Pein noch zu unterstreichen.

Wollt' sie nach Frankreich ziehn,
Ins ferne Spanien fliehn,
Trotzt' ich dem wilden Meer und holt' sie ein.
Und wär's des Himmels Sinn,
Daß ich sie nicht gewinn,
Möge der Sohn Mariens mir gnädig sein.

Sie sah Tränen in seinen Augen und dachte: »Er weiß es, er weiß es.« Wenn sie ihn damals doch nur im Arm hätte halten können. Aber sie konnte es nicht. Ihr einziger Gedanke war: »Er hat mir ein Geschenk gemacht, Pater John hat mir ein Geschenk gemacht«, und dieser Gedanke wurde mit jedem Mal größer und kräftiger, wie ein Kind, das in ihrem Bauch heranwuchs.

»Am besten legst du es zu deiner Unterwäsche«, sagte er und drückte es ihr grob in die Hand, sein Blick nicht klagend, sondern eher leidenschaftlich und entschlossen.

Als er nach der Dose mit dem Natron langte, wußte sie, daß er dabei war, sich eine Mixtur für seine Galle zu mischen, noch vor dem Abend ins Dorf gehen und vor Anbruch der Nacht betrunken sein würde.

O milchweiße Taube hold,
Ich bin dir treu wie Gold,
Verachte nicht meine Standhaftigkeit.

Sie rezitierte die Verse in einer Art Sprechgesang, während sie ihm zur hinteren Küche folgte, wo er sich Quellwasser aus dem Eimer schöpfte.

»Du hast keine Stimme ... Du hast kein Gehör«, sagte er.

»Du bist ja auch der Sänger in der Familie.«

»Und was bist du?« fragte er und rührte in der sprudelnden Medizin, um sie dann in einem einzigen angewiderten Schluck hinunterzuwürgen.

Mit einem grünen Zweig schlägt sie nach den Insekten, die sie umschwirren. Der Platz, den sie sich ausgesucht hat, ist kühl und feucht, eine leichte Anhöhe, von einem Baum geschützt, und sie ist froh darüber, weil sie so schwitzt, obwohl sie sich Cologne aufgetupft hat.

Hier wird sie sich ein wenig abkühlen können, bis er kommt und die heraufziehende Nacht Kühle und Feuchtigkeit bringt. Sie ist früh dran. Absichtlich. Sie will sich hinlegen, wenn er kommt, sich nicht durch ihre Knie oder ihre Haltung verraten. Am See kann sie den alten Bootsmann hämmern hören, doch die metallischen Schläge wirken nicht unangenehm, eher tröstlich, weil sie so stetig und andauernd sind. Später werden sie diese Schläge gemeinsam hören, denn sie selbst werden wahrscheinlich nicht viel sprechen. Sie ahnt, daß er plötzlich auftauchen und sich neben sie legen wird, daß sie sich in aller Stille paaren werden, daß ihre Schatten über die Grenzen des Anstands hinausdringen werden zu dem unbezähmbaren Hunger, der tief in ihnen nagt. Sie sei eine Rose, hat er gesagt. Vielblättrig. Geduldig wird er sie zurückschlagen, die Blütenblätter aus rosenfarbigem Fleisch.

»Verdammt«, flucht sie über ihr neues Korsett, das kneift und ihr den Magen einschnürt. Es ist so neu, daß sich die Haken nur schwer öffnen lassen. Sie muß mit dem untersten anfangen, dann mit dem obersten weitermachen und so fort, bis sich die Haken langsam auseinanderziehen lassen. Ins Gras geworfen, sieht die rosafarbene Spitze wie ein Tischtuch aus, das jemand für ein Picknick in der Dämmerung ausgebreitet hat.

Sie schleudert es ein Stück weg. Verflucht. Wonach wird er riechen? Tabak. Wie sie diese kleinen schwarzen Zigaretten liebt, die er stets zu rauchen pflegt, eine Marke, die er auf seinen Reisen durch Holland entdeckt hat, ein Mittelding zwischen Zigarren und Zigaretten. Sie sind dünn und fühlen sich knorrig an. Wenn er gegangen ist, führt sie oft einen Stummel an die Lippen und läßt die Zunge um die Spitze kreisen.

Sie lauscht auf seinen Schritt, weiß, daß er ein ganzes Stück entfernt parken wird. Sie denkt nicht über seine Ankunft hinaus, denkt nicht weiter, als daß er neben ihr liegen wird, denkt nicht über seine Nähe, über diesen Abend hinaus, denkt nicht an die Nacht, an die Rückkehr, an die Ausreden, an ihren Mann, der sie vom anderen Ende der Küche aus mißtrauisch beobachten wird, während das trübe Licht der flackernden Lampe ihr kostbares Geheimnis schützt. Sie weiß, bis dahin wird sie anders sein, ihre Beherrschung wiedergefunden haben.

Die Dunkelheit macht ihr Mut, so daß sie ihren Haarknoten löst, ihr Haar locker nach vorn fallen läßt und unter diesem schützenden Gespinst ihr Geheimnis in Worte faßt, tief empfundene Worte murmelt, die sie so oft in Gedanken durchgegangen ist. Die ersten Augenblicke werden über alles entscheiden, werden zeigen, ob sie zusammenpassen – aber wieso überhaupt danach fragen, wo sie doch weiß, daß sie füreinander bestimmt sind, aufeinander gewartet haben wie Knollen, die in der Wintererde schlummern. Schon von dem Moment an, als er das Tauwetter in den Schweizer Bergen beschrieben hatte, war es offen zutage getreten; als er von dem Wasser erzählt hatte, das glucksend durch die Wiesen floß, von den Blumen, den blauvioletten Blüten, die aus den Felsspalten drängten wie Ströme von herrlichem Schmuck, die Oberflächen weich und samtig, die Unterseiten von Feuchtigkeit getränkt.

Als es immer später wird, zieht sie die Kiefernnadeln aus ihrem Haar und beginnt sie zu zählen, um daraus eine Prophezeiung abzuleiten, verliert jedoch keinen Moment lang den Mut, weil sie weiß, sein Verlangen, sie zu besitzen, ist, wenn überhaupt, dringlicher als ihres. Sie stellt sich vor, wie er in seinen Wagen steigt, den Peugeot, wie er rückwärts vom Kirchengrundstück fährt, wie sein Haar durcheinandergerät und ihm einen Moment lang die Sicht versperrt, wie er ärgerlich den Kopf schüttelt, weil irgendein Mitglied der Gemeinde ihn aufgehalten hat, und sie stellt sich seine Augen vor, scheu und schurkisch zugleich, wie er ihr die Arme entgegenstreckt, sie mit jungenhafter Demut bittet, ihn zu schlagen, weil er zu spät gekommen ist.

Die Geräusche kommen jetzt von weiter her. Autos und ein schreiender Esel, das vielstimmige Schnauben und Murren des Viehs, das Hämmern des Bootsmanns verklungen. Sie stellt sich die Füchse und Dachse vor, wie sie hungrig aus ihren Höhlen kommen. Der große, leicht zur Seite geneigte und tieforangefarbene Mond zeigt ihr, daß es spät geworden ist.

»Es ist nur ein Rückschlag, nicht das Ende.« Das ist jetzt ihr Rosenkranz, an diesen Worten hält sie sich fest.

Träge schlendert sie durch das Kiefernwäldchen und über die Felder, vorbei an den Steinhügeln und dem Vieh, saugt den Geruch von Viehdung und die feuchte Luft ein, den süßlichen Duft der Holunderblüten, und dabei denkt sie, daß dieses Feld für immer mit seinem Wesen verbunden sein wird. Aber jetzt sind es keine rosigen Erinnerungen mehr, sondern häßliche, klumpige, viehische Dinge, eine furchtbare Leere, und wie bei einem großen Gänseei, das mit einer Stricknadel aufgestochen wird, tropfen die Säfte aus ihr heraus, fallen auf das harte, nachwachsende Gras.

»Da ... da ... und da.« Das Geräusch der Schläge ist fast angenehm, klingt wie der Stößer, der im Butterfaß auf die noch weiche Masse klatscht, aber auf ihrer Haut brennen sie siedend heiß. Der Stock war das erste, was ihm in die Finger kam, als er ihr von dem Schemel in der Küche entgegensprang. Sie umklammerte die Leiter, hielt die Augen geschlossen und ließ keinen Klagelaut über ihre Lippen kommen. Er war so außer sich, daß sie es damit nur noch schlimmer gemacht hätte. Ein Hahnrei. Ein Hahnrei. Er sprach das Wort mit solcher Gehässigkeit aus. Wo hatte er es gelernt? Paud hatte unwissentlich den Anlaß für diese Raserei geliefert, war draußen gewesen, um das Vieh zu tränken, und war dabei auf das Korsett gestoßen, dachte, es sei von der Wäscheleine geflattert, und hatte es – stolz auf sein Finderglück – wie eine Trophäe nach Hause getragen. Er hatte es James gegeben, der wohl nicht weiter mißtrauisch geworden wäre, hätte nicht oben auf der Spirale der Zettel gesteckt. Sie hatte ihre beiden Namen darauf geschrieben, um beim Er-liebt-mich-er-liebt-mich-nicht-Spiel immer abwechselnd einen Buchstaben auszustreichen. Sie hatte Pater Johns vollen Namen und ihren Mädchennamen benutzt. Das sagte alles. Zuerst hatte Jamie ihr voller Genugtuung das Korsett entgegengestreckt und gefragt: »Haben Sie das gesehen, Missus?« und sie damit zu der schon vorher zurechtgelegten Ausrede verleitet, es müsse wohl, wie so oft, von der Hecke gefallen sein.

»Verdammte Scheißlüge«, hatte er gesagt und ihr den verräterischen Zettel unter die Nase gehalten.

»Und was ist das?« Ihre Handschrift zitterte dicht vor ihren Augen. Vorbei die traurige Farce von Pater John als Freund der Familie. Drohungen, Schreie, Flüche, während Jamie sie durch den Flur jagte. Josie lief die Treppe hinauf, wollte ins Schlafzimmer flüchten, denn sie erinnerte sich, daß Paud am Morgen dort die Fenster geputzt hatte. Hoffentlich hatte er die Leiter stehenlassen. Voller Angst knallte sie die Schlafzimmertür zu und schob den Riegel vor, obwohl sie wußte, daß er dem leichtesten Druck nachgeben würde, lief zum Fenster und schob es nach oben auf. Ja, die Leiter stand da, und Josie war schon halb hinausgeklettert, als er ins Zimmer platzte, sie an den Armen packte und in wilder Wut das Fenster nach unten drückte, so daß sich der Rahmen in ihr Fleisch grub und sie gefangen war.

Grimmige flagellantische Freude überkam ihn angesichts des Schmerzes, den sie erleiden mußte, und seine Energie schäumte über. Er schlug sie für jeden Drink, den sie ihm je mißgönnt hatte, für seinen Bruder, den sie in den Tod im Exil getrieben hatte, für den Nachwuchs, den sie ihm nicht geschenkt hatte, für die Stuten und Fohlen, die sie ihm verleidet hatte – aber am brutalsten schlug er sie für ihre ausgetrocknete Weiblichkeit, für die Farce, die sich in ihrem Schlafzimmer abspielte. Sie sollte es ganz genau beschreiben, das Stelldichein unten am See, sollte sagen, ob der Pater sich auskannte, ob er Bescheid wußte oder ob ihm erst auf die Sprünge geholfen werden mußte. Tobend schlug er sie für all die Freuden, die er ihr nicht hatte geben können und von denen er glaubte, daß sie unten am See bereitwillig gewährt worden seien. Er würde nicht verstehen, daß sie vergebens dort gewartet hatte, und nichts würde sie dazu bringen, es ihm zu sagen. Schweigen war jetzt ihr einziger Halt, und sie sog sich daran fest wie ein Kind, das einen zuckersüßen Bonbon lutscht. Heiße, brennende, zitternde Schläge und eine Feuchtigkeit, als hätte sie angefangen zu bluten, und auch ihre Augen waren feucht, obwohl sie mit aller Macht versuchte, die Tränen nach innen zurückzudrängen. Dann wurde es ruhiger, methodischer, Schlag auf Schlag, so daß sie mitzählen und fast ahnen konnte, wann er ermüden würde. Zum Schluß ein paar letzte, fast schon neutrale Schläge, aus denen sie bereits eine Art Kapitulation herauszuspüren glaubte, als hätte die Empörung in ihm eine Art Wendepunkt erreicht.

Und dann seltsame Stille, nachdem er gegangen war,

nachdem er sein Fahrrad quietschend auf den Feldweg geschoben und wütend das Tor zugeschlagen hatte.

Die Zeit schien vorbeizukriechen, der Abendstern, der Große Wagen und all die anderen Sterne, deren Namen sie nicht kannte, erschienen über ihr, das Vieh trottete in kleinen Grüppchen über das struppige Feld, wohl um zu entscheiden, wo es sich für die Nacht niederlassen sollte, die Tauben turtelten miteinander in den Bäumen, und der Schmerz in Josies Seele war stärker als der Schmerz in ihrem Fleisch. Wie verändert ihr die Sterne und die verschiedenen Geräusche jetzt vorkamen, ganz anders als am Abend davor, als sie noch auf ihn gewartet hatte, und sie dachte, um nichts auf der Welt würde sie wünschen, daß er sie so nackt sehen könnte, so nackt und auf einem Fenstersims eingeklemmt.

»Großer Gott ... Sie sind ja grün und blau.« Die ölige Stimme konnte seine Freude nicht verbergen. Was für ein Glück er doch hatte, daß ausgerechnet er nach oben geschickt worden war, um sie zu holen, daß er den Schaden mit eigenen Augen sehen und sich fest einprägen konnte, um später seinen Freunden im Dorf alles ganz genau erzählen zu können. Es war der Schnüffler.

»Wie spät ist es?«

»Wie spät auch immer ... Sie sollen runterkommen und Essen machen ... Der Boß hat Besuch.«

»Er kann sich seinen Fraß selber braten.«

»Das macht er nie im Leben.«

»Schieben Sie das hoch«, sagt sie und wartet einen Augenblick, ehe sie sich ausstreckt, denn sie weiß nicht, ob sie überhaupt gehen kann, und sie will sein falsches Mitleid nicht, überlegt, was sie tun kann, ehe die Wunden schwären.

Unten im Wohnzimmer flackert ein Feuer, erhellt die grobschlächtigen Unterkiefer der Männer, die wie auf einer Kirchenbank aufgereiht sitzen, nur daß sie betrunken sind, zu betrunken und gleichgültig, um ihren erbärmlichen Zustand wahrzunehmen, und viel zu träge, um aufzustehen und sich auf den Heimweg zu machen. Sie kannte sie alle, doch selbst als sie ihnen Tee einschenkte und ihnen, wie es ihre Pflicht war, Röstbrot mit Würstchen servierte, sah sie ihnen nicht ins Gesicht. Neben dem Schnüffler hockte ein ehemaliger Postbeamter, daneben ein Abdecker, den sie JJ nannten. Er brachte Pferdeüberreste in die Stadt und verkaufte sie an verschiedene Händler; selbst aus den Hufen ließen sich noch Rosenkränze machen. Egan, der Auktionator, war der einzige, der durch ein leichtes Nicken Dankbarkeit andeutete, als sie die Teller auf den Tisch stellte. Er hatte ihr einmal, als sie den Kronleuchter gekauft hatte, einen flüchtigen Kuß gegeben. Paud wollte nichts essen, hielt den Kopf gesenkt und starrte auf seine zerrissenen Hosen. Sie hörte, wie schwer er atmete, ein sinnloser Versuch, Buße zu tun.

»Füttern. Striegeln. Reiten. Frauen und Pferde«, dröhnte James und ließ sich über die Ähnlichkeiten aus, betonte allerdings, ein Pferd habe bei weitem mehr Ehre.

»Füttern. Striegeln. Reiten«, prustete er, und seine Kumpane stimmten in sein Gelächter ein, um ihn bei Laune zu halten.

»Das ist eine gute Stute, die da auf deiner vorderen Weide steht«, sagt der Abdecker.

»Auf allen meinen Weiden stehen gute Stuten«, sagt Jamie, und als er sieht, daß sie zur Tür geht, hält er sie zurück und sagt mit beißender Freundlichkeit: »Heute abend nicht, Josephine ... Heute abend nicht.«

Immer wieder schenkte er seinen Freunden Whiskey nach, forderte sie auf, die Hachsen und das Fahrgestell seiner Frau zu bewundern, um gleich darauf einen von ihnen zu beschimpfen und sich laut zu fragen, was so ein ungehobeltes Schwein in seinem Salon zu suchen habe. Von Zeit zu Zeit erkundigte er sich nach ihren Verletzungen, fragte, ob es noch weh tun würde, und meinte dann, die Blasen müsse man wohl mit einer Sicherheitsnadel aufstechen. Plötzlich schob er Paud vor sich und sagte: »Sag schön Entschuldigung«, und als das nicht ausreichte, fügte er hinzu: »Gib hübsch Pfötchen.« Als Paud anfing zu heulen, schlug er ihn so fest, daß er auf sie fiel.

»Ein Denunziant, nichts weiter als ein dreckiger Denunziant«, sagte Jamie, packte ihn am Kragen und schob ihn hinaus.

»Erzähl uns die Geschichte, wie du damals mit dem Viehhändler in Dublin warst«, sagte der Abdecker, um ihn aufzumuntern, und so hörte sie – unter heftigem Rülpsen, Stottern und Grunzen – zum hundertstenmal, wie er mit einem Viehhändler nach Dublin gefahren sei, wie sie einen über den Durst getrunken hätten, wie sie sich in einer schäbigen Absteige in der North Circular Road mit einem Mann aus Roscommon County ein Zimmer hätten teilen müssen, wie sie am nächsten Morgen ohne einen Schilling in der Tasche zum Viehmarkt aufgebrochen seien, wie der Händler mit der Hand in die Tasche gefaßt und plötzlich ein Bündel Geldnoten herausgezogen haben, wie dieser Idiot, statt in Freudengeschrei auszubrechen, in Panik geraten sei, weil er sich von den Kniehosen des Fremden irgendwelche ansteckenden Krankheiten hätte holen können, wie er sich mitten auf der Straße nackt ausgezogen und gebrüllt habe wie ein Tier, das zur Schlachtbank getrieben werden sollte.

»Und dann?« fragt der Schnüffler.

»Und dann ... sind wir auf den Viehmarkt marschiert haben ordentlich eingekauft, sind in Jury's Hotel gegangen und haben gelebt wie die Könige.«

»Eine tolle Geschichte, Boß.«

»Zum Schreien komisch.«

»Es kommt auf die Kunst an, sie richtig zu erzählen«, wirft der Abdecker ein und muß sich gleich darauf die Frage gefallen lassen, was denn ein ungebildeter Affe wie er, der noch nicht einmal ein X auf einen Wahlschein kritzeln könne, über die Kunst des Erzählens wisse.

»Es kommt auf die Kunst an«, beharrt er und beschließt, die Beleidigungen seiner Trinkkumpane zu ignorieren.

Als Jamies Blick auf die Skulptur neben der ausgestopften Eule fällt, sagt er, sie solle sie ihm heruntergeben.

»Was meint ihr, wie man dieses Ding hier nennt?« fragt er, aber keiner von seinen Freunden weiß darauf eine Antwort. Er stimmt das Lied an, singt und schreitet durchs Zimmer, tätschelt den namenlosen Gegenstand, bedeckt ihn mit feuchten Küssen.

Wird mich die Liebste leid,
O schneeweißgeleibte Maid,
Will ich nicht mehr lebend von der Schönen gehn.

Als er vor dem Feuer stehenbleibt, weiß sie, was er vorhat. Lautstark verkündet er der Versammlung, dieses Holz würde ganz bestimmt besser riechen und knacken als Erdbeerbaum- oder Apfelholz, dann wirft er es ins Feuer und wartet auf die Flammen, wird aber bitter enttäuscht. Die beiden Holzscheiben fallen in sich zusammen wie Waffeln, schmelzen und verpuffen im rußgeschwärzten Kamin.

»Weiberkram«, schnaubt er verächtlich, wärmt sich die Hände am Feuer und geht dann auf sie zu, um seine Ansprüche als Ehemann geltend zu machen. Er greift erst nach einer Brust, dann nach der anderen.

»Du solltest dich mal sehen«, sagt sie mit steinernem Gesicht.

»Füttern ... Striegeln ... Reiten«, lallt er.

»Ah, James ... Das geht zu weit.« Es ist Egan, der aufsteht und ihn in den Kreis der Trinkenden zurückzieht.

Wollt' sie nach Frankreich ziehn,
Ins ferne Spanien fliehn,
Trotzt' ich dem wilden Meer und holt' sie ein.
Und wär's des Himmels Sinn,
Daß ich sie nicht gewinn,
Möge der Sohn Mariens mir gnädig sein.

Egan sang das Lied mit weicher Stimme. Es klang wie eine Art Entschuldigung.

Wenig später stand ihr Mann vor ihr, die Zunge schwer, die Worte undeutlich, die Augen verschwommen. Womöglich war er sich nicht einmal sicher, ob er sie ansah oder irgendeine andere.

»Muß noch mal weg, mit einem Mann über den Hund sprechen«, sagte er und wankt hinaus.

In der Zeit, die nun folgte, wurde sie immer wunderlicher, verwechselte Blumen mit Vögeln, unbelebte mit belebten Dingen, und die Hülsen bunter Blumenknospen waren für sie plötzlich voller Lieder. Es dauerte vom Juni bis in den späten September. Manchmal sah man sie abends draußen auf der Veranda sitzen, wo sie vor sich hin starrte oder mit den Vögeln sprach. Ihr Mann richtete nie das Wort an sie, und wenn er an ihr vorüberging, ließ er nur ein tierisches Grunzen hören. Die Leute wußten davon, wußten, daß Paud fortgeschickt worden war und sie der Schande verfallen. Es gab wilde Spekulationen darüber, mit wem sie sich heimlich am See getroffen hatte. Die meisten nahmen an, es hätte sich um einen Fremden gehandelt. Sie bekam anonyme Briefe, immer die gleichen schmutzigen Phantasien, ausführliche Beschreibungen dessen, was der Absender mit ihr vorhatte und wozu er sie zwingen wollte.

Wenn sie eine Stunde oder länger auf der Veranda gesessen hatte, lief sie die Treppe hinauf und gleich wieder hinunter, wollte in dem einen Moment unbeweglich und im nächsten schon wieder aktiv sein und etwas Anstrengendes tun. Sie riß die Spinnweben aus ihren angestammten Ecken, dicke, graue Lappen, um ihren Spleen an ihnen auszulassen. Dann wieder holte sie alle Gardinen herunter, um sie vom Staub und allen Assoziationen zu befreien, oder sie floh aufs Feld, um Kartoffeln auszugraben und für die Tiere zu kochen. In anderen Augenblikken stand sie vor dem hohen Spiegel des Wandschranks und sah zu, wie ihre Augäpfel sich mit Blut füllten. Sie schmeckte Blut. Sie sah ihren Priester in Öl gekocht und gehäutet. Sie führte Selbstgespräche mit einem feinen englischen Akzent, sagte: »Du hast nichts von deinem Aussehen eingebüßt, mein Lieber.« Diese Redeweise hatte sie sich bei einer der vornehmen Touristinnen abgelauscht, einer penetranten Frau, die ihren Mann ständig herumkommandiert hatte und deren Armreife so dick gewesen waren wie Serviettenringe. Doch kaum hatte sie sich ein gutes Kleid angezogen und sich feingemacht, zog sie alles wieder aus, schlüpfte in ihren alten Kittel und lief zur Pumpe, um Wasser abzufüllen. Eimerweise sammelte sie es in der hinteren Küche, genau wie damals in der Hochsaison, als die Touristen abends, wenn sie vom See zurückkamen, ihre heißen Bäder nahmen.

Die vollen Eimer schleppte sie paarweise in den Kuh- und Hühnerstall, goß sie aus, scheuerte im Dreck und sagte sich: »Ja, ich sühne, tue Buße für eine ungelebte Sünde.« Und immer sah sie die Drossel. Es war eine ungewöhnliche Drossel, sie hielt sich ganz abseits, ohne Gefährten, und die Geräusche, die sie von sich gab, klangen überhaupt nicht melodisch, eher unheimlich. Zwei zuckersüße kleine Augen fixierten sie, flöteten: »Mein Lieber.« Das brach ihr das Herz, und sie ging durch den Blumengarten, um sich auf die Stufen zu setzen und alles noch einmal der Reihe nach durchzugehen, bis sie bei dem verhängnisvollen Moment angekommen war, als sie sich bei der verfallenen Kate unter den Ebereschen getroffen hatten, seine Augen so mitleiderregend, die schlaflosen Lider mauvefarben, fast wie getönt. Er sagte: »Du siehst, es ist nicht möglich ... Ich darf dich nicht sehen, darf nicht mit dir gesehen werden«, und doch widersprach alles an ihm – sein Blick, sein Drängen – dem, was er sagte, und gegen jede Vernunft streckten sie einander die Hände entgegen, überwanden Grenzen, seine Hand wie ein Netz über ihre gezogen, ihre Finger miteinander verflochten, und sein Blick wanderte zu der Stelle, wo sein Auto parkte, der schwarze Peugeot, den sie Herman getauft hatten, und er sagte: »Herman und ich werden dich zu einer kleinen Spritztour entführen.« Ja, daran muß er sich erinnern. Er muß sich daran erinnern, wie sie eingestiegen ist und er ihr die Tüte mit den Karamelbonbons geschenkt hat, wie er sie scherzhaft fragte, wieso die

Karamelbonbons »Mackintosh« hießen, wo ein Mackintosh doch eigentlich ein Regenmantel sei, wie sie leise Worte murmelten, ihre Lippen wie reife, zusammengedrückte Früchte, das Innere rauh und ausgehungert, dieses kindliche Entzücken zweier Menschen, die einander verschlingen.

Sie begann, Briefe zu schreiben, ohne sie abzuschließen. Sätze wie: »Ich hätte nie geglaubt, daß es so enden könnte.« Und als sie eine Zahnkrone verlor, dachte sie an ein ähnliches Erlebnis, als er auf einen Ring in einem Rosinenkuchen gebissen hatte, und sie schrieb: »Ich habe heute morgen, als ich biß, an dich gedacht«, ohne den Satz fortzuführen. Als sie sich am schwächsten fühlte, schrieb sie: »Ich weiß, daß auch ich ab und zu in deinen Gedanken bin. Ich habe es daran erkannt, wie du neben mir am Scheideweg gestanden und meine Zurückhaltung durchbrochen hast.« Was sie geschrieben hatte, verbrannte sie. Sie hielt das Papier mit der Zange fest und sah zu, wie ihre wirren Gefühle zu grauen Fetzen wurden, zu gekräuselter Asche, zu purem Nichts, gelöscht, für immer getilgt. Plötzlich begann alles nach Seife zu schmecken. Der Geschmack in ihrem Mund erinnerte sie an Sunlight-Waschpulver und durchdrang alles, womit ihre Geschmackszellen in Berührung kamen. Ein letztes Treffen. Sie betete darum.

Zwischen Liebenden gibt es etwas, was unbedingt noch gesagt werden muß, aber alles, was gesagt wird, ist entweder zuviel oder zuwenig und niemals das eine, das lebende Wort.

Sie öffnete das Medaillon, in das sie eine seiner Locken gelegt hatte, als sie ihm eines Morgens in der Küche die Haare geschnitten hatte. Er hatte sie darum gebeten und eine dünne Kerze mitgebracht, damit sie die überstehenden Spitzen versengen konnte. Sie nahm die Locke heraus und hielt sie ans Licht. Sie war schwarz, ließ aber schon eine Ahnung von Grau erkennen. In ein paar Jahren würde er ergraut sein. Was würde wohl aus ihm werden? Manchmal kamen Gerüchte auf, er solle versetzt werden, dann wieder Gerüchte, daß es sich bloß um Gerüchte handele. Zu Weihnachten ließ sie ihm eine Karte und ein Paar handgestrickte Socken zukommen, doch sie hörte nie wieder irgend etwas von ihm. Sie hatte die Karte nicht unterschrieben, war sich aber sicher gewesen, daß er sich an die grüne Wolle erinnern würde. Er hatte sie einmal angetroffen, als sie diese Wolle über die Lehnen zweier einander gegenüberstehender Stühle gespannt hatte, hatte ihr den Dienst seiner ausgestreckten Hände angeboten, und so waren sie durchs ganze Haus gezogen, er hielt die Wolle, sie wickelte ein immer größeres Knäuel auf, und auf seinem Gesicht waren Erstaunen und Freude darüber zu lesen gewesen, daß sie ihn in jedes Zimmer geführt hatte, zuletzt in ihr Schlafzimmer, wo sie allein mit ihm war, ihrem Pagen, ihrem Ritter, ihrem Bräutigam.

Eine Mausefalle aus weichem rosafarbenem Holz, verlockend wie ein Marshmallow. Sie lag auf dem Tresen des Eisenwarenladens, dessen Besitzer immer eine Ewigkeit brauchte, bis er nach vorne kam, um dann seine Kunden zu tadeln und empört zur Rede zu stellen, ob sie sich denn nicht denken könnten, daß er um diese Zeit gerade seinen Tee trank. Ihr gefiel die Falle, das Holz so rosa, die Feder so gespannt, daß ihre Nützlichkeit sich ihr regelrecht aufdrängte. Schossen nicht ganze Horden von Mäusen nachts durch die hintere Küche, hörten Jamie und sie, wenn sie schweigend in der vorderen Küche saßen, nicht jeden Abend ihr Getrappel? Seitdem sie nicht mehr miteinander sprachen, war es im Haus furchtbar still geworden, nur das gelegentliche Knacken des Feuers konnte vielleicht noch als Geräusch gelten. Die guten Zimmer benutzten sie jetzt gar nicht mehr und zündeten dort auch kein Feuer an. Manchmal fragte sie sich, woran er wohl dachte, wenn er in die Flamme schaute, andere Frauen, nettere Frauen, ein weniger klägliches Schicksal. Ähnlich wie ihre Gedanken.

Nachdem sie mit der Mausefalle ungeschoren davongekommen war, hatte sie das Gefühl, alles stehlen zu dürfen, und wurde mit der Zeit immer waghalsiger. Sie stahl Schokolade und Lakritze, Modehefte und alles, was in der Kirche liegenblieb, einzelne Handschuhe, alles. Ihre Beute stopfte sie in eine Reisetasche, hütete sie wie eine Sammlung kostbarer Trophäen. In einem Stoffladen kam es schließlich zum Fiasko. Der Duft der neuen Stoffe drang in sie ein, und sie stellte sich vor, ganz woanders zu sein, im fernen Brooklyn, eine verwöhnte Frau, die ein maßgeschneidertes Kleid bestellt hatte und auf einer Kiste stand, während eine Schneiderin mit Nadeln im Mund langsam um sie herumkroch und den Saum ihres neuen Ballkleids umsteckte. Das Stück Stoff, das es ihr besonders angetan hatte, paßte so perfekt in diesen Traum, strahlte die gleiche Anziehungskraft aus, war türkis und hatte tiefe Spitzenbogen in der Farbe von Holunderblüten. Als die junge Verkäuferin nach hinten ging, um ein Stück Schnur zu holen, faßte sie ihren Entschluß und ließ den Stoff mitsamt dem Papier, in das er eingeschlagen war, in ihre Einkaufstasche gleiten.

»Entschuldigen Sie, Mrs. O'Meara«, sagte das Mädchen, schlug mit einer Hand Josies Tasche auf und rief ihrer Chefin zu: »Kommen Sie doch bitte einmal ganz schnell nach vorn, Madam.«

Wie sie die beiden Frauen angefleht hatte, die eine jung, die andere alt, doch beide gleichermaßen unnachgiebig. Wie sie beteuert hatte, das seien ganz bestimmt bloß ihre Nerven gewesen, es läge ganz allein an den Tabletten, die sie nehmen müsse, und sie habe selbstverständlich vorgehabt, für den Stoff zu bezahlen. Aber sie freuten sich, sie so erniedrigt zu sehen – sie, die niemals jemanden in das große Haus eingeladen hatte, die sich auch in der Kirche immer abseits gehalten und die Leute im Dorf ungehobelt und grob genannt hatte, endlich winselnd am Boden. Sie bat sie inständig, die Sache nicht weiterzuverfolgen und es niemandem zu erzählen.

»Mein Mann wird wohl auf jeden Fall davon erfahren müssen«, sagte die Frau, und ihre Augen glühten triumphierend.

»Aber ich gebe doch alles zurück«, erwiderte sie und drehte die Tasche um, so daß nicht nur der Stoff herausfiel, sondern sich der gesamte Inhalt auf den Fußboden ergoß.

Am Abend sagte sie es James. Sie mußte es ihm erzählen, ehe er es von anderen erfuhr. Wie eine Bittstellerin streckte sie ihm die Hand entgegen und sagte: »Ich bin beim Stehlen erwischt worden«, und dann stand sie auf und bat ihn, sie in den Arm zu nehmen. Doch die Art, wie er sie im Arm hielt, war das Grausamste von allem. Diese Leere, wie zwei nackte Wände, die sich aneinanderdrückten, kahl und kalt.

»Du könntest vor Gericht kommen«, sagte er.

»Könnte sein«, entgegnete sie. Er hatte nicht einmal gefragt, was sie gestohlen hatte.

Wie lange dauerte es? Wie lange dauert es, zuerst einen

Körper zu töten und anschließend das Bild, das in diesem Körper begraben ist, ihn überdauert, überlebt, sich weigert, sich auslöschen zu lassen. Vielleicht kann man es an den eigenen Kleidern erkennen, an den abgetragenen Schuhen, die einen auf dem Bürgersteig stolpern lassen Sie brachte sie zum Schuhmacher, trug sie in die winzige Hütte, in der Vinny ganz allein saß und hämmerte, nähte und schnürte, gegen den muffigen Geruch und die Dunkelheit, gegen den Gestank der Straßen, der Bauernhöfe und der Scheunen scheinbar gefeit. In einer Ecke erspähte sie ein paar Tanzschuhe, silbern und lila und mit prächtigen Schnallen verziert, das einzig Schöne in diesem Raum.

»Einmal Hacken und Spitzen ausbessern, bitte«, sagte sie.

»Die Schuhe sind hinüber«, erwiderte er, hielt einen Schuh hoch und klappte ihn zurück, um ihr zu zeigen, daß die Sohle ungefähr so elastisch war wie ein Stück Pappe oder ein Armgelenk. »Sie werden sich ein neues Paar kaufen müssen.«

»Versuchen Sie Ihr Bestes«, entgegnete sie und warf die Schuhe auf den Berg unansehnlicher, an den Schnürsenkeln zusammengebundener Treter. Dabei war sie sich nicht einmal sicher, ob sie jemals wiederkommen und sie abholen würde. Sie dachte: »Wenn er mir diese Tanzschuhe schenken würde, wenn er sie mir nur für eine Nacht leihen könnte, würde mir das neuen Mut geben.« Eine Minute lang stand sie wartend da, als müßte er ihren Gedanken erahnen können.

Sie hatte Träume, in denen er zu ihr zurückkehrte, blaß, bedürftig und voller Reue. Einmal träumte sie, er käme auf einem Fahrrad, zeigte ihr drei Schneeglöckchen in einem Tonkrug und sagte: »Eins für dich, eins für mich und eins für das Kind.« Der Traum war so realistisch, daß sie den Ton spürte, dunkel, feucht und bebend, als wären Würmer darin. Die weißen Blüten zeigten in der Mitte einen Hauch von Grün.

Hoffnungen, zerstückelte Hoffnungen, die mit der Zeit immer schwächer wurden, bis sie eines Tages der Realität ins Auge blickte. Es war, als würde sie ihren Namen auf die Straße gekritzelt sehen, mit Tropfen ihres eigenen Bluts.

An den Sonntagen ging sie spazieren, um menschliche Gesellschaft zu suchen, die eines Kindes, die eines Landstreichers, ganz egal. Eine gerade erst in die Gegend gezogene Braut schien sie zu mögen und lud sie zu sich nach Hause ein. Im feuchtkalten Salon, der nach reifen, verfaulenden Äpfeln roch, plauderten sie, naschten Krümel vom Hochzeitskuchen und kreideharte Splitter vom zerbrochenen Zuckerguß. Die nicht mehr ganz so junge Braut wollte unbedingt ein Kind und hatte gehört, es bringe Glück, einen Teil vom Hochzeitskuchen für die Kindstaufe aufzuheben, deshalb gestattete sie Josie und sich selbst nur Krümel davon, dann aßen sie Kekse.

»Ob es irgend etwas gibt, was ich nehmen könnte, irgendein Tonikum oder ein Kraut?« fragte sie eines Sonntagnachmittags.

»Nichts ... überhaupt nichts ... Es liegt allein in Gottes Hand«, antwortete Josie in tadelndem Ton.

»Ich habe gehört, daß es in Galway eine kräuterkundige Hebamme gibt«, sagte sie, zugleich verängstigt und fasziniert.

»Woher sollte ich von einer Hebamme in Galway wissen?« gab Josie zurück, stand wütend auf und erkannte im gleichen Moment, daß sie zu weit gegangen war. Tatsächlich wurde sie nie wieder eingeladen.

Es war an einem warmen Sonntag im Herbst, die Ebereschen oben an der verfallenen Kate glühten tiefrot, und die Sommerhäuser standen leer, nirgends ein Zeichen von Leben, nur Erinnerungen, verbrannte Feuerwerkskörper und eine randvoll mit Regenwasser gefüllte Kuchenschüssel. Sie beschloß, einen längeren Spaziergang zu machen, vielleicht sogar ins Dorf zu gehen und Brot zu kaufen. Essen bedeutete ihnen jetzt viel. Sie aßen mehr als früher. Er war in ein anderes Schlafzimmer gezogen, um näher an der Hauskapelle zu sein, wie er die Toilette nannte. Sie hatte neue Schuhe, die ihr entsetzlich weh taten. Das Leder zwängte ihre großen Zehen ein, und an den Fersen hatten sich bereits mehrere große Blasen gebildet. Es blieb ihr nichts anderes übrig, als sich an den Straßenrand zu setzen und darauf zu warten, daß ein Auto vorbeikam, das sie mitnehmen könnte. Sie würde winken, sogar einen der neuen Schuhe schwenken, wenn es nötig wäre. Sie hörte einen Wagen kommen, wappnete sich und wollte aufstehen, aber es war schon zu spät. Da Auto kam mit hoher Geschwindigkeit um die Kurve, und es war sein Auto, er saß am Steuer, und er sah genauso aus wie vor Monaten, jungenhaft, zögernd, die Augen so weich ... Bis er sie erkannte. Sein Blick verhärtete sich, der Motor beschleunigte, er floh, als hätte er ein Gespenst gesehen. Sie regte sich nicht, noch nicht. Sie saß da und dankte Gott, daß sie wenigstens noch nicht aufgestanden war, noch nicht gewinkt hatte. Sie dachte an die beiden Gesichtsausdrücke, erst zaudernde Weichheit, dann blankes Entsetzen oder gar Haß, als er sie gesehen hatte.

Die Liebe, die sie für ihn empfunden hatte, bäumte sich in ihr auf, floß durch sie hindurch, ein wilder, rascher, überwältigender Strom. Rotes, grünes, eisenbraunes Wasser rauschte durch ihren Körper, dem es nicht vergönnt gewesen war, sich an ihn zu schmiegen, sich ihm zu öffnen. Es gibt Augenblicke im Leben, in denen sich große Weichheit mit großer Härte paart. Gerade noch war alles weich und feucht, dann das Gespenst der Leichenhalle, er, sie, wie Klumpen verkohlten Teigs, aber Seite an Seite, so daß sie den Haß, den sie für ihn empfindet, weitergeben kann.

»Er hat sein wahres, gefühlloses Gesicht gezeigt... Sein wahres, feiges Gesicht«, sagte sie, knetete ihre Füße mit den Händen und war nur heilfroh, daß sie nicht winkend und bettelnd an der Straße gestanden hatte.

»Und das Schöne war, daß er niemals wußte, wieviel es mir bedeutet hat«, sagte sie zu dem jungen Mädchen, das im Kleiderkorb saß und mit den Beinen baumelte.

»Und das Schöne war...« wiederholte Creena, ohne den Satz zu beenden.

Sie runzelte die Stirn. Das zu sagen hieße, auf alles zu verzichten, ihre Träume zu zertrampeln, den einen Traum zu vernichten – den Traum, McGreevy könnte aufhören, um seine tote Frau zu trauern, könnte eines Nachts zu ihr kommen und zu ihr sprechen, könnte ihr sagen, daß er gekommen sei, um für immer bei ihr zu bleiben. Das war die einzige Hoffnung, die sie noch hatte, die Hoffnung, die sie warm hielt, die es ihr möglich machte, das Vieh zu melken und zu füttern, zur Messe und zum Bingo zu gehen und an den Himmelswagen zu denken, nicht den gemalten beim Karneval, sondern an ihren eigenen – den Wagen, auf den er sie mit starken Armen heben würde, um mit ihr weit über die grauen Berge hinaus zu den glühenden Himmeln zu schweben.

»Es tut mir leid, was ich über alte Leute und die Liebe gesagt habe«, sagte sie.

Vor dem Schlafengehen iß einen Salzhering,
Stell eine Tasse Wasser neben dein Bett,
Dann wird dein Schatz um Mitternacht zu dir kommen
und aus deiner Schale schlürfen.

»Ist das wahr?« fragt Creena.

»Es soll schon vielen geholfen haben«, antwortet Josie, und sie lachen gemeinsam und fragen sich, wo um alles in der Welt sie jetzt einen Salzhering auftreiben könnten.

»Was lieben Sie eigentlich so an McGreevy?«

»Alles«, sagt Creena und fügt dann hinzu: »Er hat sich freiwillig gemeldet, oder nicht?«

Letzte Tage

»Ein Wilder ... Ein Primitiver.«

»Und ein Perverser dazu ... Er hat dieses junge Mädel aus Shaughnessy in eine Scheune gesperrt ... diese Imelda.«

»Und dann?«

»Sie hat so laut gebrüllt, daß er schließlich abgehauen ist.«

»Jemand hat sogar gesehen, wie er irgendein Zeug aus einem Taschentuch in einen Heuschober ausgeleert hat.«

»Nein, das darf doch nicht ...«

»Die Maul- und Klauenseuche.«

»Großer Gott, steh uns bei ... Man weiß bald wirklich nicht mehr, was man noch denken soll«, sagt Mrs. Kelly, die Ladenbesitzerin, und macht drei Kreuze, weil er wenigstens aus ihrer Gegend verschwunden ist. Stückchenweise hört Josie, wie er doch tatsächlich die Stirn gehabt habe, verkleidet an die Tür des Kaplans zu klopfen, um eine warme Mahlzeit zu bitten und, nachdem der Geistliche ihn hereingelassen habe, ganz scheinheilig zu fragen, ob er vielleicht einen alten Pullover übrig habe. Als der Kaplan nach oben gegangen sei, habe er sich den Autoschlüssel geschnappt und sei verschwunden.

»Ein nagelneues Auto ... erst eine Woche alt ... Der

arme Kaplan ist völlig verzweifelt«, sagte Mrs. Kelly. Die Frauen standen aufgeregt um Josie herum. Sie hatten gehört, daß die Polizei ihr Haus gestürmt hatte, in der Annahme, er halte sich dort versteckt und habe sie als Geise genommen.

»Als Geisel wären Sie längst tot«, sagte Mrs. Kelly, bot ihr einen Stuhl an und sagte, sie sehe mitgenommen, ja ganz verändert aus, gar nicht mehr wie die Herrin des großen Hauses.

»Und Sie haben einen kleinen Urlaub gemacht?« fragte die Postmeisterin.

»Nur ein paar Tage ... Mit meinem Neffen.«

»Ist das der Junge von der Versicherung?«

»Ja, der von der Versicherung«, nickt sie und fragt sich, warum sie lügt. Wie viele Menschen würden verstehen, warum sie McGreevy versteckt hat. Wie viele würden genauso handeln und ebensowenig wissen, warum.

Die Frauen bombardieren sie mit Fragen nach ihrer Zeit im Pflegeheim, wollen wissen, ob die Nonnen nett oder streng gewesen seien und wie es sich anfühle, wieder im eigenen Heim zu sein, im prächtigen Herrenhaus.

»Sie sollten sich neue Schlösser machen lassen ... Schlösser an allen Türen und Fenstern«, sagt Mrs. Kelly. Schließlich gehe es nicht nur um die, die ein freies Irland wollten, sondern auch ganz gewöhnliche Kriminelle zögen jetzt in Scharen durchs Land.

»Ist er verheiratet?« fragt ein junges Mädchen.

»Wer?« fragt Josie zurück. Sie fühlt sich fremd in dieser Runde, eine Außenseiterin.

»Ihr Neffe.«

»Nein, aber er ist verlobt.« Mit jeder Unwahrheit scheint sie sich selbst stärker zu belasten.

Mit Ferngläsern sehen die Beamten vom Polizeigebäude aus zu, wie sie den Laden verläßt. Sie haben auf ihre Rückkehr gewartet. Cornelius, der junge Polizist, der sie bald verhören wird, winkt Rory heran und reicht ihm sein Fernglas. Eigentlich ist Rory sechs Meilen entfernt stationiert, aber man hat ihn gerufen, weil er die Gegend und die Wälder so gut kennt.

»Bist du sicher, daß sie es ist?« fragt er Cornelius.

»Ja, ganz sicher... Ich bin letztes Jahr wegen einer Hundemarke dort gewesen.«

»Komisch ... Ich hatte sie mir ganz anders vorgestellt ... irgendwie vornehmer ... Und das ist der Neffe?«

»Ja, das muß er sein.« Gemeinsam sehen sie zu, wie der Fahrer die Lebensmittel und die Säcke mit Torf im Kofferraum verstaut.

»Geben wir ihnen noch ein paar Minuten, um nach Hause zu kommen«, sagt Rory und wundert sich, daß sie gar kein Gepäck bei sich hat.

Ach, die trockenen Worte, die trockenen Worte und ihr Kampfgehabe, als sie einander beäugen, als sie sich darüber beschwert, daß ihr Haus verwüstet ist, und Cornelius sich völlig ungerührt zeigt. Ein junger Polizist, dem sich die Gürtelschnalle in den Bauchspeck gräbt, sein Protokollbuch aufgeschlagen, zwei Blatt Kohlepapier sorgfältig eingelegt. Sie zeigt auf die Unordnung, die herausgezerrten Schubladen, die von den Wänden gerissenen Bilder, die auf den Boden geflatterten Seiten ihrer wertvollen alten Bücher. Empört gibt sie ihm zu verstehen, daß sie einen ordentlichen Haushalt führt – ja, seine Kameraden haben sogar ihre kleine Spieldose aus Schildpatt zerbrochen, so daß sie sporadisch wimmernde Geräusche von sich gibt, hell und klirrend wie Gläser, die auf einem Tablett zu dicht nebeneinander stehen.

»Mein Haus ist ein Schweinestall«, sagt sie und schaut sich verzweifelt um, kann nicht glauben, wie gründlich die Polizei gewütet hat. Die Bodendielen sind hochgerissen, die Matratzen aufgeschlitzt. Rund um die Sprungfedern kringelt sich das Füllmaterial, unheimlich, wie Hexenlocken. Warum sie ausgerechnet ihr Schlafzimmer ausgespart haben, würde ihr auf immer ein Rätsel bleiben. Aber der Polizist ist völlig unbeeindruckt von ihrer Empörung, bleibt in seiner eigenen Rhetorik befangen, erklärt ihr, es könne sich eben hinter jeder Kleinigkeit der entscheidende Hinweis verstecken, deshalb könne kein Stein auf dem anderen bleiben, während man nach Dosen, Kabeln, Seilen, Drähten, Sicherungen, Sprengkappen oder Diagrammen sucht – kurz: nach allem, was in der jeweiligen Umgebung wie ein Fremdkörper wirkt.

»Mit dem großen Unterschied, daß Sie bei mir nichts gefunden haben«, erwidert sie und stählt sich gegen alle bevorstehenden Attacken.

»Wenn man einmal einen Verdacht hat, muß man ihm konsequent nachgehen.«

»Ich wollte meinen Augen nicht trauen, als ich vorhin hereingekommen bin.«

»So ein großes altes Haus macht die Polizeiarbeit eben besonders schwierig.« Er zieht mit den Zähnen die Kappe von seinem Stift und sagt, er würde ihr gern ein paar Fragen stellen.

»Bitte«, entgegnet sie mit betont ruhiger Stimme.

Aus zuverlässigen Quellen habe man dieses und jenes erfahren, deshalb müsse er sie dringend ermahnen, bei allen Antworten ihren Verstand zusammenzunehmen.

»Meinen Verstand«, gab sie sarkastisch zurück.

Nichts würde sie dazu bringen, ihn zu verraten. Erstens ist er längst fort. Und zweitens ist ihr dieser Bursche hier zuwider. Es gefällt ihr nicht, wie er mit schweren Schritten durch ihr Haus stolziert, das Chaos, das seine Kameraden angerichtet haben, herunterspielt und dann auch noch die Frechheit besitzt, sie zu Hause willkommen zu heißen.

»Sie wissen Bescheid?«

»Worüber?«

»Daß alles, was Sie sagen, gegen Sie verwendet werden kann.«

»Ich habe aber nichts von Bedeutung zu sagen.«

»Wer einem Subversiven Unterschlupf gewährt, macht sich der Mittäterschaft schuldig.«

»Sie haben doch alles durchsucht und nichts gefunden.«

»Kennen Sie diesen Mann?« fragt er und hält ihr eine Suchmeldung mit zwei Fotos von McGreevy entgegen. Auf dem einen Foto ist er noch sehr viel jünger, rundlicher, mit einem dichten Haarschopf. Auf dem zweiten ist sein Haar schütterer, und der graue Schnurrbart wirkt auf dem hageren Gesicht wie aufgemalt. Sie liest die Angaben über sein Alter, seine Größe, seinen Körperbau, seine Augenfarbe, seinen Akzent, die Tatsache, daß er Raucher ist, und stellt mit Genugtuung fest, daß sie sich, was seine Augenfarbe betrifft, gründlich geirrt haben.

»Nein.«

»Natürlich kann die Gesellschaft eines solchen Mannes für manche Menschen eine gewisse Bereicherung darstellen.«

»So?«

»Für eine einsame Frau wie Sie.«

»Soll ich das als Beleidigung auffassen?«

»Wie auch immer, wir wissen, daß er in dieser Gegend war, vielleicht sogar in diesem Haus.«

»Dann ist es Ihre Aufgabe, ihn zu finden.«

»Die Polizei erledigt ihre Arbeit gewissenhaft, und sie tut alles, um die öffentliche Sicherheit zu wahren und wiederherzustellen.«

»Es tut mir leid, daß ich Ihnen dabei nicht helfen kann«, sagt sie, dreht sich um, hebt eine Schublade auf und versucht, sie in eine der klaffenden Lücken zurückzuschieben.

»Ich bin noch nicht fertig.«

»Nein?«

»Eine zuverlässige Quelle hat Sie als Einsiedlerin beschrieben. Würden Sie dem zustimmen?«

»Ich lebe sehr zurückgezogen, falls Sie das meinen.«

»Sie lassen sich nicht in die Karten schauen, Mrs. O'Meara.«

»Was bleibt mir anderes übrig, wenn Leute wie Sie das Gefühl haben, Sie könnten so mit mir umspringen.«

»Haben Sie diesen Mann nun schon einmal gesehen oder nicht?«

»Ich besitze keinen Fernseher.«

»Großer Gott. Das ganze Land ist in heller Aufregung, und Sie wollen noch nie von ihm gehört haben ... Wie blauäugig kann ein Mensch eigentlich sein?«

»Mein Neffe hat mal erwähnt, da wäre jemand auf der Flucht.«

»Jemand? Dieser Jemand wird auf beiden Seiten der Grenze gesucht, er hat Morde und Bombenanschläge verübt, und zwar nach eigenem Eingeständnis. Dieser Jemand wirkt vielleicht äußerlich ruhig, in Wirklichkeit aber ist er unberechenbar und neigt zu Gewaltausbrüchen ... Ein Irrer.« Er sieht, wie die Angst in ihr aufsteigt.

»Wer sagt das?«

»Wer sich mit ihm einläßt, kann schnell im Mixer landen.«

»Oh, bitte«, wehrt sie ab und hält die Schublade wie ein Schutzschild vor sich

»Ein ziemlich gefährlicher Cocktail«, sagt er und pfeift, um seine Wut zu betonen.

»Ich will nur in Frieden gelassen werden«, sagt sie in versöhnlichem Ton.

»Ich bin verpflichtet, Sie darauf hinzuweisen, daß Sie ins Gefängnis kommen, falls Sie ihn versteckt haben.«

»Gefängnis!« Ein Wort, das sie ängstigt. Sie erinnert sich an den Stacheldraht auf den hohen Mauerkronen, den sie in einer Stadt im Landesinneren gesehen haben, hört Jamie sagen: »Die armen Kerle da drinnen zählen die Stunden« und den Fahrer antworten, nein, die stünden alle unter Medikamenten, man würde ihnen Beruhigungsmittel geben, um Meutereien zu verhindern. Gefängnis. Eine wuchtige Masse aus Mörtel und Stein, durchbrochen von hohen Gittertoren, die sich nur öffnen, um weitere Gittertore freizugeben, umzingelt von Stacheldrahtrollen, deren rostige Zacken die Luft zerfurchen wie schwarzbraune Maden.

»Ich weiß, daß Sie da sind.« Sie sagte es laut, ohne Angst, fast als hätte ihr jemand diese Worte souffliert. Sie hatte die Küche aufgeräumt und saß beim Abendbrot, löffelte geräucherte Austern aus der Dose. Die Ladenbesitzerin hatte sie ihr geschenkt. Geräucherte Austern gab es noch nicht lange, sie waren der letzte Schrei, selbst die Frau des Arztes hatte davon geschwärmt. Josie schmeckten sie nicht besonders, aber sie aß sie trotzdem, tunkte ihr Brot in das köstliche gelbe Öl und saugte es aus wie einen Schwamm.

Langsam, fast behutsam stellte sie die Dose ab, als der

Riegel von einer ungeübten Hand dreimal angehoben und die Tür endlich aufgedrückt wurde. Einen Augenblick lang ließ sie sich vom Dämmerlicht täuschen, dachte, er wäre selbst gekommen, doch dann sah sie, daß der Mann mit der Kapuze ein anderer war, einer mit dicken schwarzen Locken und schwieligen Arbeiterhänden. Fast sah es so aus, als hätte er gar keine Augen, bloß Lider, verkrustet und rosa, und einen Moment lang verspürte sie Panik, dachte, der Mann sei gekommen, um eine Rechnung mit McGreevy zu begleichen.

»Ich soll Ihnen etwas ausrichten: Wenn die Polizei Sie unter Druck setzt, sagen Sie, er hätte sie gefesselt.«

»Wer ist er?«

»Er.«

»Und was noch?«

»Ich soll Ihnen sagen, daß es ihm leid tut.«

»Und was noch?«

»Er wollte unbedingt, daß ich Ihnen das sage ...«

»Was tut ihm leid?«

»Das weiß ich nicht.«

Trotzdem, sie ahnte es. Erkannte es an der Gänsehaut und dem unheimlichen Gefühl, das sie überkam.

»Es ist irgend etwas im Gange, nicht wahr? Was ist es?« Aber er ist schon wieder draußen. Sie folgt ihm, holt ihn ein, greift nach dem Ärmel seines Anoraks.

»Er hat etwas vor ... Das ist es, was ihm leid tut, oder nicht?«

»Ich weiß es wirklich nicht ... Ich überbringe nur Nachrichten«, sagt er, macht sich los und hebt sein Fahrrad auf, das er flach auf den Kies gelegt hatte.

»O mein Gott ... o mein Gott«, sagt sie, läuft hin und her, versucht nachzudenken, weiß nicht, an wen sie sich wenden kann. Wenn sie es der Polizei meldet, wird er getötet, wenn sie es nicht meldet, muß jemand anders sein Leben lassen.

»Tu etwas ... Tu etwas.« Alles, selbst die zum Schweigen gebrachte Uhr schreit es ihr entgegen.

»Da gibt es nur eins«, sagt sie, läuft in den Flur zum Telefon und denkt, daß sie das alles gleich von Anfang an hätte abwenden können, sich von ihm hätte distanzieren können, aber nein, aus irgendeinem Grund hatte sie sich ihm verbunden gefühlt, sich ihm angeschlossen.

»Ich tu etwas«, sagte sie, als sie den Telefonhörer abnahm und die Nummer ablas, die auf dem Zettel daneben stand.

»Hm ... könnte sein ...« antwortet die Schwester auf die Frage, ob ihr Bruder Pa vielleicht Zeit für eine Fahrt hätte.

»Könnte sein.«

»Er trinkt gerade seinen Tee.«

»Würden Sie ihn fragen? ... Es ist dringend.« Und während sie wartet, hört sie die beiden im Hintergrund lachen und denkt – denn so weit ist der Irrsinn in ihren Gedanken schon fortgeschritten –, daß sie ganz bestimmt über sie lachen.

»Wann soll das sein?« fragt die Schwester, als sie, immer noch lachend, den Hörer wieder aufnimmt.

»Jetzt gleich ... jetzt sofort«, ruft sie ärgerlich, weil die Frau es nicht längst begriffen hat.

»Hm ... sicher ... Weil Sie es sind«, erwidert die Schwester.

»Sagen Sie ihm, daß ich bereit bin ... daß ich bereit bin und auf ihn warte.«

Mantel und Hut schon übergestreift, sitzt sie da und hört das Telefon klingeln. Bestimmt die Schwester oder

der Fahrer, um ihr zu sagen, er könne doch nicht kommen, denkt sie niedergeschlagen. Aber es meldet sich eine fremde Männerstimme, sehr gebildet, sehr geschliffen, und als er ihren Namen sagt – »Spreche ich mit Mrs. O'Meara?« –, greift sie nach dem Fenstersims, um sich festzuhalten, und denkt: Das ist er, das ist mein Henker.

»Wer ist da?«

»Wachtmeister Purcell vom Polizeirevier. Rory Purcell. Mrs. O'Meara, ich wollte ...«

»Hören Sie ... Ich habe Ihnen nicht das geringste mitzuteilen ... Ich habe Ihrem jungen Kollegen alles gesagt, was es zu sagen gibt.«

»Genau aus dem Grund rufe ich an, Mrs. O'Meara. Ich habe das Gefühl, Sie waren nicht allzu zufrieden mit dem Besuch meines Kollegen.«

»Zufrieden?«

»Das sind junge Burschen ... kommen direkt aus Tullamore ... Die wissen nichts über den Umgang mit der Bevölkerung, haben keine Ahnung, wie man den Betroffenen hilft, sich zu beruhigen und zu entspannen.«

»Entspannen! Diese ganze Aufregung ist nicht gut für mich ... die Unordnung in meinem Haus, die vielen Fragen ... Ich bin eine kranke Frau ... Fragen Sie den Priester, fragen Sie den Arzt.«

»Deshalb rufe ich ja an, Mrs. O'Meara. Um mich im Namen der Polizei bei Ihnen zu entschuldigen und Ihnen zu sagen, wie leid es uns tut ... Aber Sie wissen ja selbst, daß wir jeder Spur nachgehen müssen, daß wir dabei auch Ihre Interessen im Sinn haben, Ihre Sicherheit und Ihr Wohlergehen.«

»Im Laden hieß es, diese Person ... dieser Terrorist sei längst verschwunden.«

»Heutzutage hört man in jedem Laden etwas anderes.«

»Glauben Sie denn nicht, daß er fort ist?«

»Es würde mich überraschen ... Zumindest halte ich es für zweifelhaft ... Ich glaube, er ist hier, um einen Auftrag auszuführen. Und wir sind hier, um ihm einen Strich durch die Rechnung zu machen.«

»Aber jetzt, wo Sie mein Haus durchsucht haben, müßte er doch wissen, daß Sie ihm auf den Fersen sind«, gibt sie übereilt zurück.

»Nicht unbedingt. Es sei denn, jemand würde es ihm erzählen ... Ein Sympathisant zum Beispiel.«

»Hm«, murmelt sie zustimmend und nimmt sich fest vor, sich zurückzuhalten, nährt durch ihre nächste Bemerkung jedoch seine Ahnung, daß sie in die Sache verwickelt ist.

»Ich hoffe für ihn, daß er fort ist.«

»Für ihn. Und was ist mit dem Blutbad, das er vielleicht anrichten will?«

»Blutbad?« Sie spürt, wie sie mit jedem Wort unsicherer, schwankender wird. Wäre dieser Polizist jetzt da, säße er ihr in diesem Augenblick gegenüber, würde sie ihm wahrscheinlich alles erzählen, würde möglicherweise sagen: »Ja, er war hier ... Etwas an ihm hat mich dazu gebracht, ihn zu decken ... Vielleicht habe ich einfach nicht glauben können, daß er töten kann, daß er töten wird.«

Doch während sie noch diesen Gedanken nachhängt, hat er längst angefangen, sich über die Skrupellosigkeit dieser Kerle auszulassen. Sie sagt ja, stimmt eifrig zu und beruhigt sich allmählich, glaubt, sich aus der Falle befreit zu haben. Aber sie irrt sich. Er denkt, daß er mit seiner Ahnung richtiggelegen hat, mit dieser Ahnung, die dazu führte, daß er bei ihr anrief, anstatt die ergebnislose Hausdurchsuchung abzuhaken und dem Geschwätz über das gestohlene Auto des Kaplans nachzugehen. Er hatte es schon geahnt, als er sie in der Stadt gesehen hatte. Als sie besorgt und zerzaust aus dem Laden gekommen war und nach links und rechts geschaut hatte, als würde sie beobachtet.

»Übrigens, ich wollte Ihren Neffen nach seinem Autokennzeichen fragen ... Es hat eine verblüffende Ähnlichkeit mit einer Nummer, die diese Leute benutzt haben.«

»Das war nicht mein Neffe.«

»Nein?«

»Nein ... Mein Neffe war zu beschäftigt und hat einen Studenten gebeten, mich nach Hause zu bringen.«

»Dann werde ich wohl den Studenten fragen müssen.«

»Ich werde ihn für Sie fragen.«

»Lassen Sie mich doch ruhig mit Ihrem Neffen sprechen ... Zumindest kann ich Ihnen dadurch Umstände ersparen.«

»Ich würde ihn lieber selbst fragen ... Wenn Sie ihn anrufen, könnte er denken, seine Tante sei übergeschnappt.«

»Also gut ... Ich melde mich morgen wieder«, sagt er und legt auf. Es dauert ein paar Sekunden, bis er die ganze Bedeutung des Gesprächs begreift, und er verflucht sich selbst, weil er es nicht auf Band aufgenommen hat. Eins steht für ihn fest: Die Frau hat gelogen. Er hat sie erfolgreich aufs Glatteis gelockt. Möglicherweise hat sie nicht einmal einen Neffen. Aber warum hat sie gelogen? Und wo ist sie gewesen?

»Sie weiß etwas ... Sie weiß zuviel«, sagt er laut.

»Wie kommst du darauf?« fragt sein Kollege Linihan. Er kennt die Frau. Sie hat stets auf Distanz gehalten, immer ein bißchen blasiert gewirkt.

»Weil sie gelogen hat ... Es hat ihr gar nicht gepaßt,

daß ich mit ihrem Neffen sprechen wollte. Sagte, er könnte denken, seine Tante sei übergeschnappt.«

»Also, wenn die Frau Republikanerin ist, bin ich Mormone.«

»Wo liegt ihr Haus?« fragt Rory und geht ins andere Zimmer, wo Cornelius gerade sein Essen verschlingt.

»Du fährst durchs Dorf, bis du an die Ecke mit der alten Schmiede und der Kneipe kommst ... Du kannst entweder die Straße nehmen, die am See entlangführt, oder an der Molkerei vorbeifahren.«

»Was geht schneller?«

»Das kommt ganz darauf an.«

»Welcher Weg ist kürzer, Con?«

»Der über die Molkerei«, sagt er und duckt sich, als hätte er Angst, geschlagen zu werden.

Rory sieht, wie sie auf der Rückbank des Wagens sitzt, den Kopf vorgebeugt, während sie mit dem Fahrer spricht, dann wieder zurückgelehnt, die Krempe ihres Huts tief ins Gesicht gezogen. Bei diesem Anblick schaltet Rory intuitiv auf Alarm. Aber es ist noch nicht an der Zeit, Verstärkung anzufordern oder irgend etwas anderes zu tun, als ihr in unauffälliger Entfernung zu folgen. Wenn er weiß, wohin sie unterwegs ist, kann er immer noch eine Entscheidung treffen.

»Ah, meine kleine Aoife ... Dein Daddy fliegt«, sagt er, fährt weiter und denkt wie immer, wenn er in Gefahr ist: Welch eine herrliche Landschaft, welch eine heitere Klarheit, welch ein wunderschönes, tragisches Land, in das wir alle hineingeboren wurden.

»Eine tolle Hütte«, sagt McGreevy und bückt sich, als er in den Unterschlupf geht. Die anderen warten bereits.

Brennan, der eine Taschenlampe aufflackern läßt, und Cassidy, der Kurier, der in ihrem Haus gewesen ist.

»Ja ... Hier haben sogar schon die Fir Bolgs gepennt«, erwidert Brennan und nimmt seine Kapuze ab.

»Waren das die Männer mit den großen Bäuchen?« fragt Cassidy.

»Du bist spät dran, McGreevy.«

»Ich mußte zwei Dörfer umgehen.«

»Warum zum Teufel hast du sie in die Kate gebracht?«

»Du meinst die Frau.«

»Ich meine die Frau.«

»Ich wußte nicht, wo ich sie sonst hätte hinbringen sollen ... Ihr eigenes Haus war aufgeflogen.«

»Du hättest sie liegenlassen sollen.«

»Ich konnte sie nicht sterben lassen.«

»Was hat sie gemacht ... dich in ihrem Testament bedacht?«

»Hätte ich sie in ihr Haus zurückgebracht, hätte die Polizei sie ausgequetscht ... Gut möglich, daß sie geplaudert hätte.«

»Sie in die Kate zu bringen war der reine Wahnsinn.«

»Sie hatte keine Ahnung, wo sie war ... Creena und ihre Mutter sind alte Verbündete.«

»Ich hoffe es«, erwidert er und gibt ihm die Schachtel. Der Wind heult, und die losen Blechplatten auf dem Dach klappern wie wild.

»Deine Weihnachtsüberraschung.«

»Wofür?«

»Wofür wohl.«

»Aber mir wurde von ganz oben gesagt, er würde nicht kommen.«

»Er kommt aber trotzdem.«

»Woher weißt du das?«

»Ich habe einen direkten Draht ... Mein Cousin arbeitet in der Gerichtskantine.«

»Mir wurde gesagt, die Sache sei abgeblasen.«

»Das war vor vier Tagen.«

»Kann sein, daß du nicht auf dem laufenden bist.«

»Man hat mich vor dir gewarnt.«

»Ach, ja?«

»Ein ziemlich elitärer Bursche. Jemand, der den Laden gern allein schmeißt.«

»Ich habe oft das Gefühl, daß mir nichts anderes übrigbleibt.«

»Du hast Feinde.«

»Manches machen wir eben, und manches machen wir nicht.«

»Genau. Und diese Sache wird gemacht.« Er drückt ihm die Schachtel in die Hand. Es ist eine große Schachtel, erinnert an die Blessed-Martin-de-Pores-Büchsen, die es früher für die Kollekte in den Schulen gab, und sie ist mit Paketband zugeklebt.

»Wann hat sich die Lage verändert?«

»Vor zwei Tagen ... Sein Arzt hat grünes Licht gegeben.«

»Sind Frauen dabei?«

»Nein. Nur ein Privatsekretär, ein Krankenpfleger und ein Skipper.«

»Woher wissen wir, daß es nicht mehr sind?«

»Wir wollen doch nicht etwa feige werden?«

»Das ist dein Teil des Landes.«

»Offiziell nicht ... Ich operiere vierzig oder fünfzig Meilen entfernt.«

»Es ist eher dein Teil als meiner.«

»Aber es ist dein Auftrag.«

»Ich war schon auf dem Rückweg ...«

»Aber du würdest es doch nicht gern sehen, wenn dieser Kelch an dir vorüberginge?«

»Wann kommen sie?«

»Am Freitag eröffnen sie die Angelsaison.«

»Aber um diese Jahreszeit kann man nicht angeln.« Er erschrickt. Eine Ratte ist über seinen Spann gehuscht. Er tritt zur Seite und landet in einer mit Wasser und Torfstaub randvoll gefüllten Kuhle. Seine Stiefel hängen jetzt wie zwei Torfsoden an ihm.

»Es geht ihm ja auch nicht ums Angeln ... Er will seine alten Lieblingsplätze wiedersehen ... Er hat Krebs ... Darmkrebs.«

»Dann muß er ja sowieso bald dran glauben«, hört er sich sagen.

»Hat diese Frau dich rumgekriegt ... Wie hat sie das geschafft? Mit Tee und Scones? Mit Spieldosenmusik?«

»Die Frau hat mich nicht rumgekriegt.«

»Ich hoffe, du verlierst nicht den Mumm.«

»Mir hat noch nie etwas das Genick gebrochen.«

»Ja, ich weiß, das könnten nur wir ...«

»Verschon mich mit deinem Müll.«

»Einem lebenslustigen Gesellen wie dir würde es bestimmt nicht gefallen, mit dem Leichenbestatter Bekanntschaft zu schließen.« Er bückt sich und geht humpelnd hinaus. Unmöglich zu sagen, ob sein Humpeln echt ist oder nur gespielt.

»Hören Sie ... Wir haben keine Ahnung ... Wir wissen von nichts, und selbst wenn wir etwas wüßten, würden wir uns nicht einmischen ... Wir könnten uns nicht einmischen.« Creenas Mutter sitzt mit gefalteten Händen da, ruhig, aber ärgerlich, weil diese Frau mit einem so dreisten Ansinnen bei ihr erschienen ist.

»Aber ich kann nicht ... Wir können unmöglich zulassen, daß es geschieht.«

»Natürlich können wir das. Wir tun es sogar. Wir sind nicht Sie. Wir sind anders als Sie. Wir wissen, was diese Männer tun ... Und wir wissen, daß sie es tun müssen.«

Creena sitzt abseits, und es ist ihr sichtlich unangenehm, daß sie die fremde Frau einmal so gern gemocht hat, sich jetzt aber von ihr zurückziehen und auf die Seite ihrer Mutter stellen muß, auf die Seite von McGreevy, auf die Seite der Sache.

»Seine Frau war seine Kameradin«, sagt Creena.

»Seine Frau?«

»Ja, sie war einmal hier... hat auf ihn gewartet... Aber er ist nicht gekommen ... Ich erinnere mich noch, daß sie die ganze Nacht auf ihn gewartet hat ... Sie hat gesagt: ›Wenn einer von uns beiden getötet wird, dann lieber ich ...‹ Drei Tage später war sie tot ... Sie muß es geahnt haben ... muß es gespürt haben ... Sie wurde erschossen, als sie gerade das Kind gestillt hat.«

»Die arme Frau.«

»Sie hat ihn geliebt ... Sie hat an ihn geglaubt.«

»Alle lieben ihn ... Aber nicht alle glauben an das, was er tut.«

»Wir glauben daran«, sagt Creenas Mutter. Und indem sie aufsteht, sagt sie auch: »Zu unserem und Ihrem Besten, gehen Sie heim. Es ist nicht der richtige Abend, um hierzusein, und es ist nicht der richtige Abend, um Sie hier zu haben.«

»Wir würden Sie gern zu Weihnachten einladen«, sagt Creena, greift in das Weihwasserbecken und betupft sie mit einem Tropfen.

»Hat jemand gesehen, daß Sie hergekommen sind?«

»Nur der Fahrer... Er wartet unten an der Straße.«

»Bring sie zum Wagen«, sagt die Mutter zu Creena, ohne der Frau ein Zeichen des Abschieds zu geben.

Sie erschießen zwei Ratten und hoffen, daß die anderen aus Angst das Weite suchen. Cassidy muß die toten Tiere mit den Stiefeln aus der Hütte schieben.

»Ich frage mich, ob Hunde Ratten fressen ... mit dem Fell und allem.«

»Du bist in dem Haus gewesen?« fragt McGreevy und richtet das Fernglas auf ihn.

»Ja.«

»Und was hast du gesagt?«

»Das, was du mir aufgetragen hast.«

»Was hast du gesagt?«

»Daß es dir leid tut.«

»Und?«

»Sie ist hinter mir hergelaufen, hat mich festgehalten und gesagt: ›Es ist irgend etwas im Gange, nicht wahr? Er hat etwas Schreckliches vor, deshalb hat er mir ausrichten lassen, daß es ihm leid tut.‹«

»O Gott ... Jetzt kommt alles ins Wanken«, sagt McGreevy und legt das Fernglas in das Loch über dem Ausguck.

»Was soll ich Brennan sagen?«

»Sag ihm ...«

»Wohin gehst du?«

»Sag ihm irgendwas.«

»Er ist knallhart ... Ich habe gehört, was er getan hat ... Er hat einen Burschen, den er unter Verdacht hatte, zu sich kommen lassen und aufs Feld geführt, wo er schon ein Grab geschaufelt hatte. Hat den Burschen in sein eigenes Grab geschossen ... eiskalt.«

»Dieser Auftrag ist verhext.«

»Es ist ihm ernst mit dem, was er sagt, Mac.«

»Es ist mir noch nie passiert, daß ich vorher nicht schlafen konnte.«

»Am Freitag ist alles vorbei.«

»Oder auch nicht«, sagt er, seine Nerven einen Augenblick lang völlig blank, ehe er nach draußen geht. Wenn er jetzt Schluß machen und einfach abhauen würde, was könnte er tun, was wäre noch da – nichts, nichts sonst. Sein Leben ist von anderen vorgezeichnet, seine Taten werden von anderen belohnt oder bestraft. Aber das ist nicht der Grund für sein Handeln. Der Grund ist der Schwur, den er vor langer Zeit geleistet, ja, mit der Muttermilch eingesogen hat.

»Es läuft also?«

»Wir treffen uns am verabredeten Ort«, antwortet McGreevy knapp.

»Ich brauche jeden Streifenwagen, der verfügbar ist ... Von der Telefonzelle sind es noch zwei Meilen ... auf der linken Seite ... einen kleinen Hohlweg hinauf ... An der Ecke steht ein großer Baum ... oder zwei Bäume, die fast zusammengewachsen sind.« Seine Stimme klingt hastig und rauh. Seine einzige Angst besteht darin, daß Manus es nicht begreift, nicht schnell genug ist.

»Und was für Bäume sind das?«

»Eichen, Buchen ... Beeil dich, Manus ... Du mußt die anderen mobilisieren.«

»Soll ich nicht lieber doch zuerst Dublin anrufen ... dem Chef vom Dienst Bescheid geben.«

»In Dublin kannst du später immer noch anrufen ...«

»Aber er ist doch für alles verantwortlich.«

»Jetzt übernehme ich die Verantwortung. Ruf alle Reviere im Radius von zwanzig Meilen an ... Sie sollen alle

Streifenwagen herschicken, die sie haben ... schnell ... Du mußt alle zusammentrommeln ... Beeil dich!«

»Soll ich auch kommen?«

»Nein ... Du bist Veteran, Manus ... Du bleibst, wo du bist.«

In der Kate stehen ihm die beiden Frauen mit grinsenden Gesichtern gegenüber, als ob sie ihn erwartet hätten.

»Wer ist hiergewesen?« fragt Rory.

»Niemand ist hiergewesen.«

»Sie hatten keinen Besuch?«

Die beiden schütteln die Köpfe.

»Und was ist mit der Frau im langen Mantel?«

»Wenn Sie längst alles wissen, warum fragen Sie dann?«

»Hören Sie, Mrs. Burke, es ist weitaus günstiger für Sie, wenn Sie mit uns zusammenarbeiten ... Ich weiß, daß sie da war ... Ich habe sie kommen und gehen sehen ... Also, warum war sie hier?«

»Ein reiner Höflichkeitsbesuch.«

»Dafür ist sie aber nicht besonders lang geblieben.«

»Es ging ihr nicht gut.«

»Wenn es ihr nicht gutging, warum hat sie dann nicht angerufen und ihren Höflichkeitsbesuch abgesagt?«

»Weil Sie unser Telefon angezapft haben.«

»Ziehen Sie sich Hut und Mantel an, alle beide«, befiehlt er.

»Laden Sie uns ins Kino ein?« fragt Creena.

»Ziehen Sie sich an«, sagt er, und noch während er spricht, hört die Mutter die Sirenen unten im Tal und weiß, die Frau hatte recht, es sollte eine verhängnisvolle Nacht werden. Instinktiv greift sie ins Weihwasserbecken, besprenkelt zuerst ihre Tochter, dann sich selbst und anschließend den Boden, nicht ohne sorgfältig die Stelle auszusparen, auf der er steht.

»Wir lieben unser Land«, sagt sie verächtlich.

»Das tun wir alle«, entgegnet er.

»Wenn dem so wäre, würden Sie das hier nicht tun«, sagt sie. Ein uniformierter Mann in ihrem Haus, das ist für sie eine Wiederholung all dessen, was vor zwanzig Jahren geschah. Ihr Mann, gefesselt vom Moor hereingeführt, von Polizisten umzingelt, und draußen ein wartender Wagen. Als er um ein letztes Wort mit seiner Frau bat, wurde es ihm verweigert, und so stand sie hilflos da, sah ihm nach, winkte – ihre kleine Creena war nur ein Würmchen in ihrem Bauch – und mußte zusehen, wie er abtransportiert wurde, und all das nur, weil er sein Land geliebt hatte.

»Scheiße, verfluchte.« Brennan hört die Sirenen und weiß, daß er dran ist. Das Geräusch hallt in den Bergen wider. Lange, schrille Töne, die einander folgen, einander antworten – ein frohlockendes, zu allem entschlossenes Morsezeichen der Rache. Aus allen Richtungen kommen Autos auf ihn zu, so daß er sich nicht zurückziehen, nur noch weiterfahren kann. McGreevy, dieser Mistkerl, dieser Spitzel. Jetzt ergibt plötzlich alles einen Sinn, die Einwände, die Verspätung, das Zögern. Scheiße. Scheiße. Von ganz oben, vom Buckel des Berges, sieht er den Ford auf sich zukommen. Brennan gibt Gas. Vielleicht kann er ihnen den Weg abschneiden, sie wegpusten, wenn sie um die Haarnadelkurve kommen.

»Duck dich ... Duck dich, Ned«, ruft Tommy dem jungen Polizisten zu, der am Steuer sitzt. Es ist das erste Mal in seinem Leben, daß seine Handlungen schneller sind als seine Gedanken, er hat bereits seine Waffe entsichert und aus dem fahrenden Auto auf die Gestalt geschossen, deren Wagen quer über der Straße steht. Der Vermummte hat sich hinter der offenen Motorhaube verschanzt und feuert. Tommy springt aus dem Wagen, kriecht zur Seite, nutzt einen Felsbrocken als Deckung und schießt weiter, seine Kugeln und die Kugeln des Gegners krachen durch die erschrockene Dämmerung, prallen heulend auf die Felsen, werfen gelbe Flammen und schwarzen Rauch, und weit und breit ist noch keine Unterstützung zu sehen. Der Kerl schreit etwas. Tommy weiß nicht, ob er aufgeben will oder ob es nur ein Trick ist.

»Lassen Sie die Waffe fallen«, ruft er zurück, aber seine Stimme verliert sich in dem überwältigenden Hämmern. Er hofft und betet nur noch, daß seine Munition nicht zu Ende geht. Er richtet sich auf, bäumt sich auf und ballert auf die Motorhaube des fremden Wagens ein, als ob jemand, irgend jemand ihn dazu antreiben würde. Er sieht einen Arm sinken und etwas davonfliegen, das aussieht wie ein großer Vogel, und er denkt, das ist eine Kapuze, und begreift, daß der Mann gefallen ist. Das ist alles, was er weiß: Der Mann ist gefallen. Die plötzliche Stille ist grauenvoll.

»Hast du ihn erwischt?« fragt Ned und kriecht zu ihm. Speichel tropft aus seinem Mund.

»Ich weiß nicht«, erwidert Tommy und beginnt, neu zu laden, muß mit den Fingern tasten, weil es plötzlich dunkel geworden ist. Er geht zu dem anderen Wagen und sieht den Mann, der über dem Motor zusammengesunken ist, aber noch zuckt, immer noch zuckt, und er denkt: ›Wenn ich ihn aus kurzer Entfernung erschießen muß, dann muß ich ihn eben aus kurzer Entfernung erschießen.‹ Das Verebben von Leben war in der Dunkelheit wie ein Verglühen von elektrischem Strom, die Bewegungen wurden immer schwächer und langsamer – und dann nichts mehr, nur noch ein Haufen, ein regloser Haufen, und als Tommy sich über ihn beugt, ist auch nichts mehr zu hören, kein Atemzug.

»Ich habe ihn erwischt«, sagt er zu Ned, der zitternd neben ihm steht.

»Wir sollten ein Bußgebet sprechen.«

»Mach du das«, sagt er und hievt den toten Körper vom Motor, um ihn hinzulegen. Er fühlt sich leicht an, harmlos, der Rücken warm von frischem Blut. Es ist zu dunkel, um zu sehen, wo die Kugel ihn getroffen hat, und Tommy ist froh darüber, froh, daß er nichts sehen kann. Irgend etwas, Scham oder Mitleid, läßt ihn seine Jacke ausziehen und über Brust und Gesicht des Toten breiten.

Dann hört er die unaufhörlich kreischenden Sirenen der anderen Wagen den Berg heraufkommen und denkt: »Sie werden in uns hineinfahren ... Sie werden uns umbringen.« Und er springt auf, zieht sein Hemd aus und schwenkt es wild, um sie zu warnen.

Ein Sergeant, der ihn nicht kennt und ihn halbnackt am Straßenrand sieht, ist einen Moment lang verwirrt und zieht seine Pistole.

»Ich bin Polizist«, schreit Tommy aufgeregt und fügt hinzu: »Ich habe gerade einen von ihnen erschossen.«

»Gute Arbeit«, sagt der Sergeant, steigt aus seinem Wagen und befiehlt dem Konvoi, der hinter ihm den Berg heraufkommt, die Straße möglichst rasch wieder frei zu machen, das querstehende Auto aus dem Weg zu räumen, und während sie sich an die Arbeit machen, hat Ned die Aufgabe, die noch warme Leiche wegzuziehen, damit sie nicht kaputtgefahren wird.

»Wir werden einen Krankenwagen schicken«, sagt der Sergeant und geht zu seinem Auto zurück.

»Und einen Priester«, sagt Ned, während die anderen Streifenwagen an ihm vorbeirasen, ihre Motorengeräusche unmenschlich, ihre Formen wie Meteore, die holpernd über den Bergpaß rollen.

»Ich muß meine Frau benachrichtigen«, sagt Tommy, »ich muß telefonieren.« Und er zeigt auf ein erleuchtetes Fenster in der Ferne, abseits der Straße.

»Ich werde gehen«, sagt Ned. Er will nicht mit dem Toten allein bleiben. Schlimm genug, die Schüsse zu hören, die Kugeln blitzen zu sehen. Aber mit dem Toten allein zu sein wäre das allerschlimmste.

»Nein, ich muß es ihr selbst sagen«, sagt Tommy und zieht, schon im Gehen, sein Hemd wieder an.

Zwei große Hunde springen ihm entgegen, haben es auf sein Hosenbein abgesehen. Drinnen im Haus hebt sich eine Gardine, aber niemand kommt zur Tür, obwohl er klopft und ruft. Als der Besitzer endlich am Fenster erscheint, streckt Tommy ihm in einer Geste der Verzweiflung flehend die Hände entgegen.

»Ich bin Polizist«, ruft er, als das Fenster einen Spaltbreit geöffnet wird, aber der Mann glaubt ihm nicht.

»Zeigen Sie mir Ihren Ausweis.«

»Es hat auf der Straße eine Schießerei gegeben.«

»Ohne Ausweis lasse ich Sie nicht rein ...«

Tommy wühlt in seiner Tasche, bis er endlich die Plastikkarte mit seinem Foto und seinem Dienstrang findet.

Die Kinder des Hauses, in einer Ecke zusammengescheucht, starren ihn an, als würden sie einen Horrorfilm sehen.

»Banditenland ... Banditenland«, sagt der Mann. Eine Frau scheint es nicht zu geben.

»Es ist nicht unsere Schuld, daß es ein Banditenland

ist«, sagt Tommy. Er hat Höllenqualen durchlitten, doch bisher hat ihn noch niemand gefragt, wie es ihm geht. Ihm ist klar, daß sämtliche Hausbewohner das Telefongespräch belauschen. Das macht es nicht leichter, und auch die Stimme seiner Frau ist ihm kein Trost, kalt und unpersönlich, als er ihr sagt, es habe einen ernsthaften Zwischenfall gegeben und dabei sei ein Mann erschossen worden.

»Hast du ihn erschossen?« fragt sie.

»Ja, ich war's«, sagt er und hält inne, erwartet ein Zeichen des Mitgefühls.

»Ich werde es den Kindern sagen«, antwortet sie.

»Nein ... Ich will es ihnen selbst erzählen«, widerspricht er.

»Sie könnten es von anderen hören ... Vielleicht kommt es auch in den Nachrichten.«

»Stellt bloß nicht die verfluchten Nachrichten an«, sagt er. Er ist gekränkt, weil sie nicht gefragt hat: »Wie geht es dir?« oder »Ist jemand bei dir, mit dem du reden kannst?« Auf dem Weg nach draußen spricht ihn der Mann auf die Kosten für das Telefonat an.

»Banditenland«, sagt er und läßt die Münze auf den Ofen klappern.

Ein Streifenwagen nach dem anderen rast durch das offene Tor und weicht in großem Bogen aus, um den nachfolgenden Wagen Platz zu machen. Viele glauben, daß McGreevy in der Kate ist, springen aufgeregt über die Stufen und Steingartenbeete, scheuchen Hühner und Gänse auf, werfen Blumentöpfe um und überwältigen die beiden Beagles, denen nichts anders übrigbleibt, als wütend zu knurren.

»Würde es Ihnen etwas ausmachen, meine Blumen nicht völlig zu zertreten«, ruft Mrs. Burke laut.

»Durchsucht das Haus«, weist Rory seine anrückenden Kollegen an.

»Sie werden den neuen Teppich ruinieren«, sagt Creena.

»Das hätten Sie sich vorher überlegen sollen, Miss Burke«, erwidert Rory und spornt die Männer an, sich zu beeilen. Als ein Kollege ihn räuspernd zu sich winkt, ahnt Rory, daß etwas Wichtiges geschehen ist.

»Wir haben einen von den Burschen erwischt.«

»McGreevy ...?«

»Nein, nicht McGreevy ... Der Sergeant aus Limerick meint, er heiße Brennan ... Er hat ihn an der Eisenhand erkannt.«

»Tot?«

»Der wird jedenfalls keine Kinder mehr zeugen.«

»Wer hat geschossen?«

»Tommy Conlon.«

»Tommy Conlon ... der stille Tommy ... Kommt er damit klar?«

»Er scheint ganz gut klarzukommen ... Er ist noch oben am Paß ... Ein Junge ist bei ihm ... Sie warten auf den Priester und den Krankenwagen.«

»Gute Arbeit ... Jetzt, wo wir einen haben, wollen wir auch die anderen ... Wir wollen die ganze verdammte Bande.« Und er läuft dem Kollegen nach, der die beiden Frauen abführt.

»Steckt sie in getrennte Zellen ... Sie dürfen mit niemandem sprechen ... Ich möchte, daß die ganze Sache noch geheimgehalten wird ... kein Wort über den Toten ... nichts an die Presse ... Sagt es Manus ... absolute Geheimhaltung ... Schotten dicht.«

»Manus läßt fragen, was wir mit der Frau im großen Haus machen sollen.«

»Wir lassen sie vorerst noch in Ruhe ... Aber ich will,

daß das Haus rund um die Uhr überwacht wird ... Holt das Nachtgerät ... Irgend etwas braut sich da zusammen.«

»Manus sagt, Dublin sei äußerst ungehalten.«

»Dann soll er Dublin von mir ausrichten, hier wäre Cowboyland, und wir wären nun mal wilde Cowboys.«

Im Schein der Taschenlampe sieht er etwas, was ihm zu denken gibt – das alte Kopfteil eines Messingbetts, das offenbar als Pforte dient, aber auffällig dicht mit Dornsträuchern und Stechginster verflochten ist.

»Wo führt der Pfad hin?« ruft er und steckt den Kopf in den Wagen, in dem die beiden Frauen sitzen.

»Nirgendwohin«, antwortet Creena frech.

»Gut«, erwidert er. »Wenn Sie ›nirgendwohin‹ sagen, heißt das, daß er irgendwohin führt.« Und er eilt zurück, um einen Spähtrupp zusammenzutrommeln.

»Michael, du bist doch so ein guter Pfadfinder, geh du mal nachschauen, was sich hinter dieser Pforte verbirgt, und gib mir möglichst bald Bescheid.«

»Und wenn ich auf einen von den Terroristen treffe?« fragt Michael, zu beschämt, die Wahrheit zu sagen: »Ich will nicht gehen ... Ich will nicht allein gehen.«

»Wir bleiben in Funkkontakt ... Ich komme mit ein paar Männern nach.«

Er läuft zum Haus und wählt die ersten beiden, auf die er trifft. Er hat keine Zeit zu verlieren. Kann sein, daß es in den Bergen nur so wimmelt von Terroristen.

»Du und du«, sagt er grob. Tobin, der dickere der beiden, zwinkert seinem Kollegen Duggan zu und murmelt: »Das ist seine große Show.« Sie folgen ihm halbherzig zu der mit Dornsträuchern und Stechginster getarnten Pforte, die jetzt flach auf dem Boden liegt.

»Das ist reiner Wahnsinn«, sagt Tobin, während sie unschlüssig dastehen und warten. Die Dunkelheit, ein gottverlassener Pfad und jetzt auch noch ein plötzlicher Wolkenbruch, der sich über sie ergießt, ihre Uniformen durchnäßt und den ohnehin schlammigen Pfad bald unpassierbar machen wird.

Rory flüstert in sein Funkgerät, wiederholt stets die gleichen Worte: »Eins, zwo, drei – Michael, bitte kommen« und flucht, weil er keine Antwort bekommt.

»Wenigstens sind bisher keine Schüsse gefallen«, murmelt Duggan.

»Es gibt auch noch andere Möglichkeiten, jemanden umzubringen ... mit einem Messer zum Beispiel«, erwidert Tobin.

»Wir müssen ihm folgen«, sagt Rory.

»Aber das ist Wahnsinn ... Das sollten wir nicht riskieren«, sagt Tobin und steht so breitbeinig da, als wolle er sich weigern.

»Und wie sollten wir es deiner Meinung nach machen?«

»Mit einer ganzen Hundertschaft ... mit Hubschraubern.«

»Wir haben keine Alternative, Tobin, und das weißt du auch«, entgegnet Rory und geht voran.

In der Ferne hebt sich eine Gestalt ab – oder jedenfalls etwas, was wie eine Gestalt aussieht, es könnte auch ein Baum sein. Rory richtet seine Waffe darauf und tastet sich langsam vorwärts, bereit, jederzeit abzudrücken.

»Halt!« Es ist Michaels Stimme, heiser und unsicher.

»Verflucht noch mal, Michael«, ruft Rory zurück. »Was ist da los?«

»Auf dem Bergvorsprung steht eine Hütte.«

»Gibt es Deckung?«

»Ich kann nichts sehen.«

»Du gehst voran, Michael ... Ich bin direkt hinter dir ... dann du ... dann du ...«

»Reiner Wahnsinn«, murmelt Tobin wieder.

Inzwischen weht ein beharrlicher, kräftiger Wind, peitscht den Regen in ihre Gesichter, in ihre Augen, während die Polizisten auf dem schlammigen, immer steiler und glitschiger werdenden Pfad um ihr Gleichgewicht kämpfen. Hinter den quer verlaufenden Wurzeln der Stechginsterbüsche sammeln sich tiefe Pfützen.

»Der Weg ist völlig zerklüftet«, sagt Duggan.

»Zerklüftet? Er steigt senkrecht an«, erwidert Tobin und bleibt keuchend stehen.

»Weiter, weiter«, drängt Rory. Er bewegt sich so schnell, als schritte er über den Boden, tänzelt rhythmisch wie ein Pony, zehrt von den Kraftreserven, die er für solche Zeiten aufgespart hat.

»Was ist das?« fragt Michael. Der Wind streicht so wild durch den Adlerfarn, daß es aussieht, als würde ein Mann oder ein Tier darin kauern.

»Nichts«, sagt Rory und gibt ihm einen freundschaftlichen Klaps, um ihn voranzutreiben, dann hört er Tobin fluchen, als er ausrutscht und fällt.

»Helft mir ... Helft mir«, ruft Tobin.

»Verflucht, Tobin ... Du hast einen Auftrag ... Es stehen Menschenleben auf dem Spiel«, sagt Rory, wartet jedoch, bis der Mann wieder aufsteht und klar ist, daß er weitergehen kann.

»Ich bin ausgerutscht.«

»Dann paß eben besser auf«, erwidert Rory und eilt voran, um Michael einzuholen, bei dem der Eifer inzwischen ebenso die Oberhand zu gewinnen scheint wie noch vor einiger Zeit das ängstliche Zittern. An einem Baum, dem einzigen Anzeichen von Natur, das sie dort oben erspähen können, läßt Rory alle vier anhalten und sich versammeln.

»Wenn irgend etwas schiefgeht ... kommt immer hierher zu diesem Baum zurück.«

»Vielleicht werden wir das nicht mehr können«, stellt Duggan mit nüchterner Stimme fest.

»Der Baum ist unser Treffpunkt ... Kommt immer hierher zurück«, wiederholt Rory eindringlich.

»Der Baum hat Dornen ... Das bringt kein Glück«, murmelt Michael vor sich hin.

»Wir stecken zusammen in dieser Sache ... Wenn ihr Schüsse hört und alleine seid, versucht nicht, den Helden zu spielen ... Und erschießt euch nicht gegenseitig«, scherzt er, um ihnen Mut zu machen.

Als sie näher kommen, wird der Umriß der Hütte nicht deutlicher, nur ihre massige Form tritt stärker hervor, finsterer und dichter als die sie umgebende Dunkelheit, ein Stall ohne Tiere mitten in den Bergen.

»Ihr gebt uns Deckung«, sagt er und schickt die beiden Männer in entgegengesetzte Richtungen, während Michael und er weitergehen, ihre Körper so angespannt, daß sie kaum atmen.

»Bleib immer dicht bei mir, Michael«, flüstert er.

»Wie dicht?«

»Ungefähr drei Meter.«

Er wartet, bis die beiden anderen ihre Positionen eingenommen haben, dann faßt er Michael an der Schulter, um ihm einen letzten Rat zu geben: »Wenn du schießen mußt, achte immer darauf, daß du eine freie Schußlinie hast.«

»Ich war nur eine Woche beim Schießtraining.«

»Denk jetzt nicht daran ... Laß uns gehen ... Ich ducke mich, du gehst vorwärts ... Du duckst dich, ich gehe vorwärts ... Wenn jemand das Feuer eröffnet, schieß zurück ... Wenn wir bis auf sieben Meter heran sind, bleibst du zurück ... Ich werde die Hütte stürmen ... allein.«

»Bist du sicher?«

»Ja ... Du deckst die Tür, und ich gehe rein.« Und dann, in einem dramatischen Augenblick, der, wie er weiß, alles nach sich ziehen kann – einen Kugelhagel, die Explosion einer versteckten Bombe –, tritt er die Tür ein. Im Schein der Taschenlampe, die Michael von hinten auf die offene Tür richtet, sieht er den Torfboden, ein paar Fetzen Sackleinen an der Decke und einen jungen Mann, der unter dem provisorischen Fenster schläft.

Cassidy setzt sich auf, blinzelt und denkt, daß es McGreevy ist und er sich eine Ausrede einfallen lassen muß, weil er eingenickt ist. Als er das fremde Gesicht über sich sieht, greift er nach seiner Waffe, aber sein Arm wird in der Dunkelheit mit einem lähmenden Griff umklammert.

»Komm rein, Michael, schnell ... schnell«, ruft Rory, und gleich darauf kann er im vollen Lichtstrahl der Taschenlampe einen kräftigen Burschen mit schwarzem Haarschopf erkennen. Er stößt einen unfreiwilligen Fluch aus, weil es nicht McGreevy ist.

»Wer sind Sie? ... Was machen Sie hier? ... Zu welcher Organisation gehören Sie?« fragt Rory und zieht ihn zu sich herauf.

»Ni Tuigim Bearla«, sagt die Stimme.

»O Gott ... einer von Patrick Pearses Bruderschaft«, sagt Rory und fordert Michael auf, sein Irisch anzuwenden.

»Aber ich kann nicht viel.«

Furchtlos geworden, schleudert ihnen Cassidy ein Sperrfeuer aus Parolen, Gedichten und patriotischen Sprüchen entgegen, wohl kalkulierend, daß er ihnen durch seine sprachliche Gewandtheit und seine Verachtung vor Augen führt, daß er der bessere Hüter der Seele und des Vermächtnisses ihres Landes ist.

»Ni Fuinim, ni ta blasmaireact orainn Uar an Bas ... On mbrug. Sin meadba go Fained greine ar fairge.«

»Was zum Teufel quatscht der Kerl?«

»Er redet so schnell, daß ich nichts verstehen kann ... Irgendwas über Königin Maeve.«

»Sag ihm, daß er zu schnell spricht.«

»Ta tu ... « sagt Michael, aber das Wort für schnell fällt ihm nicht ein, und außerdem ist er verlegen und fühlt sich überwältigt von Cassidy, der ihm sagt, daß sie alle Scheißkerle seien, Spitzel, Maden, Informanten, Sklaven, die ihre Lohntüte ehrlicherweise unter dem Union Jack statt unter der Trikolore entgegennehmen sollten.

»Was sagt er?«

»Er verflucht uns.«

»Frag ihn, warum er eine Kanone hat.«

»Er sagt, die Frage brauche er nicht zu beantworten.«

»Dann richte ihm von mir aus, daß es ganz egal ist, was und wieviel er redet, seine Sprachkünste und seine Deckung kann er sich sonstwohin stecken.«

»Bás no Onóir«, ruft Cassidy immer wieder, spuckt es ihnen förmlich ins Gesicht, und dann ruft er es durch das Fenster zu den nassen, wilden Bergen.

»Was heißt das?«

»Tod oder Ruhm«, übersetzt Michael.

»Bring ihn raus und leg ihm die Handschellen an ... Du und Duggan, ihr bringt ihn aufs Revier. Und achtet darauf, daß er sich unterwegs nicht in einen Kobold verwandelt.«

Dann macht er sich ganz allein an die Durchsuchung der Hütte, und in diesen wenigen angespannten Sekunden offenbart sich ihm die ganze Strategie der Gruppe –

ein Fernglas, ein Haufen Steine, wo die Wand erst vor kurzem aufgehackt wurde, ein Ausguck auf den langen, mit Heide und Adlerfarn bewachsenen Abhang direkt zum mehrere Meilen unterhalb liegenden See.

»Der See ist Ziel des Angriffs ... Das Ziel ist auf dem See ...« sagt er, klopft sich auf die Brust und ruft jubelnd nach Michael. Er wird eine Untersuchung von Haus zu Haus, von Boot zu Boot durchführen müssen.

»Ich werde mit Duggan runtergehen ... Du bleibst hier.«

»Was hast du gefunden?«

»Der See ist das Angriffsziel.«

»Woher weißt du das ...«

»Ich werde es dir morgen erklären ... Komm jetzt raus.«

»Raus?«

»Ja ... Beobachte die Hütte von außen, lösch dein Licht, und was immer du auch tust, geh nicht wieder hinein.«

»Warum nicht?«

»Weil es jetzt am gefährlichsten ist.«

»Wieso ausgerechnet jetzt?«

»Weil ich vorhin, als ich die Tür eingetreten habe, eine versteckte Bombe ausgelöst haben könnte. Kann gut sein, daß die Hütte in den nächsten paar Minuten in Rauch aufgeht.«

»Oh, mein Gott«, sagt Michael, bekreuzigt sich und eilt ins Freie.

»Er ist in die Zivilisation zurückgekehrt, während wir hier oben in der Wildnis unser Leben riskieren«, sagt Tobin.

»Aber der Mann hat Mumm«, erwidert Michael und denkt daran, wie Rory die Hütte gestürmt hat, ohne Angst, ohne übermäßige Hast, irgendwie fröhlich sogar und lautlos wie ein Panther. Der Regen, der seine Uniform durchnäßt, macht ihm jetzt nichts mehr aus, er denkt, daß die Nacht und die Gefahr ihn mutiger gemacht haben, er denkt, daß er nicht mehr derselbe Michael ist, der diesen Berg heraufgestiegen ist, bebend und unbedarft, ja ohne überhaupt zu wissen, womit man bei versteckten Bombenfallen rechnen muß.

»Er hat Mumm ... Solchen Mumm möchte ich auch haben«, sagt er, aber Tobin antwortet nicht.

Es stürmt heftig oben in den Bergen, Regen platscht auf die Steine und auf die noch immer wartenden Männer. Das grausige Heulen des Winds ist das letzte, was Tommy jetzt hören will. Ihm ist abwechselnd kalt und klamm. Die Nachwirkungen. Der Schock. Er kann seine Jacke nicht wieder zurücknehmen. Sobald der Priester und der Krankenwagen eintreffen, werden Ned und er hier verschwinden, als erstes werden sie in der Stadt anhalten und einen Brandy trinken.

»Langsam müßten sie eintreffen«, sagt Ned, um irgend etwas zu sagen, und denkt, daß der Priester bei dem Gedränge auf der Straße womöglich gar nicht durchkommt.

»Der Wind ist geradezu unheimlich«, sagt Tommy, geht ein Stück, richtet sich auf und lauscht.

»Das war wirklich toll, wie du ihn getroffen hast.«

»Glück. Reines Glück.«

»Ich wette, so etwas hat dieser Paß noch nie gesehen ... Gott, es war gewaltig ... dieser Feuerhagel ...«

»Und die sind alle hübsch zu Hause geblieben«, sagt Tommy und zeigt auf die über die Berge verstreuten erleuchteten Fenster. Sie wirken fröhlich und feierlich wie strahlende Kerzen in dieser grauschwarzen trüben Welt.

»Bald ist Weihnachten«, sagt Ned.

»Hör auf«, sagt Tommy. Er kann über das, was geschehen ist, nicht hinausdenken – über die Tatsache, daß hier zwei Männer auf und ab gehen und ein dritter tot am Straßenrand liegt, durch die Letzte Ölung eines kräftigen Regens wenigstens äußerlich reingewaschen.

»Dieser Kerl hat mich fast aufgefressen«, sagt er und zeigt auf das Haus, beschreibt, wie er an die Tür geklopft hat, wie das Gesicht des Besitzers am Fenster erschien, wie der Mann seinen Ausweis verlangte und die Kinder ihn entgeistert angestarrt haben.

»War das ein Ausländer?«

»Nein, kein Ausländer«, antwortet er bitter.

»Hast du schon mal eine Leichenstarre gesehen?« fragt Ned und denkt, die Leiche könnte in der Kälte vielleicht gefrieren.

»Halt's Maul«, sagt Tommy und läuft einfach los, läuft, als könnte er die ganze Szene hinter sich lassen, die grausigen Tatsachen und den damit verbundenen Wahnsinn. Daß es von den zwanzig Polizisten, die zusammen losgeschickt wurden, ausgerechnet ihn treffen mußte, ihn, der noch nie im Leben einen anderen Menschen erschossen hat.

»Komm zurück, komm zurück«, ruft Ned und läuft ihm nach.

»Reden wir über etwas anderes, irgend etwas anderes«, sagt Tommy.

»Okay«, sagt Ned, aber er denkt: »Ich weiß nicht, wofür er sich interessiert, sind es Hunde, Pferde, Frauen oder das Angeln.« Plötzlich fällt ihm ein Schulgedicht ein, was ihn selbst überrascht, und er rezitiert mit hoher, künstlicher Stimme:

Sein weißer, schlanker Blumenleib liegt
Drunt in Glasnevens Erdreich drin.

Sein Geist fuhr wie die Abendsonne
Zum Gott der toten Fianna hin.
So lebe wohl denn, Michael Collins,
Magst bleiben, magst entfernet werden,
Magst bleiben bei dem Volk der Feen,
Magst umgehn einst als Geist auf Erden.

»*Beal na blát* – Blumenmund«, sagt er.

»Blumenmund«, nickt Tommy und fragt sich, was für Blumen es wohl gewesen sein mögen. Schwertlilien vielleicht, gelbe und blaue Schwertlilien.

»Bald wird es auch ein Gedicht über das hier geben«, sagt Ned.

»O Gott«, stöhnt Tommy und öffnet weit den Mund, um zu schreien, aber es kommt kein Schrei heraus, nur seine leise, ernste, gequälte Stimme. »Nein ... Es geht mir nicht gut, und es wird mir nie wieder gutgehen.« Er geht zum Straßenrand, reißt dem Toten die Jacke weg, schaut auf das ewig schlafende Gesicht und flüstert, als dürften nur sie drei es hören, mit gebrochener Stimme: »Ein Teil von dir hofft, daß du ihn erwischt hast, und der andere Teil hofft, daß du daneben getroffen hast.« Dann legt er die Jacke zurück, und die trägen, traurigen, dicken Tropfen, die letzten Tropfen des nachlassenden Regens, fallen darauf mit dem sanft gedämpften Klang von Totenglocken.

»Ich weiß ... Es würde mir genauso gehen ... Im Innersten sind wir schließlich alle Iren«, sagt Ned leise.

»Ich habe oft genug gehört, daß es Leute fertiggemacht hat ... Drogen ... Scheidung ... Alkohol.«

»Ich glaube, ich höre den Priester kommen«, sagt Ned und läuft dem Wagen entgegen, der über die Paßhöhe kriecht.

»Pater ...« Tommy, der auf Vergebung hofft, spricht als erster. Es ist ein älterer Priester. Der Wind fährt unter seinen Talar und zerrt an dem Stoff, der den Kelch mit dem geweihten Öl bedeckt.

»Wo sind die sterblichen Überreste?« will er wissen.

»Hier drüben.«

»Dieses Land wird sich eines Tages noch selbst auslöschen.«

Tommy weiß nicht genau, was er damit meint und auf wen er sich bezieht, auf ihn oder auf die Gestalt, die jetzt so harmlos und bedauernswert am nassen Straßenrand liegt.

»Ich brauche Licht.«

»Wir haben kein Licht ... Wir waren auf so etwas nicht vorbereitet«, erwidert Tommy grob, und so müssen sie sich mit Streichhölzern behelfen, einer langen Folge aufflackernder Flämmchen, so kurzlebig und gedämpft, daß er den mit dem Öl benetzten Körper nicht sehen muß. Er würde dieses Gesicht nie richtig sehen, hatte es nicht gesehen, als sie im Kreuzfeuer gestanden und versucht hatten, einander umzubringen, und er sieht es auch jetzt nicht, als Streichholz für Streichholz vor Wind und Nässe erlischt. Das lateinische Gemurmel der Gebete erscheint ihm völlig unpassend für einen Mann, von dessen Tod die Menschen, die zu ihm gehören, noch gar nichts wissen. Wer sind diese Menschen? Wer würde ihn vermissen? Wer würde ihn begraben?

Als sie die Straße hinunter auf ihr Auto zugingen, faßte er Ned am Arm. Aus dem Gebüsch trat eine Gestalt, ging langsam auf ihn zu, und einen Moment lang dachte er, einer der Kerle sei gekommen, um seinen Freund zu rächen. Doch ehe er noch nachdenken konnte, griff die Gestalt nach seiner Hand, zerquetschte sie fast und sagte:

»Ich bin sehr stolz auf dich ... Ich bin sehr stolz auf das, was du heute für Irland getan hast«, dann verschwand sie wieder in der Dunkelheit, und sie konnten es sich nur so zusammenreimen, daß dieser Mann ein Geist war, ein Phantom, das zu ihnen gesprochen hatte, um ihnen Mut zu machen.

»Was meinst du, wer das war?« fragte Tommy.

»Ein Schafhirte vielleicht ... unheimlich.«

»Ich habe immer gehört, daß in dieser Gegend die Kräfte der Dunkelheit wirken.«

»Geister und so.«

»Vielleicht hatten wir Glück, daß es ausgerechnet hier passiert ist.«

»Du und ich, wir sollten in Verbindung bleiben, Tommy«, sagt Ned.

»Ganz bestimmt«, sagt Tommy.

Er konnte nur ahnen, welche Probleme und Trennungen noch vor ihm lagen, ein zerstörtes Familienleben, kalter Angstschweiß in der Nacht, die Anrufe – »Wir wissen, wer du bist, und wir werden dich töten.« Und vielleicht würde ihnen das eines Tages auch gelingen.

»Hörst du das?« fragt sie. Sie spricht mit sich selbst, ist zugleich Sprechende und Hörende. Draußen bläst ein ungestümer Wind, ein warnender Wind, ein Wind, den nur die Furien entfacht haben können. Er tobt ums Haus, Bö auf Bö, das Heulen bedrohlich und zerstörerisch. Verschiedene Gegenstände klappern über den Hof, ein Eimer, ein Stück heruntergefallene Dachrinne, etwas Schweres, ein Schornsteinkopf – alles von der Wut des Windes davongefegt. Das Heulen hat zugleich hohe und tiefe Töne, als wollte es zu verstehen geben, daß alles auf zweierlei Weise ausgehen kann.

»Ja«, antwortet sie auf ein Klopfen an ihrer Tür. Aber er kommt nicht herein. Er ist nicht einmal da. Sie späht auf den Flur hinaus, wo auf dem Bambustisch die künstlichen Teerosen und eine kleine Statue des Jesuskinds gemeinsam erzittern.

»Mac«, ruft sie, aber er antwortet nicht. Sie eilt auf den Treppenabsatz und schaut aus dem Fenster, fürchtet, der Wind könnte die große Zeder entwurzeln, der Baum könnte vornüberkippen und das Haus beschädigen, ausgerechnet dieser Baum, von dem ihr Mann immer behauptet hatte, er würde das Haus beschützen. Die Spitzen der Nadelbäume ringen wild miteinander und verfangen sich. Wo war McGreevy jetzt? Wie viele Felder würde er noch überqueren können, bis sie ihn eingeholt hatten. Das Bild, das sie von ihm beschwor, zeigte ihn als ewigen Wanderer, unermüdlich vorwärts schreitend durch die nasse, eisige Nacht. So konnte er keinen Schaden nehmen und selbst keinen Schaden anrichten.

Sie schaltet das Licht ein, setzt sich aufs Bett und sieht schon die Fensterscheiben aus ihren Rahmen fallen, sieht jede einzelne von ihnen schwanken und fragt sich, welche der zwölf mundgeblasenen, stachelbeerfarbenen Scheiben wohl als erste nachgeben wird. Das Nordfenster hält dem Ansturm des Windes besser stand. Sie dreht den Kopf hin und her, um beide Fenster im Auge zu behalten.

Die Tür fliegt auf, und sie glaubt, daß er gekommen ist, wickelt sich eine Wolldecke um und geht ihm entgegen. Als sie seinen Namen ruft, geht das Licht aus, und die Dunkelheit und der Schreck lassen sie noch aufgeregter alle Zimmer durchsuchen. Die Hand, mit der sie die Kerzenflamme schützt, kommt ihr groß und grobschlächtig vor wie eine Männerhand. Das Zimmer, in dem er geschlafen hat, ist noch genauso leer und verlassen wie vor

Stunden, ein Geisterzimmer, und doch ist etwas von ihm zurückgeblieben, etwas, so schwach zu spüren wie ein kaum hörbares Summen der Fensterscheiben.

Hatte die Schwester ihr nicht geraten, die Tränen ruhig fließen zu lassen. Jetzt, wo sie auf seinem Bett sitzt, lösen sich endlich Tränen, und sie denkt, er hätte Creena eine Nachricht hinterlassen sollen, hätte sich wenigstens verabschieden sollen, und dann sieht sie ihn vor sich, vor allem seine Hände, seine so häufig gewaschenen rosigen Hände, wie er sie ans Gesicht führt, um sich für die Antwort auf eine ihrer Fragen zu sammeln oder seinen Rückzug anzuzeigen. In einem Punkt ist sie entschlossen. Sie wird ihr Haus an junge Leute weitergeben, sie können eine Art Jugendherberge für Reisende daraus machen, ein mit Leben erfülltes Haus. Hat er sie zu dieser Entscheidung gebracht, oder war es die stürmische Nacht? Nein, die Nacht war es nicht.

Dann das Geräusch seiner Schritte, seine Stiefel, sein Anorak, und schließlich sein selbst im gedämpften Kerzenlicht noch verstörtes Gesicht.

»Habe ich Sie erschreckt?« fragt er.

»Ich dachte, Sie würden ... Sie würden ...«

»Es ist eine furchtbare Nacht.«

»Aber Sie sind wieder da.«

»Nur für ein paar Tage, dann gehe ich endgültig fort.«

»Ich habe solche Angst gehabt ... habe mir Dinge vorgestellt ... Dinge ...« Doch sie beschließt, es nicht weiterzuverfolgen, ihm nicht zu erzählen, daß sie zu Creena und deren Mutter gefahren ist, um nach seinen Plänen zu fragen.

»Wahrscheinlich habe ich mir eine Lungenentzündung geholt.«

»Ich mache Ihnen gleich etwas Warmes zu trinken.«

»Nein, ich werde schlafen. Ich werde mich gesund schlafen.«

»Creena und ihre Mutter waren sehr gut zu mir.«

»Ja.«

»Sie ... haben mir ... etwas von Ihrem ... Leben erzählt ... wie Sie Ihre Frau verloren haben.«

»Ja.«

»Wie sie erschossen wurde.«

»Ja.«

»Und daß das Kind, das sie gestillt hat, sich an ihren Armreif geklammert hat.«

»Ja.«

»Sind Sie damals in Panik geraten?«

»Nein«, sagt er, und ungeachtet aller Vorsätze erzählt er ihr, wie er in seiner Zelle geschlafen habe, wie der Direktor und die Wärter ihn nicht hätten wecken können, wie sie in der Morgendämmerung seine Tür aufgerissen hätten, wie er es trotzdem nicht geglaubt habe, gedacht habe, es wäre bloß wieder eine ihrer Lügen, wie er darauf bestanden habe, daß sie ihm ein Radio brächten, und wie er es dann gehört habe, in den Sechs-Uhr-Nachrichten, wie der Sprecher gleich nach dem Zeitzeichen gesagt habe, im Alter von dreißig Jahren sei McGreevys Frau von zwei maskierten Männern ermordet worden.

»O Gott, wie schrecklich.«

»Ja ... Aber es ist die Qualität eines Lebens, die zählt«, erwidert er ruhig.

»Warum haben Sie gedacht, die Wärter wollten Sie belügen?«

»Weil sie uns ständig auf die Probe gestellt haben ... ständig versucht haben, uns zu brechen ... Das war ihr oberstes Ziel.«

Sie streckt die Hände aus, als könnte sie ihn einfach

berühren, nur dieses eine Mal, doch als er es bemerkt, rückt er ein Stück ab, dreht sich um und holt eine Zigarette aus der Tasche. Ihm setzt alles zu, die Enge dieser unheimlichen Nacht, Brennans Gerede vom Leichenbestatter, der heulende Sturm – und jetzt auch noch diese Frau, diese zitternde Frau mit ihren endlosen Fragen.

»Und dann haben Sie Ihr kleines Mädchen verloren?«

»Ja.«

»Wie war ihr Name?«

»Kitty.« Kitty. Zögernd, abgekürzt, als ob es ihm widerstreben würde, ihren vollen Namen auszusprechen.

»Ich bin nach unten gekommen, weil ich ... weil ich so unruhig war ... der Sturm, der junge Mann, den Sie geschickt haben, das leere Haus«, sagt sie und hofft noch immer darauf, daß er sich ihr wieder zuwenden wird.

»Es gibt gute Geister hier.«

»Ich hoffe es. Woran ist Ihr kleines Mädchen gestorben?«

»Ihr Herz hat versagt.«

»Waren Sie bei ihr?«

»Nein ... Sie war bei Verwandten.«

»Waren Sie ein guter Vater?«

»Ich hoffe es«, sagt er und bedeckt die Augen mit beiden Händen, als wollte er sagen: O bitte, laß sie nicht noch mehr Fragen stellen, laß sie nicht noch mehr von dem aus mir herausquetschen, was ganz allein mir gehört, laß sie nicht Türen aufstoßen, die ich selbst noch nicht gesehen habe, aber eines Tages sehen und durchschreiten muß.

»In ein paar Tagen bin ich verschwunden«, beteuert er noch einmal, um sie zu besänftigen, aber damit gibt sie sich nicht zufrieden. Sie will etwas ganz anderes. Warum zittert er so, warum hat seine Stimme einen so eigenartigen Klang, wo ist er gewesen, hat er seine dunklen, vermummten Kameraden gesehen, haben sie sich getroffen und Pläne ausgeheckt, sind sie in einem ganz normalen Haus zusammengekommen, mit einem brodelnden Wasserkessel auf dem Herd, oder in irgendeinem Dreckloch. Ist etwas vorgefallen?

»Reden Sie mit mir ... Reden Sie«, fleht sie ihn an.

»Manchmal kann ich nicht reden ... Ich kann es einfach nicht.«

»Wenn Sie ... Ihre Organisation ... verlassen würden ...«

»Ein anderer würde meinen Platz einnehmen, und nach ihm wieder ein anderer ... So ist das bei uns.«

»Ich bete«, sagt sie.

»Tun Sie's nicht ... Es gibt schon genug Leute, die für mich beten«, erwidert er scharf, sarkastisch, abrupt. Sie nimmt die Kerze vom kleinen Tisch und eilt hinaus.

»Sie haben viel für mich getan«, ruft er ihr nach, aber sie schaut nicht zurück.

Seine Augen sind trüb, und ihm ist noch nie im Leben so kalt gewesen. Welche Not hat ihn zurückgebracht? Warum ist er nicht bei Cassidy und den Ratten in der Hütte geblieben, warum hat er es nicht mit sich allein ausgemacht, in der gespannten Stille, ein Schattenbild seiner selbst?

Samt und Brokat sind auf einmal keine ausgefransten Relikte mehr, sondern Schätze von großer Schönheit, und die alten, gesprungenen Figurkrüge und Schäferinnen erstrahlen in der verträumten Verschwommenheit des Lampenlichts zu neuem Glanz. Selbst der Staub scheint sich aufgelöst zu haben, nur ein paar goldene

Körnchen flimmern im Licht. Im Kamin brennt ein Feuer, und der Sims ist mit Stechpalmen geschmückt. Weihnachtsstimmung verbreitet sich im großen Zimmer, und es gibt Decken, die sie sich über die Knie legen können.

Zweimal hat sie im Laufe des Tages an seine Tür geklopft, hat ihm Tee und etwas zu essen hingestellt, und beim drittenmal hat sie durch den Türspalt hineingespäht, hat ihn gesehen, wie sie ihn noch nie gesehen hat, wehrlos, vor sich hin murmelnd, unscheinbar. Er hatte sein Lager in den großen Wandschrank mit den Schuhen verlegt, schlief gekrümmt unter einem Regalboden, in muffiger Luft. Als es dunkel war, bat sie ihn herauszukommen.

»Es ist so friedlich«, sagt Cormac. Acht oder neun Stunden Nachtwache in einem von Dornsträuchern und Büschen getarnten Bodenloch mit einem feuchten Felsbrocken als einzige Sitzgelegenheit, das war tatsächlich keine besonders hektische Art, eine Winternacht zu verbringen.

»Hübscher Mond«, sagt er einige Zeit später. Irgendwie bringt ihn Matt, sein Vorgesetzter, dazu, diese idiotischen Dinge zu sagen. Der Mond hilft ihnen nicht im geringsten. Sie brauchen kein helles Mondlicht, sondern Dunkelheit, finsterste Dunkelheit, um sich ein klareres Bild von dem zu machen, was im Innern des Hauses vor sich geht.

»Dein Mondlicht kannst du dir von mir aus an den Hut stecken«, knurrt Matt und bringt das Nachtfernrohr so in Position, daß er hindurchschauen kann, ohne es ständig bewegen zu müssen. Er schärft Cormac ein, es nicht unnötig anzufassen, jedes Gerät könne schließlich irgendwann einmal unvermutet den Geist aufgeben.

»Ein tolles Ding«, sagt Cormac, der es für sein Leben gern anfassen würde.

»Jedenfalls besser als die beim Pferderennen«, entgegnet Matt und lehnt sich zurück, um Cormac hindurchschauen zu lassen. Er sieht ein Zimmer, aber verschwommen, wie von dem Schneegestöber in einem Briefbeschwerer verdeckt, nur daß alles grün ist, verschwommen und grün.

»Meinst du, er ist da?« flüstert Cormac.

»Das weiß ich genausowenig wie du.«

»Der kann doch nicht so verrückt sein, hierher zurückzukommen.«

»Verrückte Leute tun verrückte Dinge«, erwidert Matt.

»Warum ist alles grün?« fragt sich Cormac.

»Schalte das verdammte Ding ab... Es hat keinen Sinn, frühzeitig die Batterie zu verschwenden... Wir brauchen sie noch.«

»Meinst du?«

»Ja, mit Gottes Hilfe.«

Sie sitzen Seite an Seite. Matt streckt seine Ellbogen wie Ruder heraus und rückt endlos hin und her, bis er eine bequeme Haltung gefunden hat. Die jungen Burschen müssen lernen, auf Ältere Rücksicht zu nehmen und sich klein zu machen, wenn es eng wird.

»Er soll ein stiller Mann sein... In einem Interview hat einer der Gefängniswärter gesagt, er sei ein vorbildlicher Gefangener gewesen... habe nie die geringsten Schwierigkeiten gemacht, sondern sogar für die anderen genäht, Knöpfe angebracht und Jeans geflickt...«

»Ja, und in der Stadt für eine Stromsperre gesorgt und mit einem Bagger hundert Kilogramm Sprengstoff ins Gefängnis schmuggeln lassen, um seine Flucht vorzubereiten.«

»Was ist passiert?«

»Was passiert ist! Er ist im Dunkeln festgenommen worden.«

»Ein Lehrer war von ihm ganz begeistert.«

»Wirst du wohl aufhören mit dem Gequatsche.«

»Entschuldigung.«

In der Stille hören sie Kühe grasen, beharrlich und sanft an den Gräsern rupfen und manchmal schnauben oder stöhnen.

»Entschuldigung, Matt«, wiederholt Cormac nach einer halben Ewigkeit. Er mag den Mann, möchte, daß auch er ihn mag, weiß, daß er nur deshalb mitgeschickt worden ist, weil Eamon gerade Grippe bekommen hat.

»Laß nur, es war meine Schuld ... Ich bin bei solchen Einsätzen immer ein bißchen nervös«, lenkt Matt ein, und um es wiedergutzumachen, zeigt er auf die Thermosflasche und fügt mit barscher Stimme hinzu: »Kannst was von der Suppe haben.«

»Eamon hätte das bestimmt besser gemacht«, sagt Cormac scheu.

»Soll das heißen, daß du lieber nicht hier wärst?«

»Ich weiß nicht.«

»Sprich weiter ... Gib's ruhig zu ... Dir gefällt der Nervenkitzel.«

»Wahrscheinlich ... Aber ich kenne welche, die würden lieber im Studierstübchen sitzen und büffeln.«

»Ja, die kenne ich auch nur allzugut ... diese Idioten ... Und ehe du dich's versiehst, sind sie schon befördert ... Die würden bei so was ohnmächtig werden ... Die haben es nicht nötig, nachts in einem Dreckloch zu sitzen ... Für die ist alles nur Theorie ... Die kennen die gesamten Straßenverkehrsgesetze und was weiß ich noch auswendig ... Ganz zu schweigen von der systematischen

Auswertung von Indizien, der Charakterstruktur von Kleptomanen und den Fragen, die bei einer anonymen Bombendrohung zu stellen sind: ›Wann wird die Bombe explodieren, wo ist sie jetzt, wie sieht sie aus, und um was für eine Art von Bombe handelt es sich, wenn ich bitten darf?‹ Dieser Schwachsinn!«

»Du bist ein Mann der Tat«, sagt Cormac und denkt, die Dinge entwickeln sich gut, ich schmecke schon die Suppe auf der Zunge.

»Und dann geht's natürlich auch um die Stimme des Anrufers. Ist sie ruhig, nasal, zornig, aufgeregt, krächzend, gebrochen, klar, undeutlich, lallend und so weiter, wo es doch eigentlich bloß darauf ankommt, loszuziehen und diese Scheißkerle einzufangen. Dann kann man immer noch herausfinden, was für eine Stimme sie haben.«

»Trotzdem werden die Streber am schnellsten befördert.«

»Natürlich. Aber wenn du sie mal an ein echtes Problem setzt, sind diese Idioten zum Scheitern verurteilt ... Keine Begabung ... Nicht ein Fünkchen Talent.«

»Ich habe auch immer Angst, zu versagen.«

»Ah ... Du hast das Zeug zu einem guten Polizisten, du hast es im Blut, Cormac.«

»Danke. Danke, Matt«, sagt Cormac und fragt sich erst im stillen, bis er sich endlich traut, es auch auszusprechen: »Ich frage mich, ob er tatsächlich so ein Desperado ist, wie die Leute sagen.«

»Na ja, auf keinen Fall ist er der Weihnachtsmann.«

»Ich hatte mal eine Freundin aus dem Norden. Sie hat schreckliche Dinge mit ansehen müssen ... Einmal ist sie mit einem Freund im Auto zum Tanz gefahren, sie wurden angehalten, und ihr Freund wurde an den

Haaren aus dem offenen Fenster gezerrt ... Dann haben sie ihn getreten und geschlagen und halb tot liegengelassen. Und als sie dann am nächsten Tag zur Polizei gegangen ist, um sich zu beschweren, hieß es, zu der Zeit wäre in der Gegend gar kein Streifenwagen unterwegs gewesen.«

»Da oben im Norden herrscht eben offener Krieg. Und hier unten bei uns ist es ein halboffener Krieg«, sagt Matt, schraubt die Thermoskanne auf und gießt Suppe in die Plastiktasse.

»Nach dir.«

»Mach schon ... Dir ist kalt ... Du zitterst.«

»Frierst du denn nicht?«

»Diese Jacke ist wie ein Brutkasten.«

»Ja, ich habe sie schon heimlich bewundert.«

»Weißt du, wieviel die gekostet hat? Dreihundert Piepen.«

»Gott.«

»Wenn du über zwanzig Jahre dabeibleibst, bekommst du auch so eine.«

»Ist sie grün oder schwarz?« fragt Cormac und fährt mit den Fingern über den Stoff.

»Grün, zur besseren Tarnung.«

»Hält sie warm?«

»Bullig warm ... Ich werde mir doch in meinem Alter keinen nassen Hintern mehr holen.«

»Vernünftig«, sagt Cormac und lobt die Suppe, noch ehe er davon gekostet hat.

»Hast du Hunger?«

»Ich habe immer Hunger. Einmal war ich sogar in einem Hotel und habe Lamm mit Sauce provençale gegessen.«

»Was hast du denn in einem Hotel gemacht?«

»Ich war bei einer Modenschau.«

»Donnerwetter.«

»Der Salat war mit Himbeerdressing angemacht, und die Vanillesoße zum Nachtisch hat gebrannt ... Absichtlich. Kann deine Frau gut kochen?«

»Die gute, einfache Küche.«

»Das ist das wichtigste.«

»Cormac, du bist ein netter Junge, aber manchmal habe ich den Eindruck, du bist nicht ganz dicht. Was zum Teufel wolltest du denn auf einer Modenschau?«

»Meine Schwester hat mich mitgeschleppt ... Sie wollte unbedingt den Conférencier eifersüchtig machen.«

»Gott, so etwas habe ich ja schon seit Jahren nicht mehr gehört.«

»Sie ist jetzt in Deutschland, hat einen Engländer geheiratet ... einen Soldaten. Meine Eltern waren stinksauer ... Sie haben nichts gesagt, aber bei der Hochzeit haben sie kein einziges Mal gelacht, und auf dem Gruppenfoto haben sie nicht gelächelt.«

»Na ja, viel schlimmer wär's gewesen, wenn sie einen von den Verrückten geheiratet hätte, denen wir auf den Fersen sind«, sagt Matt und gibt Cormac mit einem Blick auf das Fernrohr zu verstehen, daß es an der Zeit sei, wieder einmal ein Auge auf das Haus zu werfen.

Er sieht etwas. Erst etwas Verschwommenes, wie Seifenschaum, dann kommt eine Gestalt in Sicht.

»Ich sehe jemanden.«

»Sag bloß!«

»Eine Gestalt ... Eine Gestalt, die sich bewegt.«

»Du Affe! Hat sie zwei Arme, zwei Beine und einen Kopf?« fragt Matt und schiebt ihn grob zur Seite. Mit gelöstem Haar betritt die Frau das große Zimmer und stellt einen Gegenstand auf den Tisch, eine Lampe. Dann geht sie zum Fenster, um die Läden zu schließen. E- flucht, atmet aber gleich darauf erleichtert auf, denn sie klappt nur die eine Hälfte der Läden zu. Anschließend nimmt sie auf einem der niedrigen Sessel Platz, nach vorn gebeugt, die Knie zum Boden geneigt, wie eine Frau, die erwartet, daß ihr der Erzengel Gabriel erscheinen wird.

»Sieht aus, als würde sie mit Gesellschaft rechnen«, sagt Matt.

»Laß mich auch mal«, fordert Cormac, entzückt darüber, daß sie endlich etwas Handfestes zu sehen bekommen.

»Zumindest ist sie nicht gefesselt«, sagt er und ist erstaunt, daß er das Zimmer auf einmal so deutlich sehen kann.

»Vielleicht nur deshalb nicht, weil sie seine Komplizin ist.«

»Merkwürdig.«

»Das ist nicht merkwürdig, sondern makaber«, knurrt Matt und schiebt sich wieder vor das Fernrohr.

»Aber wenn wir jetzt neunzehnhundertsechzehn hätten, wärst du auf ihrer Seite.«

»Das ist etwas ganz anderes ... etwas ganz anderes ... Diese Kerle hier haben überhaupt kein Gewissen, keine Ideale. Alles, woran die glauben, sind Geld, Waffen und Mord.«

»Trotzdem ist es traurig.«

»Nein, es stinkt zum Himmel. Denk doch bloß an all die Toten, an die Verstümmelten, die zerstörten Familien, die ausgebrannten Häuser ... Wir alle riskieren täglich unser Leben ... Das darfst du nie vergessen.«

»Aber die im Hungerstreik waren, die haben doch eine harte Zeit durchgemacht ... Sogar der Papst hat ihnen eine Botschaft geschickt.«

»Böse Menschen, Cormac ... böse Menschen«, sagt Matt und nimmt kurz hintereinander zwei große, gierige Bissen von seinem Sandwich.

»Meinst du, sie werden einfach aussterben?«

»Die einzigen, die diese Krakeeler zum Schweigen bringen können, sind die ganz normalen Leute. Erst wenn die eines Tages sagen, wir haben genug, wird der ganze Spuk ein Ende haben. Aber die kleinen Leute werden täglich mit hineingezogen ... haben Angst ... werden bedroht ... ergeben sich dem Terror dieses Gesindels.«

Vor diesem Wort scheut Cormac zurück. Zu Hause in Kerry hängt ein grün-goldenes Gemälde der Helden von 1916, von Flammen versengt und rauchgeschwärzt. Er sieht es ganz deutlich vor sich, und er erinnert sich auch daran, wie er als Kind hochgehoben und aufgefordert wurde, die Namen der Beteiligten aufzusagen, und wie er dafür gelobt wurde, wenn er sie alle aufzählen konnte.

»O Gott ... Er ist da ... in dem Zimmer ... Ich habe es doch gleich gewußt ... Die anderen meinten alle, er sei längst in den Bergen ... Aber er ist in dem Zimmer ... in dem verdammten Zimmer«, stammelt Matt aufgeregt. Der begrenzte Raum des Verstecks und seine Uniform scheinen ihn fast zu erdrücken, als er nach dem Funkgerät greift und hastig hineinspricht, sein Tonfall ein merkwürdiger Sprechgesang.

»Tango, eins-zwo-drei, bitte kommen ...« schreit er hinein.

»Ich will ihn auch sehen«, sagt Cormac und zwängt sich vor das Fernrohr, um die lebende Legende in Augenschein zu nehmen, den modernen Cúchulainn, doch was er zu sehen bekommt, ist ein Mann, der deutlich kleiner ist als er selbst und in kurzen Ärmeln im Zimmer steht, unsicher inmitten all der Pracht.

Zuerst weist er den angebotenen Drink zurück, sagt, es verstoße gegen die Regeln, und gibt erst nach, als sie sagt allein zu trinken würde ihr ganz gewiß Unglück bringen Außerdem ist der Drink harmlos, Nelken in heißem Wasser mit einem Schluck Port. Die Gläser sind so heiß, daß sie sie kaum halten können. Er bläst über die Oberfläche, ohne den Blick von ihr zu wenden, beobachtet sie mit jungenhaftem, vorsichtigem Blick, um ja nichts falsch zu machen. Sie schaut auf seine Hüfte. Er trägt keine Waffe. Aus Respekt vor ihr, denkt sie. Sein Körper, den sie bisher noch nie genau betrachten konnte, sieht hager aus und schlecht genährt. Sie sitzt kerzengerade in ihrem Sessel und hofft, daß er sich zu ihr setzen wird. Er trägt einen Schal um den Hals wegen der Halsschmerzen, einen von ihren Schals, den er unter der Treppe gefunden hat, cremefarben mit schwarzen Fransen. Der Drink schmeckt warm und süß und rutscht wie geschmolzenes Gelee ihre Kehle hinunter, um ihr dann gleich zu Kopf zu steigen und dort eine Art Jubelstimmung auszulösen.

»Ich habe das Feuer und die Lampe angemacht, weil mein Haus wieder mir gehört ... Sie sind ja fort«, sagt sie.

»Ich hätte längst gehen sollen«, erwidert er ernst und führt den Husten an, der ihn aufgehalten hat.

»Stellen Sie sich vor, diese Flasche hat all die Jahre hier gestanden«, sagt sie und hält den Port hoch, grauschwarz vor Schimmel und mit klebrigen Spinnweben bedeckt.

»Und wie kam das?«

»Weiß der Himmel ... Ich habe früher alle Flaschen vor meinem Mann versteckt«, sagt sie, und in ihrer Stimme klingt fast Bedauern mit.

»War James denn Trinker?« fragt er und prostet ihr zu, ehe er seinen ersten Schluck nimmt.

»Ja, und zwar von der falschen Sorte«, sagt sie, und ihr

Kopfschütteln scheint all die sinnlosen Jahre des Zorns zu neuem Leben zu erwecken.

»Ich habe das oft miterlebt ... War in Häusern zu Gast, in denen die Frau froh war, mich dazuhaben, weil es ihren Mann davon abhielt, ihr weh zu tun.«

»Und gehen Sie in diese Häuser zurück?«

»Manchmal.«

»Zu diesen Frauen?«

Einen Moment lang sieht er gekränkt aus, dann schüttelt er den Kopf und sagt: »Nein, nichts dergleichen ...«

»Niemals?«

»Wissen Sie, ich lebe immer noch mit meiner Frau zusammen ... Sie ist ...« Aber er kann sich nicht überwinden, ihr zu sagen, daß sie mit ihm in diesem Zimmer ist. Statt dessen starrt er in die Ferne, betrachtet die Lampe, die roten Wände, die Sodasiphons, die in ihren Metallkörben blitzen wie alte Erbstücke und alles um sich herum zu versilbern scheinen.

»Woher kennen Sie den Namen meines Mannes?« fragt sie, und einen Moment lang ist er verlegen, die dünnen Falten auf seiner Stirn vertiefen sich, als wären sie mit einem Messer eingekerbt.

»Ein junger Bursche ... Er kam hier aus der Gegend ... Padraig ... Er hat mir erzählt, wie Ihr Mann ums Leben kam.«

»Padraig?«

»Paud ... Er lebt jetzt im Norden ... rotes Haar ... leicht reizbares Wesen ... Als ich ihn kennenlernte, hat er mir dieses Haus sehr genau beschrieben ... sogar das Zimmer, in dem wir jetzt sind ... Er sagte, Sie hätten ihn bei sich aufgenommen ... Sie seien wie eine zweite Mutter für ihn gewesen ... Er nannte Sie Cliadhna, Feenkönigin von Munster ... Er hat sie sehr verehrt.«

»Er hat immer alles falsch verstanden.«

»Aber das Herz hat er trotzdem auf dem rechten Fleck.«

»Und Ihr Herz?« fragt sie abrupt.

»Schlägt dafür, endlich wieder zu Hause zu sein.«

»Können Sie denn nicht einfach nach Hause gehen?«

»Nein«, antwortet er mit tonloser Stimme.

»Was ist dort . . .?«

»Die Gräber sind dort . . . der Vater, die Frau, das Kind, der Bruder . . . Alles ist dort.«

»Dann sind Sie ganz allein.«

»Das bin ich gewohnt.« Plötzlich fängt er an zu pfeifen. Sie nimmt es als eine Art Zeichen, eine Melodie, die ihr vage bekannt vorkommt, ausdrucksvoll, aufwühlend und wehmütig.

»Wie heißt das Lied?« fragt sie und verbeugt sich leicht, um ihre Dankbarkeit zu zeigen.

»Der heilige Heimatgrund –«

Übers salzige Meer wirst du segeln,
Doch einst gibt's ein Wiedersehn.
Die Geliebte wirst du wiederfinden und
Auf dem heiligen Heimatgrund stehn.

»Sie könnten alles aufgeben . . . ein neues Leben führen.«

»Das weiß ich«, sagt er und hält einen Moment lang inne, als würde er über die zwei verschiedenen Arten der Existenz nachdenken, die der Felder, Hütten, Waffen und die des Inneren, des sicheren Inneren.

»Essen Sie doch etwas«, sagt sie und schiebt ihm den Teller mit den Sandwiches hin.

»Tausend Dank«, entgegnet er, läßt den Teller jedoch unberührt.

»Sie essen wie ein Spatz.«

»Hunger ist so ungefähr das letzte, was man spürt.«

»Und was spürt man als erstes?« fragt sie und wartet.

»Sie kriegen mich doch noch unter«, lacht er, ohne ihr eine Antwort zu geben. Dann schaut er sie ernst an und fügt hinzu: »Glauben Sie bloß nicht, mir würde nichts an solchen Dingen liegen ... Wärme, Essen, menschliche Gesellschaft ... Es ist schön, hier zu sein ... An vielen Abenden bin ich an so einem Haus vorbeigegangen, habe hineingeschaut und mir gewünscht dazuzugehören.«

»Fühlen Sie Haß?« fragt sie.

»Ich kann nicht behaupten, daß es Haß ist«, erwidert er. »Aber die britische Armee marschiert durch unsere Straßen, und ich weiß, daß das nicht richtig ist ... Dagegen können Sie sagen, was Sie wollen, es ist einfach nicht richtig ... Was meinen Sie, was geschehen würde, wenn irische Soldaten durch ihre Straßen und Grafschaften patrouillieren würden?«

»Was ist das?« sagt sie, sagt er, ihre Worte überschneiden sich. Blitzschnell springt er auf, packt sie und zieht sie mit dem Gesicht nach unten zu Boden, sagt ihr, sie solle die Hände über den Kopf legen. Da ist es wieder, das Quietschen eines Fensterriegels, der geöffnet wird.

»Schießen sie gleich, oder warnen sie uns vorher?« flüstert sie.

»Sie haben nichts zu befürchten«, sagt er. Seine nackten Arme liegen stark und geschmeidig auf ihren, sein Atem fächelt leicht über ihr Gesicht.

Aus dem verputzten Sims kommen zwei Wespen, jagen einander summend in wahnsinniger Raserei.

»Ach, wie dumm«, sagt sie, verharrt aber noch einen Augenblick in seinem Griff, in Reichweite seines Murmelns.

»O Gott, Matt«, stöhnt Cormac beschämt.

»Was ist?«

»Er faßt sie an.«

»Was? Wo?«

Gemeinsam drängeln sie sich vor dem Fernrohr und schubsen einander zur Seite, um einen Blick zu erhaschen, sehen beide, daß der Mann und die Frau auf dem Boden liegen. Ein Mann, der drauf und dran ist, eine schlimme, grausige Tat zu begehen, sich in letzter Minute noch ein grausames Vergnügen zu holen.

»Oh, das arme Mädchen ... oh, das arme Mädchen«, sagt Matt, als er sieht, wie sie zu Boden geht und der Mann sich auf sie stürzt.

»Ich will auch was sehen«, beschwert sich Cormac in beleidigtem Ton.

»Bist du verheiratet?«

»Ich habe eine Freundin.«

»Du verstehst, was ich meine ... Bist du verheiratet?«

»Gewissermaßen«, sagt Cormac und zitiert »Vögel tun es, Bienen tun es« aus dem Lied.

»Das ist ja ekelhaft«, sagt Matt und schlägt wütend auf das Fernrohr.

»Dieser Bursche ist ein echter Lebemann«, staunt Cormac und versucht, noch einen Blick zu erhaschen.

»Das ist eine Orgie ... eine Orgie«, sagt Matt, als sie sehen, daß sich die beiden Gestalten wieder erheben und wie wild durchs Zimmer springen, sich einander annähern und abwehren wie Liebende.

»Mach dich bereit«, sagt Matt, befreit sich aus seiner schweren Jacke und streckt sein eingeschlafenes Bein.

»Was hast du vor, Matt?«

»Wir werden unsere Magazine leerfeuern ... Dafür werden wir schließlich bezahlt«, sagt er, zieht die Waffe aus seinem Halfter und schiebt mit dem Arm ihre Tarnung aus Dornsträuchern und Zweigen zur Seite.

»Wir sollten sie rauslassen«, sagt McGreevy, greift nach einer alten Zeitung und jagt die Wespen, die wild durchs Zimmer summen, auf- und niederkreisen, hinter den Schnörkeln und Girlanden aus Stuck verschwinden, um gleich darauf wieder empört auf ihn zuzuschwirren, sich schließlich dem offenen Fenster nähern, doch vor der Kälte zurückschrecken und in den hinteren Teil des Zimmers flüchten, so daß er sich vergebens bückt und nach ihnen springt, mit der Zeitung wedelt und dabei die widerspenstigen Insekten ebenso verflucht wie seine eigene Ungeschicklichkeit.

»Auf mich ist mal ein ganzer Bienenschwarm losgegangen«, sagt er.

»Wo war das?«

»In West Meath.« Das klingt, als wäre er, wie jeder andere x-beliebige Mann, abends zu einem Tanz oder einem Kartenspiel unterwegs gewesen.

Die kalte Luft macht sich breit, klar, würzig, belebend. Das und die Vorstellung, daß sie so alarmiert gewesen waren, so besorgt und nervös, hat beide gesprächig gemacht. Jetzt kann sie fragen, was sie immer noch beschäftigt.

»Als Sie Ihre Frau verloren haben, sind Sie da in Panik geraten?«

»Nein ... erst als sie mich in Handschellen zu meiner Kitty geführt haben ... Sie haben den Sarg und ihr Totenhemd auf Sprengstoff untersucht, dann haben sie mich hineinschauen lassen, um mich von ihr zu verabschieden, aber ich konnte nicht, ich dachte nur: ›Scheiß drauf, wenn sie das unter Mitleid verstehen, haben sie immer noch nichts kapiert.‹«

»Ihre Frau und das Kind sind Ihnen also am nächsten?«

»Ach, nein ... Wissen Sie, die Mutter ...« Die Zartheit seines Geständnisses läßt sie einen ganz kurzen Blick auf seine geheime Quelle erhaschen.

»Wie viele Jahre waren Sie im Gefängnis?«

»Fünfzehn, fast sechzehn – bis jetzt.«

»Das Irland, dem Sie nachjagen, ist ein Traum ... Es existiert nicht mehr ... ist längst verloren ... wurde mit O'Leary begraben.«

»Niemand, der bei klarem Verstand ist, möchte mein Leben führen, aber ich bin bei klarem Verstand«, sagt er. Etwas Störrisches, Jungenhaftes, Einsames, Zartes liegt in dem Lächeln, mit dem er sie ansieht, als ob es noch etwas gäbe, was er ihr gern sagen würde. Was könnte es sein?

Das Öl in der Lampe ist fast verbraucht, nur ganz unten am Boden klebt noch ein wenig roter Schaum, und sie denkt, daß das Licht gleich verlöschen wird. Sie beschließt, ihn jetzt darum zu bitten.

»Gehen Sie bitte nicht vor morgen.«

»Warum?«

»Ich bitte Sie.«

»Bitten Sie mich um nichts.« Sein Tonfall ist grob, seine Lider zucken, und er denkt daran, daß draußen, wenige Felder entfernt, sein Auftrag wartet und jeder Aufschub, jede Verzögerung seiner Flucht ein ernstes Risiko bedeutet.

»Ich habe Angst.«

»Bitten Sie mich um nichts.«

»Ihnen kann wohl niemand jemals nahekommen ... ganz egal, wie sehr man sich um Sie bemüht.«

»Vielleicht haben Sie recht ... Aber für uns ist niemand

da, wir haben nur uns selbst.« Seine Stimme klingt einsam, leise, liturgisch. Das Zittern, das von ihr ausgeht, erreicht ihn und kommt noch geisterhafter und kälter zu ihr zurück.

»Ihnen ist kalt«, sagt er.

»Nein, die Kälte ist es nicht«, sagt sie und wendet sich ab.

Sie hat die Ketten auf der Treppe gehört, hat es gehört, ohne danach gelauscht zu haben, das Klirren der Ketten in der frostigen Luft.

Der Tod ist bereits da, glüht wie ein schwarzer Stern, ein sanfter schwarzer Stern, der an seinen eisernen Zacken die Stufen hinaufgezogen wird.

Im Schlafzimmer schneidet sie ihr Haar, setzt die stumpfe Schere eilig und willkürlich an. Grauschwarze Strähnen fallen auf ihr Bett. Sie sehen aus, als gehörten sie einer anderen Frau, einer ihrer Vorfahrinnen, jenen knorrigen, rührseligen Leuten, denen sie immer hatte entfliehen wollen.

Sie schneidet und schneidet, sucht mit den Fingern der anderen Hand die Strähnen zusammen und bündelt sie, um sie abzuknipsen und aufs Bett fallen zu lassen.

Würde sie sich selbst nach dem Grund fragen, wüßte sie, warum. Zuerst will sie es nicht wissen, dann fragt sie sich doch. Es hängt mit etwas zusammen, was er gesagt hat. Daß er sich, wenn der Kampf vorüber und das Land vereint sei, Kinder wünschen würde. Es klang nicht unwahr, als er es sagte, und doch nicht so, als würde es je geschehen. Und dennoch, als sie es ihn sagen hörte, stieg eine große, verrückte Sehnsucht in ihr auf, die Sehnsucht, wieder jung zu sein und Kinder zu bekommen.

»Deshalb schneide ich mein Haar ab«, sagt sie zu dem

erlöschenden Licht in sich selbst und den Schatten im Zimmer, zu einer enteilenden Welt, die keine Zeit hat für die Alten und auch nicht sehr viel Zeit für die Jungen. Trotz. Züchtigung. Oder war es ein Abschied?

Ohne es geplant zu haben, greift sie eine Strähne heraus und trägt sie zu der Blechdose, in der sie den Umschlag mit der Aufschrift »Erst nach meinem Tode zu öffnen« aufbewahrt. Die Polizei hatte die Dose aufgemacht, aber nur Heiligenbildchen gesehen und sich nicht weiter damit abgegeben. Sie braucht nicht zu lesen, was in dem Umschlag steht, sie weiß es. Eines Tages wird ihn jemand öffnen, wird sich auf den Fenstersims setzen und lesen:

Ich war nicht bereit für ein Kind. Die Wiege, die er aus dem Keller heraufgeholt hat, war das Trostloseste, was ich je gesehen habe. Sie gehörte seinen Leuten, war mir völlig fremd. Ich konnte mir nicht vorstellen, diese Wiege zu schaukeln. Die Frau, zu der ich ging, wohnte zwanzig Meilen entfernt. Sie fragte mich nicht nach meinem Namen. Sie fragte auch nicht, was ich wollte, sie wußte es schon. Onnie wurde sie genannt. Sie hatte keinen Nachnamen. Ihr Schornstein rauchte. Daran, so sagte man mir, würde ich das Haus erkennen, ein altes Pförtnerhaus mit rauchendem Schornstein, hinter Eiben versteckt. Bin mit dem Fahrrad hin-, aber nicht zurückgefahren. Drinnen roch alles nach Rauch. Sie gab mir eine Arznei, irgendein braunes Zeug, das ich aus einem Emailbecher trank. Dann legte ich mich auf ein Feldbett, und sie holte den Draht und begann, in mir herumzustochern. Wenn ich schreien würde, sagte sie, würde sie sofort aufhören. Sie gab mir etwas, woran ich mich festhalten sollte. Es war ein Maschenkorb mit einem Blechei, und wenn man darauf drückte, ging die Schale auseinander, und es kam ein quiekendes Küken heraus, ein Küken aus gelbem Stoff. Ich versuchte mir vorzustellen, daß der Draht das Küken aufspießte, nicht mich. Ich war innen ganz wund. Aber ich wußte, wenn ich schrie, würde sie aufhören. Sie hatte es mir gesagt. Also drückte ich immer wieder auf das Ei, ließ das Küken erscheinen. Dann spürte ich, wie etwas aus mir herauszuquellen begann, wie ein frisch gegrabener Brunnen. Ich dachte nicht an meinen Mann. Er war weit fort. Wie wenig wir doch wissen. Wie wenig wir doch wissen. Ein Bekannter der Frau fuhr mich zurück, das Fahrrad auf das Dach des Wagens geschnallt.

Die kleine Brid hat Lunte gerochen. Hat mich zitternd hereinwanken sehen und nichts gesagt. Hat das Kaminbesteck poliert. Hat an die Klotür geklopft und gesagt, draußen sei jemand für mich.

Der erste Blutstropfen war dunkel und dick, wie ein schwarzer Käfer, der sich nicht wegspülen ließ. Mit jedem Schwall Wasser wurde er heller. Aber irgendwann war die Zisterne leer.

»Es wäre niemals richtig gewesen«, sagte ich mir.

Draußen wartete eine Zigeunerin, die schon einmal dagewesen war. Ich hatte ihr Sandalen und ein paar abgelegte Kleider geschenkt. Brid meinte, ich müsse zu ihr gehen und ihre Hand mit Geld kreuzen. Sie sagte, alles würde gut, wenn ich die Hand der Frau mit Geld kreuzen würde.

»Gib ihr einen Shilling«, sagte ich.

»Ich habe keinen Shilling«, erwiderte Brid.

»Gib ihr, was wir haben.«

Später hat sie eimerweise Wasser von der Pumpe hergetragen und vor die Tür gestellt. Sie hat es gewußt.

»Kommen Sie doch raus, Missus«, flehte sie laut.

Ich blutete wie ein Schwein. Brid brachte Handtücher, erst eins, dann ein zweites. Sie half mir nach oben. Wie man sich bettet, so liegt man – in blutgetränkten Betten.

Meile für Meile müssen sie fahren, auf zweispurigen und geteerten Straßen, auf Schotterwegen und schließlich über die Paßstraße, die kaum breit genug war, um zwei Autos aneinander vorbeizulassen. Ross haßte das Land. Sobald er die Stadt und die Vororte verließ, fühlte er sich verloren, ihm fehlten die Läden, die Kinderwagen und der Geruch nach Fish and Chips. Er hatte keine Ahnung, wohin er fuhr. Man hatte sie zu einem dringenden Einsatz gerufen; so lief das immer. Ein wildes Land, das mit jeder Minute wilder wurde. Was trieb die Leute, freiwillig hier zu leben? Was trieb diejenigen, die es einmal verlassen hatten, je wieder zurückzukehren? Hütten, Katen, kleine Höfe, eingehüllt in Dunkelheit, Hunde, die sich wie wütende Hyänen auf den Jeep stürzten, ihm bellend nachliefen und schließlich aufgaben. Eine große Müllhalde. Berge, die den Himmel streiften. Kein Licht, nur Dunkelheit und Düsternis. Ein Friedhof mit großen Grabsteinen, hoch über dem nächsten Ort. Acht Männer, die sich, vier auf jeder schmalen Bank, im Jeep gegenübersitzen. Foley, der die Gegend kennt, weist auf Besonderheiten hin, auf einen Wasserfall, auf eine Anstalt, auf die nach berühmten Männern – Hurlingspielern oder Patrioten – benannten Pubs.

»Seht euch den Pub an«, sagt er und zeigt auf ein verwittertes Gebäude an einer gottverlassenen Kreuzung. »Im Haus kann man noch zwei Einschußlöcher sehen ... Die '*Tans* haben dort durch eine Toilettentür geschossen ... Sie haben einen Mann erwischt.«

Geschichtsfetzen, Heimatschnipsel. Sie sind alle nervös und angespannt, ohne es offen zu zeigen, auch wenn es jeder auf seine Weise verrät, durch einen Tick, ein schrilles Lachen, das laute Zerknacken einer Cola-Dose. Der Frischvermählte wünscht sich nichts sehnlicher, als mit seiner Frau im Bett zu liegen, einige andere wollen diesen Adrenalinrausch um nichts auf der Welt verpassen. Die niedrigen Hügel und Felder liegen vor ihnen ausgebreitet wie eine Patchworkdecke, durch Steinmauern geteilt. Gottverlassen.

Ross sitzt neben einem gleichaltrigen jungen Polizisten, mit dem er noch kein Wort gewechselt hat. Der Mann ihm gegenüber scheint über etwas Wichtiges nachzudenken. Die anderen zeigen ihm großen Respekt, wiederholen ehrerbietig seinen Namen, Sergeant Cleary, auch wenn er selbst beharrlich schweigt. Er kann nicht sprechen. Er denkt an das letztemal und daß er nun schon wieder gerufen wurde. Zwei Einsätze innerhalb weniger Monate.

»Ich bin der einzige hier, der schon einen von ihnen erschossen hat«, sagt er sich im stillen und weiß, daß Foley es weiß und deshalb zu ihm aufschaut. Aber Foley weiß nicht alles. Zum Beispiel weiß er nicht, daß seine kleine Tochter Dolores ihn gefragt hat, ob er echte Patronen benutzt, und weinte, als er ihre Frage bejahen mußte. Niemand weiß, was er gefühlt hat, als er auf den Abzug drückte, und wie ihm später zumute war, als er den Jungen auf der Straße liegen sah, sein Fluchtauto ohne ihn verschwunden, tot und doch nicht tot, hirntot, aber noch zuckend und atmend. Er hat versucht, es aus seinen Gedanken zu verdrängen, es auszulöschen, und es ist ihm gelungen, außer auf einer Hochzeitsfeier, bei der er einen über den Durst getrunken und jemand das Lied von Kevin Barry angestimmt hat.

Kevin Barry war ein junger Mann,
Ein junger Mann war er.
Kevin Barry gab sein junges Leben
Für die Sache der Freiheit her.

Die Lieder setzen einem zu. Gewiß, er würde es wieder tun. Und vielleicht würde er es sogar noch vor dem Morgengrauen wieder tun müssen. Der Polizeichef hat ihn für die Vorhut ausgewählt, weil er ein so guter Schütze ist. Vier übereifrige Engländer und zwanzig oder dreißig Iren eilen zur Front. Auf der anderen Seite stehen ein einzelner Bewaffneter und eine alte Frau. Er könnte sie als Geisel einsetzen, sie vor sich die Treppe hinunterschieben oder auf ein Dach zerren. Es hieß, sie habe für ihn Sympathie entwickelt. So etwas kommt hin und wieder vor. Frauen. Sentimentale Typen. Der Polizeichef hatte ihn ins Bild gesetzt, hatte ihn kurz vor Mitternacht angerufen und gesagt, das Frühstück sei serviert. Frühstück. Das war das Codewort. Ihm war übel geworden.

»Seht ihr den See dort ... Dort habe ich mal Muscheln gefangen ... Aber es waren Teichmuscheln, die kann man nicht essen«, sagt Foley.

»Ich hätte gern eure Hilfe«, sagt Fogarty, der neben ihm sitzt, über ein Kreuzworträtsel gebeugt.

»Es scheint hier oben ja viele Seen zu geben«, meint ein anderer.

»Jede Menge ... Unsere Gegend ist berühmt für ihre Seen«, sagt Foley und zeigt auf das Wasser, die Wasservögel, das zarte Schilf, die Schönheit der Landschaft.

»Meeresgott. Pikant belegte Weißbrotscheiben. Blindwütiges Töten, vorne ein A, hinten ein K«, liest Fogarty die ersten drei Aufgaben vor.

»Neptun«, ruft Hanrahan, und Fogarty schreibt den Namen des Meeresgottes an die vorgesehene Stelle.

»Wie heißt du?« fragt Ross seinen Nachbarn.

»Conor ...«

»Und wo kommst du her?«

»Ballyglass ... West Cork.«

»Ist das im Gaeltach-Gebiet?«

»Nein, aber nicht weit davon.«

»Meine Tante ist mal im Gaeltach-Gebiet gewesen und hat Immergrün mitgebracht ... Wir hatten eine Verwandte dort, eine Nonne.«

»Kanapees ...« ruft jemand, und die zweite Lösung wird notiert.

»Was zum Teufel sind Kanapees ... irgendwelche exotischen Früchte?«

»Du hast noch nie von Kanapees gehört, du Banause?«

»Das sind so Dinger mit oben was drauf ... Am liebsten eß ich sie mit Garnelen ... mit Garnelen aus der Dublin Bay«, sagt der Kreuzworträtsler, feuchtet seinen rostroten Stift an und denkt an die makellose, mädchenhafte Farbe der kleinen rosa Dinger, wie sie sich auf dem Weißbrot kringeln und dabei weder tot noch lebendig aussehen.

»In der Dublin Bay gibt's doch längst keine Garnelen mehr«, wird er belehrt.

»Woher wollt ihr das wissen?«

»Da schwappen doch nur Abwässer rum ... Und es stinkt zum Himmel.«

»Garnelen à la haut«, murmelt Fogarty und grübelt über den dritten Begriff nach, der ihm einfach nicht einfallen will.

»Verdammte Scheiße.«

»Himmel, Arsch.«

»Allmächtiger.«

Kraftausdrücke fliegen hin und her, als sie plötzlich auf den Boden geschleudert werden, weil der Jeep abrupt zum Halten gekommen ist. Der Fahrer schlägt mit der Stirn an die Windschutzscheibe. Sie denken alle das gleiche, haben Angst, in einen Hinterhalt geraten zu sein. Conor ist der erste, der das über die Kühlerhaube gestreckte Reh sieht, ein Reh, das im guten Glauben, in dieser einsamen Gegend in seinem Element zu sein, so wie jede Nacht von einer Hecke zur anderen gesprungen war.

»Bist du verletzt, Mossie?« sagt er, richtet den Fahrer auf und tätschelt sein Gesicht, während Mossie Entschuldigungen murmelt, es sei alles so plötzlich gekommen, unvorhersehbar, wie eine Geistererscheinung.

»Du bist unverletzt«, sagt Conor beschwichtigend und streckt ihm eine Hand hin, um ihm aus dem Jeep zu helfen.

Kraftausdrücke sind auch jetzt zu hören, als sie ins Freie klettern, doch in ihrem Tonfall schwingen Erstaunen und Erleichterung mit.

»Das gibt's doch nicht ... Das gibt's doch nicht.« Sie starren die junge Ricke an, die wehrlos daliegt, die Läufe zuckend, die roten Augenhöhlen von einer Art idiotischer Vertrauensseligkeit erfüllt.

»Sie ist schwer verletzt«, sagt Conor.

»Hebt sie runter«, sagt Sergeant Cleary.

»Wenn Sie erlauben, Sergeant ...« Conor hält inne, um sich zu vergewissern, daß sein Widerspruch nicht als unziemlich aufgefaßt wird, dann schlägt er vor, ihr auf der Stelle den Gnadenschuß zu geben.

»Warum?« will der Sergeant wissen.

»Sie hat innere Blutungen ... Sie stirbt innerlich«, erklärt er und bekommt die Schießerlaubnis.

Ohne darüber nachzudenken zu müssen, weiß er, welche Waffe die richtige ist. Den Schaft unter den Arm geklemmt, zielt er direkt auf das Herz des Tieres, ruhig, zärtlich, wie ein junger Mann auf einem ländlichen Sittengemälde. Zwei Schüsse, die in Ross' Ohren klingen wie zerplatzende Schweinsblasen, und das Tier liegt stockstill, hat keine Zeit, zu kämpfen oder sich aufzubäumen.

»Wir können es gleich ausnehmen«, sagt Conor, als wäre es seine Pflicht, die anderen zu trösten. Das Messer gleitet über die ledrige Bauchhaut zwischen den Vorderläufen, dringt geschickt ein, und die raschen, feinen Blutspritzer, die herauskommen, scheinen überhaupt nicht die Folge eines Todes zu sein, sondern die Säfte eines lebenspendenden Totems, die in die vom Bergregen aufgeweichte Straße zurücksickern.

Nachdem er sich übergeben hat, verbirgt Ross sein Gesicht in der Hecke, saugt ihren Duft ein, stärkt sich an der Reinheit, die sie verströmt, versinkt darin wie in einem Kelch mit flüssigen Diamanten.

»Hört es sich immer so an, Conor?« fragt er den jungen Mann, der kommt, um nach ihm zu sehen.

»Wie denn?«

»So platschend ... wenn die Kugel ins Fleisch eintritt.«

»Ich weiß nicht ... wahrscheinlich.«

»So merkwürdig ... seltsam gedämpft.«

»Vielleicht liegt es daran, daß das Granatfeuer sonst immer so laut ist.«

»Du weißt gut über Waffen Bescheid.«

»Als ich ein Kind war, hatten wir Waffen zu Hause ... Wir haben damit Schnepfen gejagt ... Die Ricke hat nichts mehr gespürt.«

»Woher willst du das wissen?«

»Das Blei ist schneller als die Lichtgeschwindigkeit ...

Ehe sie überhaupt irgend etwas gemerkt hat, war die Kugel schon mittendrin.«

»Ist das bei Menschen genauso?«

»Gott! Ich bitte dich!« Und die beiden beugen sich über das Wasser, um sich Hände und Gesicht zu waschen – wie reuige Sünder, die für etwas Schwieriges danksagen und für das Schicksalhafte, das noch kommen wird, um Fürsprache bitten.

In einem kleinen, vollgedrängten Raum gibt ihnen der Einsatzleiter letzte Anweisungen. Dabei geht er auf und ab, hoch gewachsen, grauhaarig, sichtlich unter Druck stehend, ein rastloser Mann, der, wenn er auf einen Tisch oder einen Stuhl trifft, die Beine hebt und wie ein Windhund darüberspringt. Überall Landkarten, Landkarten und Luftaufnahmen, die er ihnen mit eindringlicher Stimme erklärt. Er spricht über die Fenster des Hauses, die Ausgänge, das Terrain rundherum, die Bäume, das alte Waldland und die symmetrischen Reihen junger Bäume, in denen sich subversive Elemente am liebsten verstecken, aber, so fügt er hinzu, er müsse schon ein verdammt schlauer Bursche sein, wenn er ihnen jetzt noch entwischen wolle. Er spricht über das frostige Wetter, den harten Boden, die erhöhte Rutschgefahr. Er ermahnt sie, sowenig wie möglich zu reden, große Sorgfalt walten zu lassen und vor allem stets vor Bombenfallen oder anderem Sprengstoff auf der Hut zu sein.

Sie sind bereits eingeteilt worden, drei bis vier Männer in jeder Gruppe, eine am vorderen Tor, eine entlang der Straße, eine am unteren Tor, andere ringförmig um das Haus verteilt, und dann natürlich die Vorhut, deren Aufgabe es sein wird, vorzupreschen und ihn zu überraschen. Dann bleibt ihm nichts weiter zu sagen, außer sie noch einmal zu bitten, als Team zusammenzuarbeiten, stets mit den anderen in Verbindung zu bleiben, mit allergrößter Vorsicht vorzugehen und vor allem die Möglichkeit nicht zu vergessen, daß es einen zweiten Bewaffneten geben könnte, den man bisher noch nicht entdeckt hat.

»Also, Jungs«, sagt er dann und läßt seine Augen über die Gruppe schweifen, wenn auch so rasch, daß sich ihre Blicke nicht treffen können.

»Laßt ihn spüren, daß ihr es ernst meint«, sagt er und ergreift die Arme der beiden Männer, Cleary und Browne, auf denen der Erfolg des Einsatzes ruht.

»Und paßt gut auf euch auf«, sagt er, als sie einer nach dem anderen hinausmarschieren. Und in seinen Worten liegt große Zärtlichkeit, liegt der Schmerz eines Mannes, der hofft, daß all sein Planen, all sein Grübeln über verschiedene Strategien nicht vergebens sein wird.

»Sh ... Sh ... Shiona.« Sie steht hinter seinem Stuhl, seine tote Frau, seine ermordete Frau, gleich wird sie ihre Hand auf seinen Nacken legen. Er wartet darauf, daß sie es tut, seine Haut ist heiß und zittrig, wartet auf ihre Berührung. Er wartet. Der Augenblick – so schön, so voller Spannung. Er dreht sich nicht um. Er kann es nicht ertragen, ihr Gesicht zu sehen, ihr wunderschönes, schmales, trauriges Gesicht, das ihn immer zum Weinen bringt. Sobald sie seinen Nacken berührt, wird er sich umdrehen und ihr Gesicht zu sich herunterziehen, wird den Kopf zwischen ihren Brüsten verbergen. Er denkt, daß er nicht träumt, er denkt, er sei wach, ziehe seine Hosen an und stelle den Wecker aus, den die Frau ihm geliehen hat. Er schläft in einem anderen Bett. Die Frau hat darauf bestanden, daß er nach oben in ein wärmeres Zimmer kommt, und er erinnert sich an das nackte Bett, daran, wie die Frau etwas über die Matratze warf, ihm eine Daunendecke brachte und schließlich mit der Lampe und dem Wecker über ihm stand wie eine Pflegerin. Eine pflegende Mutter. Eine Frau, die gut zu ihm war.

Jetzt ist es Zeit zu gehen. Das einzige, was ihn noch aufhält, ist Shiona. Er wartet darauf, daß sie ihn berührt, ihn beschützt. Er denkt, er sei wach, aber er träumt.

»Die letzte Achtelmeile«, sagt Sergeant Slattery, von seiner vierköpfigen Mannschaft flankiert. Auch Ross ist dabei.

Ihr Schritt – so ruhig, so ernst, so leise. Sie kleben an den von Dorngestrüpp überwucherten, in Nebel gehüllten Hecken wie dunkle Phantome. Das Licht ist so schwach, daß die Krähen, die aufsteigen, in der Luft kreisen und über das Gras stolzieren, wie kräftige junge Truthähne aussehen. Auf der einen Seite ein dichter Gürtel von miteinander verzahnten Winterbäumen in pflaumenfarbenem Dunst. Dann die Nadelbäume, die unzähligen Meilen neu aufgeforsteten Waldes, der ihm, falls er ihn doch noch rechtzeitig erreicht, als uneingeschränkte Deckung dienen kann.

Die Tautropfen an den Telefondrähten erinnern Ross an die Perlen eines Rosenkranzes, den ihm eine Nonne geschickt hat. Er ist von Conor getrennt und wünscht, sie wären zusammen, könnten einander Beistand leisten. Sein Gewehr fühlt sich leicht an. Alles ist leicht, auch sein Kopf ist so schwerelos, als wäre er mit pudrigen Bovisten gefüllt. Er betet darum, daß er sich nicht blamieren wird, wenn der Zusammenstoß kommt.

Als sie auf das Haus zukommen, sieht es so blau und schön aus, wirkt so einsam und verlassen, daß es ihm fast den Atem verschlägt. Alles an diesem Haus strahlt große

Stille aus – die fleckigen, verwitterten Wände, die Vogelnester unter den Dachrinnen und die unermüdliche Kletterpflanze, deren winzige schwarze Luftwurzeln sich an den Mörtel klammern und dabei ein filigranes Muster bilden, in dem die brüchige Geschichte des Hauses, die sich auch an diesem Morgen bestätigen wird, ihren Niederschlag gefunden zu haben scheint.

»Ist es nicht jammerschade um dieses Haus«, sagt er und starrt es an.

»Genau das wollen diese Psychopathen ja erreichen ... daß wir alles Schöne, was wir haben, töten«, sagt Foley.

»Scht! Leise, Jungs«, ermahnt sie der Sergeant.

Eine Amsel, den gelblichen Schnabel einen Spaltbreit geöffnet, sitzt Wache auf dem niedrigen Ast eines Baums, und drinnen die beiden Schlafenden, die nichtsahnend ihren wild wuchernden Traumbildern nachhängen.

Die Träume sind jetzt vorüber, von der Aufforderung zu feuern jäh zerrissen. Eine Truppe von Männern wie eine Jagdgesellschaft, nur daß es keine Treiber und keine Hunde gibt. In den Gesichtern eine Festigkeit, ein entschlossener Ernst, der die Begegnung mit der eigenen Sterblichkeit ahnen läßt. Wie wenig das alles zusammenpaßt, die geladenen Maschinengewehre, die entsicherten Pistolen, das herrliche Glitzern des Frosts, ein paar von Schimmel überzogene Pflaumen an den Obstbäumen und Männer, die wie Phantome durch diese Kulisse huschen und ihre vorgeschriebenen Positionen einnehmen. Wie lange wird es dauern? Zwei, drei Minuten hektischer Entladung? Oder wird er von selbst aufgeben?

Die Haustür gibt gleich dem ersten Ansturm nach, schwingt wie eine Betrunkene lautlos in ihren Angeln und läßt Sergeant Cleary und Sergeant Browne mit den beiden Männern ein, die ihnen Deckung geben.

»Kommen Sie herunter, McGreevy... Kommen Sie herunter und ergeben Sie sich... Wir wissen, daß Sie da sind.« Von dieser angenehm ländlichen, von einem Megaphon verstärkten Stimme wird er geweckt und denkt sofort an den Abend davor, an die Frau, an ihr Gespräch, an den heißen Grog, und er springt von dem ungewohnten Bett auf und denkt: »Ich hatte eine Chance... Ich hatte eine verdammte Chance und habe sie vermasselt.«

Die ersten drei Schüsse aus seinem Revolver durchschlagen die bemalte Vertäfelung im Schlafzimmer ihres Mannes und prallen draußen auf den Treppenabsatz auf.

»Wenn Sie noch einmal schießen, sind wir gezwungen, das Feuer zu erwidern.«

Mit der raschen Verbindung von Körper und Geist und dem ihm angeborenen Talent zur Zauberei drückt er seine Waffe ab, verfeuert ohne Pause ein ganzes Magazin und zielt dabei in verschiedene, widersprüchliche Richtungen, um sie zu verwirren, und gleichzeitig denkt er, daß er vielleicht eine letzte Chance hat, daß er unter den Dachüberständen entlangkriechen, sich unter den Schieferplatten verstecken kann.

»Sucht ihn.«

»Spürt ihn auf.«

»Besetzt die Dachfenster.«

Männer im Flur, Männer auf der Treppe, ihre Stimmen zugleich kühn, flüchtig und wild. Und überall das scharfe Knattern der Gewehre – *rat-tat-tat, rat-tat-tat-tat* –, immer zwei, drei oder vier Schüsse hintereinander, die so regelmäßig erklingen, daß sie sich zu einer raschen, munteren Melodie vereinigen und der fallende Putz und die aus ihrem Schlaf geschreckten Fledermäuse dazu in einer stummen, übernatürlichen Choreographie zu tanzen scheinen.

Als sie aufwacht, weiß sie sofort, was sie zu tun hat. Sie streift einen alten Regenmantel über und eilt barfuß aus ihrem Zimmer. Sie darf nicht zulassen, daß sie ihn töten. Sie muß sie zur Einsicht bewegen, zwischen ihm und ihnen vermitteln, ja, vielleicht ist er sogar aus diesem Grund zu ihr und nicht zu jemand anders gekommen. Sie wird für seine Erlösung sorgen. Oben auf dem Treppenabsatz hängt dichter Pulverrauch, unter ihr dröhnen Schüsse in rascher Folge, aber ihr macht das alles keine Angst, sie fühlt sich davon völlig unberührt, ist entschlossen, ihn zu suchen, findet jedoch im Schlafzimmer ihres Mannes nur die durchlöcherte Vertäfelung vor und dort, wo der große Schrankspiegel stand, eine grausig zerfetzte, klebrige Wand.

Das Krachen der Gewehre klingt in mancher Hinsicht viel weniger unheimlich als der Lärm, den die Männer machen. Eine kleine Truppe folgt der dringenden Aufforderung, zum hinteren Teil des Hauses zu kommen. Sie bewegen sich überhaupt nicht wie Sterbliche, sondern wie Götter, stoßen grimmige, göttliche, kriegerische Schreie aus. Im Gegensatz dazu wirkt das *Rat-tat-tat* der Gewehre ruhig, mathematisch, fast bedächtig. Sie ruft, aber sie hören sie nicht, und es schaut auch niemand in ihre Richtung. Erst als sie zögernd auf dem nächsten Treppenabsatz erscheint, entdeckt Foley sie durch ein hohes bleiverglastes Fenster, sieht eine Gestalt durch die graue Dämmerung huschen, eine Silhouette im Regenmantel, mit kurzgeschnittenem Haar.

»Da ist ein zweiter Bewaffneter ... Ein zweiter Bewaffneter«, sagt er und ruft einen Kameraden herbei, doch bis er kommt, ist sie längst verschwunden.

»Bist du sicher?«

»Ich habe ihn gesehen . . .«

Die Frau hat keine Angst. Sie ruft, während sie unbeirrt weitergeht, sich durch die rauchige Wildnis tastet. Sie müssen ihn lebend fangen. Sein Leben hat so viele Kapitel, so viele Umdrehungen, und sie wissen das nicht. Nur sie weiß es, weil sie ihn kennt. Als sie im nächsten Stockwerk ins zweite Schlafzimmer tritt, erschreckt die Ansammlung wild umhertaumelnder Fledermäuse sie viel mehr als das endlose Knattern der Waffen, von dem sie noch immer meint, es habe nicht das geringste mit ihr zu tun. Als sie die Männer auf dem Dach hört, glaubt sie, daß sie ihn in die Enge getrieben haben, weil ihre Stimmen so seltsam unmenschlich und hysterisch klingen, und sie läuft quer durchs Zimmer, um ihnen durchs Fenster etwas zuzurufen. Auf halbem Weg erstarrt sie jäh, sackt wie in einer verzerrten, stummen Zeitlupenaufnahme zusammen. Der Boden gibt nach, und sie fällt und denkt, daß sie nur gefallen ist, daß sie sich bloß eine Verletzung zugezogen hat. Kugeln schwirren wie ein Schwarm aufgestörter Bienen um sie herum, und dann kommt es zu einem Zusammenstoß; ihr Mund öffnet sich zum Sprechen, doch er formt keine Worte mehr, bleibt sprachlos, während der unbarmherzige Blutsauger aus Metall gewaltsam und unbeirrt in den Mahlstrom ihres unvollendeten Appells gesogen wird. Ihre Beine und ihr Unterkörper fallen durch die Decke, wo sie wie eine groteske Trapezkünstlerin baumelt, und Slattery, der im Zimmer darunter steht, weiß, ohne überhaupt näher hinschauen zu müssen, daß es eine Frau ist, daß es die Schenkel, die Zehen und die Fußballen einer Frau sind, stößt einen Fluch aus und schreit seine Kameraden an, schreit mit der Hingabe eines Verrückten, daß sie endlich aufhören sollen, mit dem Schießen aufhören sollen, weil die Frau verletzt worden ist.

Stimmen, Schritte, Chaos, bis alles in allmächtigem Getöse versinkt, weil eine Balustrade des Hauses herunterstürzt. McGreevy wartet hinter einer kleinen Gruppe von Nadelbäumen auf den richtigen Augenblick. Wie Mad Sweeny im Gedicht, tastet er sich von Zweig zu Zweig voran.

»Haltet eure Schnäbel«, raunt er den Krähen zu, die in idiotischer Verwirrung um ihn kreisen, während er auf seine Erlösung blickt, ein endloses Band aus Kiefern und Fichten, das ihm wie ein dunkler, glitschiger Aal vorkommt und durch das er entschlüpfen und verschwinden wird. Dann ein ungläubiges Ringen nach Luft, als ein anderer naht, als durch das Gespinst aus frostigem Grün ein Gewehrlauf dringt und ihn kurz darauf, keinen halben Meter entfernt, ein völlig überraschtes Gesicht anstarrt.

»Wohin wolltest du uns denn entwischen, McGreevy?« Ein Zittern in der Stimme. Eine letzte Chance.

Keuchend ringen sie miteinander, jeder mit seiner freien Hand, schlagen und wehren sich wie Tiere in einem urzeitlichen Kampf, bis er die Oberhand gewinnt, den elenden Wicht mit dem Knie an den Stamm des Baumes drückt und ihm gerade das Schießeisen abnehmen will, als die Natur, diese alte Hexe, ihn verrät und er mit der Geschmeidigkeit eines nassen Sacks von dem feuchten, bemoosten Ast auf den Boden fällt.

»O Gott, schnapp ihn dir«, ruft die Stimme, und dann streift auch schon eine Kugel seinen Knöchel, saust an ihm vorbei in einen Baumstumpf, der in die Luft springt, ehe es ihn zerfetzt.

»Der entwischt uns nicht mehr ... Sein Karma ist aufgebraucht.« Rory gratuliert mit strahlendem Gesicht dem jungen Polizisten, der McGreevy hinter dem Baum aufgespürt hat.

Dann stürzen sie sich auf ihn, befehlen ihm, die Waffe fallen zu lassen, die Hände hochzunehmen, sich mit dem Gesicht nach unten auf den Boden zu legen. Sie tasten seinen dünnen Körper durch Weste und Jeans nach weiteren Waffen ab und forschen in seinem Gesicht nach Anzeichen von Angst, Scham oder Schock. Doch sein Gesicht und die Muskeln unter seinen Schläfen fühlen sich an wie die eines Mannes, der sich gerade in Draht verwandelt hat.

»Er liegt am Boden, Jungs ... Er liegt am Boden.« Die Worte werden mit solcher Begeisterung ausgerufen, von einem zum anderen weitergetragen, bis sie die Männer im Innern des Hauses erreichen und als prahlerisches, jubelndes Echo zurückkommen, stolz wie ein Hahnenschrei. Das Klicken der Handschellen wie ein Schlüssel, der sich in seinem Schädel dreht und alles von ihm – die alten Reisen und die Reise, die noch vor ihm liegt – einsperrt in ein kleines, übersichtliches Verlies.

Acht oder neun Gesichter, die sich über ihn beugen, starren, glotzen, und um ihn herum ein Jubel, der nicht aus mehreren, sondern aus einer Kehle zu kommen scheint, die Stimme der Rechtfertigung, die Verhöhnung des Landes – des Landes, dem er von Geburt an verpflichtet gewesen ist.

Er scheint sie zu beobachten, ohne sie richtig wahrzunehmen, weder sie noch die Erde, noch die Trage, auf die er schließlich gehoben wird – das Brennen in seinem

Knöchel gewissermaßen eine Erleichterung –, und der halbgeschmolzene Frost, der von den Bäumen tropft, ist wie Tränen oder Weihwasser, mit dem er besprenkelt wird.

»Raus da, verdammte Scheiße ...« Es ist Rorys Stimme, voller Haß und Dringlichkeit, mit jeder Wiederholung höher und schriller. Dabei ist es im Krankenwagen so behaglich und dunkel, daß er sich sicher fühlt, sicher vor ihrem Lärm, sicher vor ihren Beleidigungen, wie ein Laib Brot auf einem Tablett hineingeschoben, am Knöchel starke Schmerzen, aber sicher, und dann plötzlich wieder das grelle Tageslicht, als sie ihn aufs Gras legen, die Füße gekreuzt, als ob sie ihn zerstampfen wollten.

Er kann den Tau fühlen, kann ihn mit den Fingern streifen. Er sieht die Frau, wie sie auf einer Bahre herangetragen wird, auf der Schläfe eine Blutperle, die wie eine wilde Erdbeere aussieht, frisch, hell, genießbar, und einen jungen Polizisten, der ihre Totenklage hält.

Cormac steht tief über sie gebeugt und murmelt immer wieder die gleichen traurigen Worte, bis sein Freund Ross ihn zurückzieht und ihm klarzumachen versucht, daß es nicht seine Schuld ist, nicht im geringsten seine Schuld, daß so etwas jedem passieren kann, daß immer mal wieder eine verdammte Kugel an die Decke prallt und verrückt zu spielen beginnt.

»Das ist eben die Kehrseite«, sagt Sergeant Slattery.

»Pannen gibt es immer«, sagt ein anderer.

»Wie kann es so wenig Blut geben?« fragt Cormac, schreit es den von Schlaflosigkeit ergrauten Gesichtern seiner Kameraden entgegen, die zwar mit ihm fühlen, sich aber auch von dem aufgestauten Jubel mitreißen lassen, der Männer ergreift, die eine gefährliche Situation gemeinsam überstanden haben. In seiner Verzweiflung fragt er die Krähen, die ihn mit wäßrigen, mitleidlosen Augen anstarren, fragt die jahrhundertealten verwitterten Wände, fragt, wie sich die tödliche Kugel entschließen konnte, steckenzubleiben, nicht wieder herauszukommen, fragt wie ein Irrer.

»Ich habe sie gut gekannt«, erklärt Gallagher und kniet neben ihr, wie es ein Verwandter tun würde, um ihren letzten Worten zu lauschen. Aber es gibt keine Worte mehr. Niemand wird je ihre letzten Gedanken kennen. Alles was sie sehen, ist eine Frau, deren Gesicht so blaß ist wie das Albumin im Innern einer Eierschale, eine Beere aus Blut und ein erstarrtes Zucken um den Mund, das einen unvollendeten Ausruf ahnen läßt.

»Alter schützt vor Torheit nicht«, sagt Matt und denkt an etwas, was nur er und sonst niemand gesehen hat, an etwas Lüsternes, Ekelhaftes, die Frau und McGreevy auf dem Boden, wie sie sich krümmten und wanden und schließlich aus dem Zimmer gingen, um es zu Ende zu bringen. Wie sie es wohl jetzt gerade ihrem Schöpfer erklärte?

»Sie mußte sterben«, sagt einer der Sergeants, ein hochgewachsener Mann, der einen glänzenden Lorbeerzweig in der Hand hält. Wofür? Für Irland. Für das Martyrium. Für sie alle, verdammt noch mal. Stimmen fragen, aber niemand antwortet, nur die Krähen wirbeln, verstört von dem Lärm, in wahnsinnigen Kreisen um sie herum.

»Sie hat ihm Zuflucht gewährt ...« sagt der Sergeant und schiebt mit ernster Miene den grünen Zweig zwischen ihre gefalteten Hände, als sei sie eine Statue. In diesem Augenblick fliegt ein Vogel, keine Krähe, herab und scheint von dem Blut zu schlürfen, ehe er sich wieder in die Luft schwingt.

»Das war kein gewöhnlicher Vogel«, sagt eine junge Krankenschwester und fordert sie auf, niederzuknien und ein Bußgebet zu sprechen. Aber Cormac kann nicht knien, kann nicht beten. Am liebsten würde er in den Wald gehen und sich erschießen, aber sie haben ihm seine Waffe abgenommen.

»Um mich herum waren überall Schüsse, da habe ich auch geschossen ... Ich dachte, das wäre meine Aufgabe.« Er schreit es so laut, daß es über die mit Disteln bedeckten Felder weht, die Straße hinauf bis zum Dorf, wo sich die Neuigkeit gerade zu verbreiten beginnt.

»Hör auf, dich selbst zu geißeln«, sagt Sergeant Slattery, und die anderen versichern ihm noch einmal, daß es nicht seine Schuld sei, sondern ganz allein die Schuld des Gesuchten, dieses Mistkerls, der ohne eine einzige Träne in den Augen am Boden liegt. Und damit scharen sie sich um seine Trage. Einige beugen sich herunter, als könnten sie in ihn hineinschauen, die Gedanken dieses kranken Geistes lesen und sie den anderen erklären. Aber sein Gesicht ist leer, wie gepudert, wie mit Talkum bestreut, und die Venen an seinen von Handschellen umschlossenen Gelenken sehen blau und wütend, wie geronnen aus.

»Ein Irrer, der das ganze Land als Geisel genommen hat«, sagt einer, und Rory nickt und denkt an seine kleine Aoife, an ihre Anfälle, ihr Sprechen im Schlaf, an das Schlafwandeln seiner Frau, die ganze Familie zermürbt und zerstritten.

»Er ist kaum größer als einen Meter siebzig«, sagt Foley, der rund um die Trage stapft, um sicherzugehen, daß er nicht überhängt.

»Ein Wunder, daß er dich nicht gebissen hat«, sagt Matt und erinnert sich an einen Burschen, den sie bei Nenagh gefangennahmen und der einem Polizisten durch die Hose in den Schenkel biß. Verschiedene Stimmen, verschiedene Gesten. Manche würden ihn am liebsten auf der Stelle tottrampeln, andere möchten ihn hängen sehen, und einer, der hochgewachsene Sergeant mit dem Lorbeerzweig, würde ihm gern nur eine einzige Frage stellen: »Was hat ihn zu dem gemacht, was er ist?«

»Ich habe einen Ihrer Lehrer gekannt«, sagt er verzweifelt. Keine Antwort.

»Eine stumme Kaulquappe«, sagt Matt und tritt nach einem der nackten Füße. Aber er hat es nicht gehört und würde es auch nie hören. Er liegt ganz allein und reglos da, in einen hauchdünnen Heiligenschein aus Regen gehüllt, die Augen starr auf ein paar bleiche Sterne gerichtet, die allmählich mit dem immer heller werdenden Himmel verschmelzen.

»Ah, unser Ritter mit der schimmernden Rüstung«, sagt Sergeant Slattery, als er den Einsatzleiter aus seinem Wagen steigen und rasch zu ihnen herüberkommen sieht. Als erstes schaut er sich die Frau im Krankenwagen an und spricht kurz mit der Krankenschwester. Dann nickt er jedem einzelnen seiner Männer zu, ohne einen von ihnen besonders herauszugreifen, obwohl er natürlich weiß, daß es Cormac war, der den tödlichen Schuß abgegeben hat, und es außerdem daran erkannt hätte, wie Cormac den Kopf hängen läßt und – den Himmel um Gnade anflehend – die geröteten Hände ringt.

»Wir haben großen Erfolg und große Trauer«, sagt er und kauert sich hin, um etwas zu McGreevy zu sagen. Die Männer stoßen sich an und erstarren – zwei Helden, die einander wie feindliche Tiere durch Sumpfland und Berge und Steinbrüche verfolgt haben, endlich von Angesicht zu Angesicht. Er kann es kaum glauben, daß dieser schmächtige Mann, dem sie alle die Kraft von zwanzig

Männern zugetraut haben, dort in Jeans und einer orangefarbenen Weste mit aufgedrucktem Sonnengottsymbol vor ihm liegt. Er denkt an die Nacht, als er ihn in Wexford jagte und auf dem Vinegar Hill seine Spur verlor, denkt daran, wie McGreevy in ein Zigeunerlager floh und er von einer Zigeunerin aufgehalten wurde, die Zweige ausstreute, um ihn auf eine falsche Fährte zu locken. Er denkt an die zahllosen Überstunden, die Telefonate, den mangelnden Schlaf – nicht einmal genug Zeit, sich auf sein Boot zurückzuziehen und nachzudenken, Hinweise, Fingerzeige, vage Anhaltspunkte, die sich alle in dieser geisterhaften Szene verdichten.

»Ist Ihnen kalt?« fragt er. Aber er bekommt keine Antwort. Vor ihm liegt diese reglose Gestalt, wie aus Gips dort hingegossen.

Seine Männer sehen ihm nach, als er weggeht, dünn und ausgezehrt, die Hände hinter dem Rücken verschränkt, eine schreckliche Schwere ausstrahlend, als er sich dem Haus nähert. Durch die fehlende Haustür sieht er zerschossene, verwüstete Wände, die Treppe schief, einen Hutständer, an dem ein alter Pelzmantel baumelt, in der Luft. Drinnen sieht es noch schlimmer aus. Im hinteren Teil, wo der Sprengstoff explodiert ist, ein unheimliches Gewirr aus Holz, Glas und Metall. Wandreste wackeln wie lockere Zähne in einem morschen Gaumen, und dort, wo ein Bild von Jesus und den Jungfrauen hing, war durch eine wilde Farbmischung ein neues, grausiges Wandgemälde entstanden.

»Es hätte ein Blutbad werden können«, sagt einer von der kriminaltechnischen Truppe. Mit ihren Meßbändern und Kameras verfolgen sie die Schußlinien, vollziehen nach, woher die Kugeln kamen und wohin sie flogen, rekonstruieren den Irrweg der Frau von Zimmer zu Zimmer, und er denkt, daß das die grauenhafteste Arbeit ist die Spur des Todes auszumessen. Er wird für ihren Tod einstehen müssen, vor seinen Vorgesetzten und auch vor sich selbst. Auch der Junge wird sich verantworten müssen. Ein Junge, der in jenem Augenblick nicht hätte hiersein sollen, und ein Mann, der mit der kalten, unbeirrbaren Überzeugung eines Messias auf einer Trage liegt. Menschliche Irrungen. Menschliche Grausamkeiten. Hungrige, krächzende Krähen.

»Ja, es hätte ein Blutbad werden können«, sagt er zustimmend und schaut durch die Löcher im Dach hinauf zu den hellen Fetzen des Himmels, zu der schamlos scheinenden Sonne, dem schamlos beginnenden Tag. Dann hört er die Sirene des Krankenwagens, erst leise, dann immer lauter werdend, verzweifelte Jodelrufe, die in seinen Ohren klingen wie Tier- oder Vogelschreie.

Jetzt regt sich sein Zorn. Die Schönheit des Hauses, seine Konturen völlig zerstört, eine Frau tot, und das alles nur eine weitere Scharte im sogenannten »Kampf«. Als er wieder vor McGreevy steht, packt ihn eine kalte, entschlossene Wut. Um jeden Preis möchte er diesen alles abwehrenden Bannkreis aus Haß und Fanatismus zerschlagen, möchte zu McGreevy vordringen. Er weiß, daß es irgendwo in den komplizierten, angeknacksten Fundamenten seines Denkgebäudes irgendeine Art von Gewissen und ein Verantwortungsgefühl gibt, das ihn von anderen unterscheidet, eine Ernsthaftigkeit, die andere zu ihm aufschauen läßt, die ihn auszeichnet und ihm die blinde, undurchdringliche Aura eines Märtyrers verleiht.

»Sie hätten viel für Ihre Sache und Ihr Land tun können, McGreevy... Aber alles, was Sie erreicht haben, ist Tod, Tod und nochmals Tod.« Doch die Gestalt rührt sich nicht, reagiert gar nicht, scheint unsichtbar zu werden, wie der Horizont, der am Abend mit dem gleichfarbigen Himmel verschwimmt.

»Sollen wir ihn ins Revier bringen?« fragt Gallagher.

»Nein ... Er wird in Dublin erwartet«, sagt der Einsatzleiter und verharrt, hofft selbst jetzt noch auf ein Schaudern, ein geistiges Erfassen, irgendeinen Reflex, aber es ist nichts zu sehen. McGreevy liegt da, einsam und reglos, wie ein Kind, das man in eine fremde Welt geschickt hat.

»Also, auf ins Kittchen«, sagt einer der Polizisten, die McGreevy unter den Armen packen und zum offenen Schlund der grünen Minna tragen. Er hat ihn vor Jahren schon einmal gesehehen, hat ihm an der Grenze Handschellen angelegt und sich nach seiner Augenfarbe erkundigt, weil es da gewisse Unklarheiten gab. Damals hat er sich nicht ohne Ironie belehren lassen müssen, sie seien grün und ob das denn wirklich irgendeine Rolle spiele. Jetzt blitzten seine Augen anders, verächtlich und kalt. Das Vertrauen hatte das Land und die Menschen verlassen, an die Stelle der alten Kriege, der alten Grausamkeiten waren perfidere, bitterere getreten, und wenn der eine Bruder sein Blut vergoß, konnte das den anderen kaum noch rühren.

»Dreißig Jahre, würde ich schätzen«, sagt der zweite Polizist in treuherzigem Ton und beugt sich über ihn, um die ausdruckslosen Augen und die alberne Tätowierung näher betrachten zu können.

Dreißig Jahre ... Was wird er dann sein? Wer wird er sein? Wird das Land befriedet sein? Wird sein Herz schwer sein? Oder wird alles einfach so weitergehen?

Das Kind

Das ist jetzt Monate her. Der Frühling kam eine Woche zu früh, der Wind verlor seinen Biß, wurde auf einmal honigweich. Weiße und gelbe Blütenblätter, mit Pollen bestäubt, wehten über den Boden. Selbst die Felsen und die Steine auf den Feldern wirkten weniger bedrohlich. Waren viel weicher. Strahlten eine fast gemütliche Rundlichkeit aus. Die Bäume schimmerten freundlich und grün, vor allem die Roßkastanien mit ihren langen Quasten, die wie Kerzen aussahen. Ich würde sie so gern mal erleuchtet sehen.

Die Leute machten freudig ihre Fenster auf. Nur im großen Haus ist das nicht notwendig gewesen. Wände und Fenster gibt es nicht mehr, das Innere und das Äußere sind eins. Vögel haben im Haus ihre Nester gebaut, und Tiere laufen darin herum. Auf dem Gras liegen Möbelstücke, Bilder und Teppichstangen. Die Gerichte müssen noch tätig werden. Testamentsbestätigung nennt sich das. Ich habe mal hineingeschaut, aber betreten habe ich das Haus nicht. Die Leute sind gekommen, aber weniger aus Trauer, als um zu glotzen. Die Krankenschwester hat die Sachen meiner Mutter in einem Koffer mitgenommen, aber den Mantel mit dem Samtkragen, den hat sie getragen, hat überall damit herumgeprahlt.

Ich dachte, der Tod meiner Mutter würde mir mein Leben schenken, aber ich habe mich wohl geirrt. So wie der Soldat dachte, wenn er einem Engländer das Leben nimmt, könnte er jahrhundertelanges Unrecht sühnen, aber wie sollte das jemals möglich sein. Das Herz des Soldaten war voll von dunklen, gewalttätigen Gedanken, aber die Engländer haben uns gar kein Herz entgegengebracht. Als meine Mutter im Sterben lag, hat sie geschrien. Wenn wir Leben nehmen, schreien wir mit einer Stimme, wenn wir es verlieren, mit einer anderen. Zwei Akkorde, die sich treffen müssen. Wie oft habe ich ihr, als ich sie in einem der Zimmer vorm Spiegel oder beim Nägelpolieren gesehen habe, ihr Leben und ihre Schönheit mißgönnt, mir gewünscht, sie wäre tot. Jetzt ist sie tot und begraben, und der Soldat wird ein alter Mann sein, ehe er wieder über die Felder streifen kann.

Die Berge verändern des Nachts ihre Farbe, werden ernst und feierlich, so wie sich die Menschen verändern, wenn es ans Schießen geht. Dann wird alles bedroht. Dann wird alles zerstört. Der Schießende ebenso wie der Erschossene. »Der Mörder ist dem Ermordeten am nächsten.« Ein Jammern und Zähneknirschen aus naher und ferner Vergangenheit. Gräber und Hügel, immer mehr Gräber, eine Statue und eine gefärbte Nelke, um den Ort des jähen Blutbads zu bezeichnen. Das Land weint, und wen sollte das wundern? Aber das Land kann nicht genommen werden. Das hat die Geschichte bewiesen. Das Land wird niemals genommen werden. Es ist immer da. »Der Mörder ist dem Ermordeten am nächsten.« So steht es geschrieben. Aber jemandem körperlich oder im Kampf mit dem Bajonett nah zu sein, das reicht nicht aus. Hineinzugehen, nach innen, das ist die blutigste Reise von allen. Erst dort lernen wir uns kennen, verstehen, daß aus dem Feind das gleiche Blut, die gleichen Tränen rinnen wie aus uns selbst, wenn auch nicht immer im gleichen Maße. Sich mitten ins Herz des Hasses und des Unrechts zu begeben, davon zu zehren und verzehrt zu werden. Das steht nirgends geschrieben. Das ist das zukünftige Wissen. Das Wissen, das noch kommen wird.

Penelope Lively im dtv

»Penelope Lively ist Expertin darin, Dinge von zeitloser Gültigkeit in Worte zu fassen.«
New York Times Book Review

Moon Tiger
Roman · dtv 12380
Das Leben der Claudia Hampton wird bestimmt von der Rivalität mit ihrem Bruder, von der eigenartigen Beziehung zum Vater ihrer Tochter und jenem tragischen Zwischenfall in der Wüste, der schon mehr als vierzig Jahre zurückliegt...

Kleopatras Schwester
Roman · dtv 11918
Eine Gruppe von Reisenden gerät in die Gewalt eines größenwahnsinnigen Machthabers. Dabei entwickelt sich eine ganz besondere Liebesgeschichte...

London im Kopf
dtv 11981
Der Architekt Matthew Halland, Vater einer Tochter, geschieden, arbeitet an einem ehrgeizigen Bauprojekt in den Londoner Docklands. Während der Komplex aus Glas und Stahl in die Höhe wächst, wird die Vergangenheit der Stadt für ihn lebendig.

Ein Schritt vom Wege
Roman · dtv 12156
Annes Leben verläuft in ruhigen, geordneten Bahnen. Als ihr Vater langsam sein Gedächtnis verliert und sie seine Papiere ordnet, erfährt sie Dinge über sein Leben, die sie tief erschüttern. Dann lernt sie einen Mann kennen, dem sie sich ganz nah fühlt...

Der wilde Garten
Roman · dtv 12336
Die Geschwister Helen und Edward leben in einem großen Haus mit wildem Garten. Nach dem Tod ihrer Mutter gerät das Leben der Geschwister – beide unverheiratet und Anfang Fünfzig – plötzlich in Bewegung.

Hinter dem Weizenfeld
Roman · dtv 12515
Ein Roman von Müttern und Töchtern, Untreue und Eifersucht, Selbstbetrug und Solidarität.

Joyce Carol Oates im dtv

»Mit dem Schreiben sei es wie mit dem Klavierspiel, hat Joyce Carol Oates einmal gesagt. Man müsse üben, üben, üben. Die Oates muß nicht mehr üben. Sie ist bereits eine Meisterin.«

Petra Pluwatsch, ›Kölner Stadtanzeiger‹

Grenzüberschreitungen
Erzählungen · dtv 1643

Lieben, verlieren, lieben
Erzählungen · dtv 10032

Bellefleur
Roman · dtv 10473
Eine Familiensaga wird zum amerikanischen Mythos.

Engel des Lichts
Roman · dtv 10741
Eine Familie in Washington zwischen Politik und Verbrechen.

Unheilige Liebe
Roman · dtv 10840
Liebe, Haß und Heuchelei auf dem Campus einer exklusiven Privatuniversität.

Die Schwestern von Bloodsmoor
Ein romantischer Roman
dtv 12244

Das Mittwochskind
Erzählungen · dtv 11501

Das Rad der Liebe
Erzählungen · dtv 11539

Im Zeichen der Sonnenwende
Roman · dtv 11703
Aus der Nähe zwischen zwei Frauen wird zerstörerische Abhängigkeit.

Die unsichtbaren Narben
Roman · dtv 12051
Enid ist erst fünfzehn, als ihre *amour fou* mit einem Boxchampion beginnt...

Schwarzes Wasser
Roman · dtv 12075
Eine Nacht mit dem Senator: den nächsten Morgen wird Kelly nicht erleben...

Marya – Ein Leben
Roman · dtv 12210
Maryas Kindheit war ein Alptraum. Dieser Welt will und muß sie entkommen.

Amerikanische Begierden
Roman · dtv 12273
Der Collegeprofessor Ian soll seine Frau ermordet haben. Wegen einer anderen...